# ドーバー海峡トンネルを掘れ

二十世紀最後のビッグプロジェクトに挑んだ日本人たち

仲 俊二郎

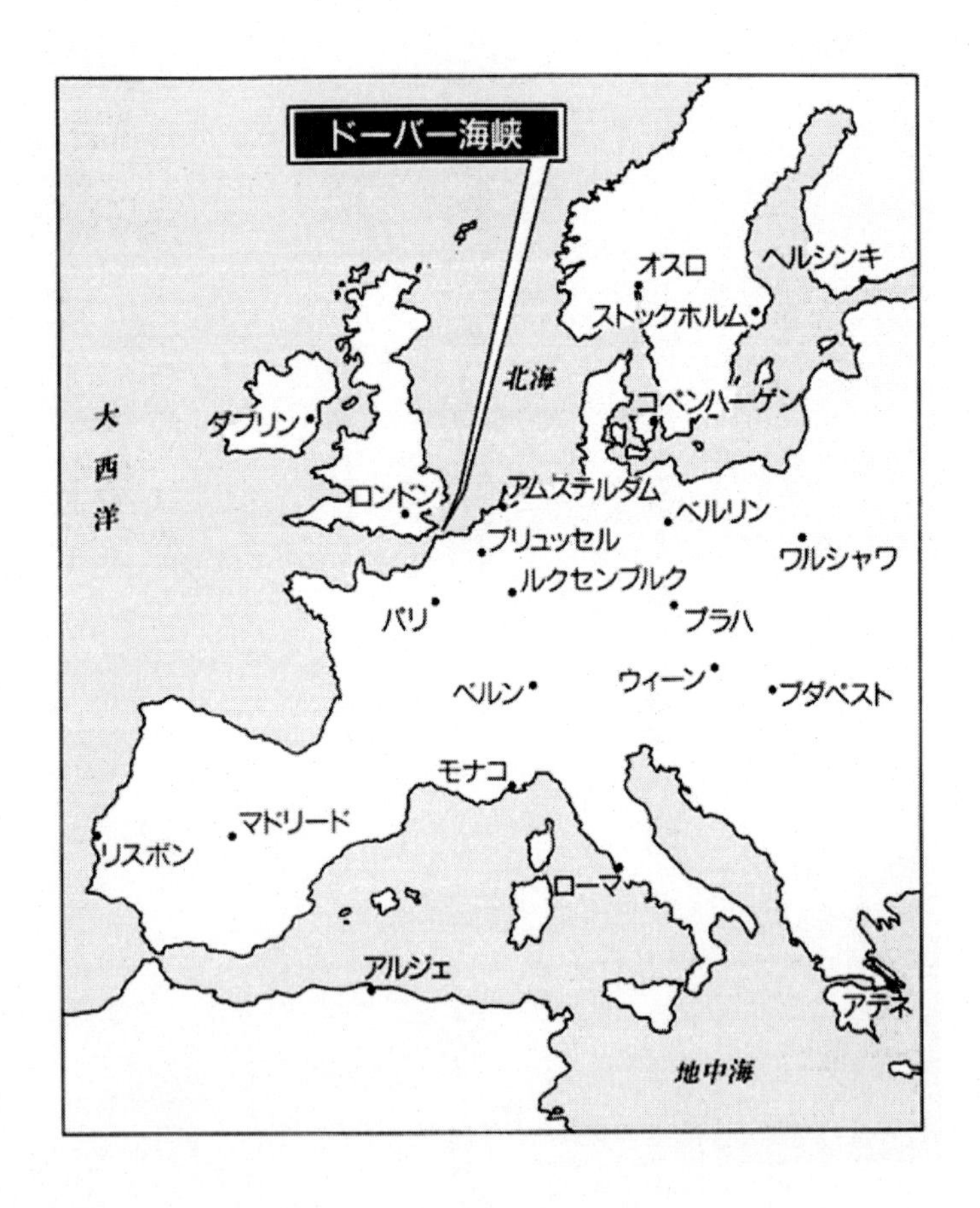


本書は営業のプロジェクトマネジャーとして参画した筆者の体験と事実を基にしたフィクションです。登場する人物は架空であり、特定の個人を叙述したものではありません。

目次

## ●主な登場人物

**滝井勝宏**　川崎重工土木機械部営業部長。ナポレオン以来の歴史的な二十世紀最後のビッグプロジェクト「ドーバー海峡トンネル計画」実現に企業戦士としての夢をかけ、トンネル掘削機受注の国際商戦に挑む。

**石川照正**　川崎重工技師。ドーバープロジェクトのサンガッテ現場の工事所長。滝井の盟友。

**田所仙三**　川崎重工専務で機械プラント事業本部長。次期社長候補。派閥をつくり、独善的。滝井勝弘、石川照正らとそりが合わない。

**坂戸雄二郎**　川崎重工専務で本社部門統括。田所仙三と次期社長の座を争う。社員の人望が厚い。

**猿田俊全**　川崎重工取締役産機プラント事業部長で土木機械部長を兼務。田所専務の腹心。何を考えているのか、つかみどころがない。滝井と石川を煙たく思っている。

**小山田権助**　川崎重工重機部営業部長。田所専務に気に入られ、彼の腰巾着。同期入社の滝井をライバル視し、業績好調な土木機械部を嫉妬する。

**杉本公介**　川崎重工土木機械部営業部課長。滝井勝弘の部下。

**多門亘**　川崎重工土木機械部設計部長。出世意欲に燃え、現場所長石川照正に張り合う。

**金本大輝**　品質保証部課長。多門の腹心。

**扇谷隆**　検査部係長。多門の腹心。

**近本修**　多門の部下で設計係長。滝井と共にフランスで受注活動並びに工事遂行に邁進。

**ポール・ヴェルニ**　フランス随一の重工メーカーＦＲＢの営業部長。ＦＲＢは川崎重工のフランスにおけるライセンシー。

**ウィリアム・クロス**　アメリカの掘削機メーカージオテクの二代目社長。ドーバー海峡トンネル掘削機の独占受注を狙う。

**ジョセフ・オルリオ**　オルリオエンジニアリング社長。ジオテクのフランスにおける代理店。

**霧島平蔵**　三菱重工シールド機械営業部長。ドーバー海峡トンネル掘削機受注の社命を受け、周到な作戦をめぐらす。

**室井昭介**　丸紅フランス支店のローカル社員。ＴＭＣ技師のマジノと密接な関係を築いている。

**小泉鋭一**　東京銀行におけるプロジェクトファイナンスの担当課長。日本の銀行団を先導し、ドーバープロジェクトで滝井と意見交換をする。

**エミール・セベール**　ＴＭＣの幹部。ＦＲＢへの内部協力者。

**ピエール・モロウ**　ＴＭＣの技師。ジオテクへの内部協力者。

**ジャン・マジノ**　ＴＭＣの技師。三菱重工への内部協力者。

**ルネ・フィリップ**　石川照正現場所長の助手。元ＴＭＣ技師。

**田畑昌幸**　滝井営業部長の部下。工事現場でアドミ担当

**ドーバー海峡トンネルと青函トンネル**

| 区分 | ドーバー海峡トンネル | 青函トンネル |
|---|---|---|
| 全長 | 50.5 ㎞ | 53.85 ㎞ |
| 海底トンネル全長 | 37.9 ㎞（T2、T3 工区は 16.3 ㎞） | 23.30 ㎞ |
| トンネル掘削期間 | 2.5 年 | 14 年 |
| 掘削方法 | 掘削機（トンネル・ボーリング・マシン、又は TBM） | ダイナマイトによる発破 |
| トンネル貫通時期 | 1991 年 | 1985 年 |
| 鉄道開業 | 1994 年 | 1988 年 |
| 地質 | 石灰岩のチョーク層 | 火山岩・堆積岩 |
| 土質 | 水を含まない硬岩と水を含む泥水から成る | 水を多く含む泥水から成る |

# 第一章　蠢動

## 1　潮騒

　ケント州の港湾都市フォークストーンから車で十数分走ると、茶色のレンガでできた小さな町、ドーバーに着く。そこからさらに西へ十キロほど、車は走った。五月の爽やかな風が頬を打ち、心地よい。道の両側を黄色い菜の花畑がぎっしりうずめ、その向こうに広がるなだらかな緑の丘に羊たちの群れが見える。

　急勾配の崖道を高いエンジン音で上り切ったとき、突然、視界が広がった。運転席の杉本公介課長が、「あっ、海です」と、助手席に座った上司の営業部長滝井勝宏に、弾んだ声を投げかける。

　滝井は「おうっ」と応じ、開いた窓から無意識のうちに鼻を突き出した。風に運ばれてきた潮の香りをうまそうに吸い込んだ。眼下には紺碧のドーバー海峡が静かな雄姿を横たえている。

　鋭い視線を前方に据えた。水面には無数のキラキラした小さな水の鏡が精巧なモザイクのようにびっしり敷き詰められ、太陽の光を弾いてまばゆく映えている。

　座ったまま、しばらく沈思した。この海底にトンネルが掘られ、イギリスとフランスの二国が結ばれようとしている。まさに世紀の大プロジェクトが始まるのだ。その成功を左右する鍵はトンネル掘削機の性能である。果たしてどこのメーカーが受注するのだろう。それは神のみぞ知るだが、必ず川崎重工が取ってみせるぞと、滝井は改めて心に誓った。

　角張った顎の輪郭がくっきりと浮き出て、その上部にはゴルフ焼けした浅黒い精悍な顔がどっしり載っている。

太いまつ毛と狭めの額に続く豊かな黒髪の相貌は、目標達成への不屈の意思力を感じさせる。が、それは逆に失注への不安を消し去りたいという勇ましさのようにも見えた。

二人は停車したレンタカーから降りた。しばらく海を眺めたあと、十数歩、崖淵へ近寄った。足がすくんだ。シェークスピア・クリッフと呼ばれる白亜の断崖が、足もとから真下に一直線に連なっている。今にも下方に吸い込まれそうになった。百五、六十メートルの高さはあるだろう。

対岸のフランスの漁港カレーまでわずか三十四キロ。目を細めて遠方を凝視したが、あまりの明るさのためかフランスは霞んでいる。淡い影となり、ボーとしか見えない。フェリーが二隻、白い尾を引いて遠ざかっていくのが見えた。

「いよいよこの海峡にトンネルが掘られるのか。感無量だな」

「でも部長、本当に実現にこぎつけるのでしょうか」

「まあ、先月には英仏両政府が建設の基本方針を発表している。信じようじゃないか」

世界中の掘削機メーカーは今、この海峡に希望と焦燥の熱いまなざしを送っている。負けてはならない。この戦いにぜひ勝ち抜き、マシン(掘削機)を受注するのだ。欧州自身ではできなかったドーバー海峡の歴史の転換を、東洋人の自分がこの手でやってみせようではないか。

「それにしてもこの海峡には戦争の歴史が重く沈んでいますね」

そうだな、と滝井はうなずいた。

「古くは一五八八年だったか。アルマダの海戦があったね」

と、手短に話し始めた。

スペインのフィリップ二世は、新教を擁護するイギリスを打倒するため、艦船百三十隻、三万人の兵を数える無敵艦隊をこの海峡に送り込み、一気に攻め上がろうとしたのだが、激戦の末、敗退している。

　時が下った十九世紀の初め、今度はナポレオンである。フランス北部の海岸ブローニュに集結し、船で海峡を渡ってドーバーを攻め立てた。幾度にもわたる攻撃にもかかわらず、クリッフの自然要塞に遮られて退却せざるを得なかった。

　この教訓として、次は海底から攻めようと、トンネルを掘る検討をしたのだが、膨大な予算のために諦めている。

　近年でもあった。第二次世界大戦時、ヒトラーは飛行機でドーバーの町を徹底的に爆撃したが、町は陥落しなかった。「しかし」と滝井は続けた。

「今は違う。両国に手を結ぶ気運が高まってきているのは確かだろう。トンネルができれば、欧州共同体統合の象徴になるからね。この英仏海峡には、そんな歴史の重みを乗り越えた大きな夢がある」

「そう言えば、ええと、十二年前の一九七三年でしたか。イギリス側とフランス側からトンネルを掘り始めましたよね。でも、すぐに工事がストップしちゃいましたけれど」

「あれは仕方なかろう。オイルショックの経済危機があったからねえ。掘り跡は今では廃墟になっている」

そうは言ったものの、この英仏の国境は本当に取り外せるのだろうか。その危惧は消えない。両政府の意向とは裏腹に、イギリス側の国民感情というものがある。彼らの間に反対意見が根強く残っているのだ。

　環境破壊の問題やフェリー業者たちの失業の叫び、果ては大陸から狂犬病が伝播するのではないかという感情論までが飛び出し、抵抗は消えていないからである。

「でもね、私はトンネル実現を信じるぞ」

　滝井はそう自分に言い聞かせ、自らを鼓舞するように杉本に同意を求めた。

足もとに気をつけながら、歩いて海岸の方へ下りた。風が出てきたらしく、大小の波が白い腹を見せて砕け散っている。先ほど見たフェリーの背がはるか沖合に遠ざかり、淡い点のように小さくなって、海なのか空なのか、その背景の色に今にも同化しそうに見えた。

滝井は肩を持ち上げ、ひんやりした空気を胸の奥いっぱいに吸い込んだ。茶色の小石で敷きつめられたドーバーの浜へゆっくりと歩み寄った。潮騒がいっそう近づいた。

その日、滝井らは掘りかけたままで放置されていたトンネル跡を見学した後、ロンドンに帰った。

川崎重工ロンドン支店に着いたとき、すでに午後三時を回っていたが、まだ機械プラント事業本部長の専務田所仙三は戻っていない。

「困ったことになったな」

滝井は焦った。今夜中にパリへ戻り、さらにそこから車で北部のノルマンディーにあるリールまで行かねばならないのだ。

予定では今日、滝井が田所をドーバーへ案内することになっていた。田所がアフリカ出張からの帰りにロンドン支店へ立ち寄る。そのスケジュールを一ヵ月前に日本で知ったとき、滝井は喜んだ。この機会にぜひドーバーの現場を見てもらい、これから始まるトンネル掘削機の国際商談に理解を示してもらえればと、あらかじめ本社の秘書室を通じて一日あけておいてもらったのだった。

滝井と杉本は別用で少し早めにフランスへ出張してきていたが、今日の日に合わせて昨夜のうちにパリからロンドン入りした。ところが今朝になって、ロンドン支店長からホテルの滝井に電話が入り、専務が急きょ伊藤忠商事の欧州支配人とゴルフに行くことになったと伝えてきたのである。午後三時には事務所に帰っているので、それからドーバーへ出かけるという。

（そんなバカな、遅すぎる）と滝井は憤慨しかけたが、すぐに腹の底におさめる利口さを取り戻した。

「わかりました。じゃあ、三時前にはドーバーから戻っておりますので、事務所の方でお待ちしていますと、専務にお伝えいただけますか」

表向き丁重に答えて電話を置いた。

筋書きは簡単に読めた。やはりそうだったのかという思いがする。日本を発つ前、軽い噂が耳に入ってきたが、まさかと思って一笑に付していた。

だが、そのまさかが現実に起こったのだ。自分に対立する重機営業部長の小山田権助らが、専務のゴルフ好きを利用して嫌がらせをしてきたのに違いない。強引にゴルフプレイをセットした。

彼らの常として、正面切った喧嘩は売ってこないが、裏へ回って意地悪の限りを尽くし、一応、筋の通ったもっともらしい理由でもって相手の足を引っ張る。

「それにしても専務も専務だよな」

思わず杉本に愚痴をこぼした。いくら好きだからとはいえ、商事会社の支配人と一緒にゴルフすることと、土木機械部の将来を決するドーバープロジェクトのどちらが重要かくらい、判別できてよさそうなものではないか。

滝井が勤める川崎重工は、航空機、船舶、プラント、機械、鉄構、単車、車両、建機等を製造する総合重機械メーカーだ。業界では財閥系の三菱重工とは比較にならないものの、常に売上高で石川島播磨重工と二、三位を争っている。構造不況業種として業績は頭打ちにあるが、防衛庁向けの売り上げ比率が高く、いち早く造船不況から立ち直りつつあった。

プラント事業部に属する土木機械部営業部長の職務に滝井が就いてから、はや五年が過ぎた。同じ事業部の他部門が四苦八苦する中、トンネル掘削のシールド機械を扱う土木機械部だけは驚異的に売り上げを伸ばしていた。

「ツキだよ、ツキ」

滝井は周囲にそう謙遜するが、実際、大都市での地下鉄建設が相次ぎ、下水道施設の著しい整備もあって、トンネルを掘るシールド掘削機の出番が増えた。最近は地価高騰のあおりで、政府と業界が一緒になって、地下空間をもっと利用しようと、大深度地下利用の研究にも着手している。

この上昇波に乗って、土木機械部をいっそう発展させるのだと、滝井は自身に誓い、日夜、仕事に没頭してきた。

―どうすれば売上げを伸ばせるか、どういうふうに改良すればもっといいマシンを作れるか。

そのことばかりを考えてきた。休日の土曜も家にいたことはなく、発注先のゼネコンの幹部相手にゴルフ接待である。平日の夜は宴会、麻雀とこれまた接待づけで頑張ってきた。

業績が伸びるにつれ、社内でそれをやっかむ声が大きくなった。会社がよくなれば、ひいては社員の生活も向上するのではないかと思うのだが、そうは考えない人たちも広い社内にはいる。

滝井はそんな連中の言動を気にかけないことにしていた。ひたすら土木部の業績向上に努めた。社内でのいたずらな駆け引きは自分の性に合わないし、そんなことで失脚させる会社なら未練はない。青二才と思われるだろうが、昇進は追うものではなく結果としてついてくるものだ。五十歳を超えてますますその信念を強くしていたのだった。

杉本に別の用事ができたので、先にホテルへ返した。滝井は田所専務の帰りを待つあいだ、重機部の小山田権助のことを苦々しく思い出していた。同期入社の男だが、部長になったのは自分より二年早い。しかし業績はあまりよくなく、赤字受注のプラントがこのところ次々と決算に上がってきている。

そんな中で土木が着実に業績を伸ばしているものだから、田所専務が主宰する機械プラント事業本部の営業会議の時など、敵意を隠さない。特にドーバープロジェクトの話になると、管轄外なのにあらわに不愉快そうな顔をする。

小山田は田所専務の腹心だと自認しているし、むしろ周囲にそれを吹聴して自分の政治力を大きく見せようとする浅はかな男だ。重機部へ来る前、エネルギープラント事業部で管理部長をしていて、上司である田所機械プラント事業部長の懐刀として食い込んだ。

当時、常務だった田所は業績を上げるために、小山田を通じて大型受注案件の利益の先食いをさせ、見せかけの利益改善をデモンストレーションしたようなのだ。証拠はないが、そんな噂が周辺に洩れ出た。

しかし社長らトップは、独立採算である事業部内のそんなことまで知らない。田所は「再建屋」として評価され、しかもその前の事業部門でも赤字事業を短期間に再建してきたものだから、専務に昇格しただけでなく、俄かに社長候補として躍り出たのである。

ただ候補の本命はすでに一人いた。本社部門統括の専務坂戸雄二郎であり、誰もが認める人格者で、有能な人物だ。皆から川崎のプリンスと慕われている。誠実でジェントルマンの坂戸に対し、灰汁(あく)の強さを隠そうとしない個性むき出しの田所。この二人のどちらかが次期社長になると、誰もが思っているし、経済雑誌などもそう予想している。

滝井自身は坂戸専務を応援しているが、腹心などとは縁遠いし、そんな関係になりたいとも思っていない。常に再建屋の美名の裏にとかくの噂を引きずる田所には、よい感情が持てないだけである。それに田所は派閥を作りたがり、部下には腰巾着のイエスマンが多い。そういう輩(やから)を積極的にまわりへ置きたがる習性がある。

産機プラント事業部長の取締役猿田俊全も田所にぶら下がる一人だ。昔、イラクやリビア、チュニジアなどのセメントプラントを彼のもとで建設した。どれも大赤字を出した案件だが、その仲間意識は今も根強く生きている。共に苦労したという戦友意識がそうさせるのだろう。

猿田はしょっちゅう方針が揺れ動く定見のない小心者である。悪人ではないが、責任逃れの性格で、田所の代弁をするのが仕事だと信じて疑わない。しかし何を考えているのかわかりにくいところがある。田所一家の一員であることが出世に有利だということを知っていて、そんな浅知恵が彼にはあった。

庶務係のイギリス人女性が、待たせている滝井に済まなさそうな表情で「プリーズ」と言って、二杯目の紅茶を淹れてくれた。それから新聞を数紙かかえてまた戻って来、ニコニコ微笑みながらテーブルに置いた。見ると、その中の一紙にドーバークリッフの風景が大きく載っている。それがふと滝井の脳裏に、土木機械部がフランスのＦＲＢ社とシールド掘削機の技術提携をした時のことを思い出させた。

―あれから二年になるのか。

早いものだ。当時、いずれドーバー海峡のトンネルプロジェクトが動き出すだろうことは知っていた。しかし受注することが極めて難しいことも知っていた。

英仏両国にしてみれば海峡トンネルはまさに国家的大事業である。その成功の鍵を握るトンネル掘削機を、わざわざ極東の果ての日本から輸入するとは思えない。誇り高いフランスとイギリスだ。きっと国産するに違いない。たとえそうでなくても、少なくともヨーロッパの地から調達するだろう。

もしそうならば、と滝井は考えた。あえて日本で製造するのではなく、現地に技術提携先を作ればよいではないか。川崎のライセンシーを現地につくるのだ。そのライセンシーが受注すれば、我々の技術が生きることになる。いつまでも日本から物を運ぶ時代でもなかろう。技術力こそが今後の勝者の条件になる、と思った。

そんな折、たまたまＴＧＶ（フランス高速鉄道）の地下鉄トンネルプロジェクトが持ち上がった。滝井はさっそく設計部長の多門亘と共にフランスに飛んだ。ＴＧＶ用シールド掘削機の見積りを作るべく、フランスの主だった機械工場を訪ね、打ち合わせをもった。

その時はライセンス（技術提携）のことを打ち合わせる時間的余裕がなく、あくまでも日本で製造した本体を現地組み立てする程度の下請け的な起用の仕方を考えていた。その下請けとしてＦＲＢ社がいたのである。入札結果は惨敗に終わり、非常な値差をつけられてドイツ勢にさらわれた。

完敗だったにもかかわらず、滝井の気分は充実していた。ライセンシーのある程度の目鼻がついたからである。フランスにシールド技術をもつ会社が存在しなかったのは幸運だと思った。

社内では当然ながらＴＧＶ失注の追求があったが、滝井は意に介さない。むしろこれを機に一気にライセンシーを持つべきだと、猿田産機プラント事業部長を交えた方針会議でその必要性を力説した。

「ヨーロッパのトンネル計画は今後ますます増えるでしょう。エルベ河の横断計画、デンマークとノルウェーの海底トンネル、フランス、イギリス、イタリアの地下鉄プロジェクト、それにドーバー海峡トンネルと、ざっと数えただけでもこれだけあるのです」

「しかし君、日本での我が社の地位はどうなのか。そこまで余裕があると思うかね」

猿田がそう言って、皮肉っぽい目を鋭く当てた。それから一同の顔をゆっくり見回したあと、再び滝井の上に据え、

「シールドの施工実績を見ればわかる。差は歴然だ。まだまだ三菱重工にはかなわない。外国へ出る前に、先ず国内の足元を固める方が先決だとは思いませんか」

「確かにそれは正攻法でしょう。でも日本では業界の期待の星、東京湾横断道路プロジェクトが待ち構えています。これは我が社にとって、絶対に落とすことのできない案件です」

三菱はこのプロジェクトには財閥グループの総力を結集して必注の構えでいる。それに対抗する最良の方法はただ一つ、川崎の技術が優秀だということを宣伝する以外にないと主張した。

「そのために君はフランスにライセンシーを作ろうというのかね」

「はい。ヨーロッパに川崎の技術が出たとなれば、相当、評価されるでしょう。そこへもって実際に何かビッグプロジェクトでも受注すれば、大いに援護射撃になるはずです」

このとき重機部の小山田が言葉をはさんだ。

「ちょっとお待ち下さい。東京湾のプロジェクトは一社独占ではなく、各社間で分け合うことになると聞いていますが…。そのために三菱、川崎、石川島播磨、日立造船の四社で共同研究をしているのでしょう。もう少し正確にご説明していただかないと、困りますなあ」

滝井は一瞬キッとなったが、こらえた。

「おっしゃる通り一社独占はありませんが、いくつかの工区のうち、三菱は主幹事の座を獲得し、できるだけ多く取ろうと目論んでいるのです。それは我が社でも同じです」

猿田がまあまあと手を振って二人をとりなした。小山田は不服そうな表情のまま、白眼がかった細い目で黒沢を睨みつけて言った。

「それではお尋ねしますが、技術提携というのは、商売として見た場合、妙味がありません。そう思われませんか。技術に無知な相手を指導するための手間だけがやたら多くかかって、そのくせ機械本体が売上にあがらないという、経営的には極めて妙味のない戦略だと考えます」

滝井はすかさず反論を投げ返し、一呼吸置く余裕を見せてから猿田を正視した。

「私が先ず申し上げたいのは、売上に計上することがどれほど重要なことなのかという点です。小山田君のおられる重機部は何十億ドルというプラントを輸出し、売上げに上げた。その結果、いろんな事情で莫大な赤字になっているではありませんか」

「もうそのことはいいんじゃないのかね。重機の赤字は言われなくてもわかっていますよ」

猿田は机をたたき、露骨に不快そうな顔をした。事業部長責任を蒸し返すようなことを今さら持ち出してと、そんな忌々しさが表れている。

滝井に怯む気はない。言い過ぎたかとは思ったが、反発は承知の上だ。ここは断じて主張を貫かねばと心した。

「いくら売上が多くても、赤字じゃ何の意味もありません。むしろライセンスの場合、売上にはならなくても、受注するごとに確実にライセンス・フィーが入ってくる。さらに特別な技術援助をしたら、別にテクニカル・アシスタンス・フィーがもらえるんです」

そして小山田をチラッと見やったあと、続けた。

「しかしもっと大きなメリットはですね。ライセンシーの受注は即、川崎の受注実績となり、我々のＰＲにも役立つことです。私は当社が今後、世界へ進出する場合、極東の果て日本でわざわざ物を作って輸出するというのではなく、むしろ技術を輸出して稼ぐという方向に進むべきではないかと考えます。世界に技術のネットワークを張りませんか」

その一か月後、猿田事業部長と田所専務から承諾の決済が下りたのだった。小山田の苦虫を噛み潰したような顔をよそに、滝井は技術者を連れ、精力的にＦＲＢとの提携交渉に入った。

川崎は全社的に伊藤忠商事との関係が深い。彼らの建機事業部の協力を得て調べたところでは、三菱を始めとする日本のライバル企業はまだヨーロッパ進出の動きを見せてはいない。いずれドーバープロジェクトが出てくることを三菱が知らないはずはなかろうが、巨人三菱にも巨大さゆえの慢心と隙があると滝井は睨んだ。

横綱三菱にとっては、川崎は関脇か小結程度にしか映っていないだろう。その関脇が周到な準備をもとに横綱を倒すのだ。滝井はフランスへ飛び、技術提携を急いだ。

ＦＲＢ本社はパリ地下鉄のマドレーヌ駅から徒歩で十数分、エルメス本店の四ブロックほど裏側の静かなビジネス街にある。ちょうど滝井が今いる会議室の窓からはバレーダンサー養成を目的とする学校が見え、少年少女たちがてきぱきした動作で練習している。

滝井は交渉相手の外国営業部長ポール・ヴェルニに、こちらの心の動きを読まれないよう注意しながら、表面的にはむしろ駆け引きの余裕さえ固持して交渉を続けた。

「ミスターヴェルニ。これは貴社にとっても、決して悪い話ではないと思いますよ。フランスを始め、ヨーロッパのトンネル向け掘削機プロジェクトは目白押しです」

フランス随一の重工業会社ＦＲＢは、受注減による不況で長年、苦しんでいる。そのため国際競争の激しいセメントプラントやボイラーなどの赤字受注を減らし、将来を託せる新製品を開発しようと、製品群と組織のリストラクチャリングに取り掛かっていた。

そのことは滝井も伊藤忠や銀行筋を通して調べてある。ＦＲＢにとって掘削機技術の提携話は飛びつく思いのはずである。

しかしヴェルニも交渉術にたけたビジネスマンだ。北アフリカのビジネスで鍛えている。すんなりと乗る気配は見せない。金縁メガネの奥にはまった目に猜疑と狡猾さを凝縮させ、しかもそれをはばかることなく相手にさらす度胸を持っている。切れるような鋭い目を光らせながら、わざととぼけ気味の声調で牽制に出た。

「でもね、考えてみてもくださいよ。フランスと日本ではあまりにも遠すぎませんか。確かに我が国にはトンネル掘削の技術はありません。しかしドイツをご覧なさい。バーデ、ビルド、ヘレンクニヒト等々。彼らとのライセンシングの方が、FRBにとって有益だという見方もあります」

「おや、そうでしょうか。その考えには二つの点で賛同できませんね。第一にテリトリー（提携の地理的範囲）の問題です。ドイツと提携した場合、貴社のテリトリーは極めて限定されますよ。たぶんフランスだけになるでしょう。これでは商売上のメリットはありませんな。次に技術についてですが、ドイツの技術は硬い岩盤トンネルにしか通用しません。水が湧き出る軟弱な地盤の地下トンネルには不向きなしろものです」

ヴェルニは首をややひねり、言葉に窮した。何だか無言の賛同を強いられた鬱屈感に耐えているようだ。もう勝負はついている。黒沢は内心、余裕をかみしめ、続けた。

「この点、日本の地質は正反対なんですよ。水が多く含まれていましてね。そんな泥水の中を掘削していくことで、技術が確立されてきました。幸い我が社には泥水向けの完成されたシールド技術と、硬い岩盤向けのトンネル・ボーリング・マシン（TBM）技術の双方が備わっています。貴社がこの分野に進出されるにあたって、川崎はまさにベストパートナーだと思われませんか」

この技提交渉で滝井は四回渡仏した。イニシャルフィー（頭金）とロイヤルティー（技術料）の額に多少の不満はあったが、交渉にあまり時間を浪費して三菱を目覚めさせることを恐れ、ヴェルニが最終的に提示した額で同意した。

「ミスターヴェルニ、あなたの粘りにとうとう負けましたよ」

調印式の日、彼の上司ローラン・エッフェル副社長の前で、そう言ってヴェルニの顔をたてることを忘れなかった。

さて、ロンドン支店で滝井はとうとう午後の五時まで待った。支店長の秘書に頼んで田所専務一行の行き先をあたってもらったが、ゴルフ場を出たあと、どこにいるのかわからない。ホテルにもまだ帰っていなかった。たぶんどこかで支店長と酒でも飲んでいるのだろう。

時間が迫っている。滝井はヒースロー空港へ向かおうと立ち上りかけたが、短気は禁物だと思い直した。

急ぎリポート用紙を取り出し、田所専務宛てにドーバー訪問の報告を書き始めた。予定変更した専務への非難は一切におわせず、誤字に気をつけながらポイントを簡潔に記し、封筒に入れた。途中、専務が泊っているホテルに立ち寄ってキーボックスに預けると、大急ぎで自分のホテルへ戻り、杉本と共に空港へ向かった。

## 2 海峡トンネル

パリ北駅ギャルドノルドから北へ列車で約二時間のところにリールがある。北フランスの中心をなす工業都市で、ベルギーとの国境に近い。十七世紀の頃の華麗な石造りの建物があちこちに点在し、その淡くすんだ灰色の外壁に歴史の風雪をにじませている。後の十九世紀には織物産業で栄えたが、当時の労働者たちの生活は悲惨を極めたらしい。

ＦＲＢの主力工場は駅から車で十五分のところにあった。道中の野原には至るところスズランの小さな白い花が咲き乱れ、清楚な雰囲気を放散している。

車を停め、朝の柔らかい陽ざしを浴びながら正門を入った。曲がりくねった路地を思わせる狭い通路を過ぎると、建物があり、小さな部屋の前に出た。ドアは開け放たれている。

「グッドモーニング、ミスタータキイ」

ヴェルニが顔を上げ、立ち上がって微笑みながら手を差し伸べてきた。

「グッドモーニング、ハウアーユー」

フランス語はほんの片言しかしゃべれず、当地でのビジネスはすべて英語で通している。ヴェルニが低姿勢で出てくる時は要注意だ。何かある。滝井は自分でも照れくさくなるほどの大げさな身振りで、相手の手を握り返した。

座るか早いかヴェルニはさっそく要件を切り出してきた。技術提携後、初めて受注したリール市地下鉄のシールド工事がうまくいっていないという。シールド機先端の面盤にみっちり配備された切羽（きりは）のカッタービット（岩石を削る鉄の刃物）が、土を削り始めてそれほど時間も経たないうちに簡単に摩耗するらしい。

滝井は机の上に置かれたサンプルのビットを両手で持ち上げた。ずっしりとした手ごたえが手のひらに食い込む。日本から船で送られてきたものである。刃先がいつものとは違う光を放っている。

—参ったな。

材質が違うなと思ったが、口には出さなかった。川崎の工場で製作する時に品質を落とし、その分、利益を高めたのに違いない。

ビットはシールド掘削機本体と異なり、次々と取り替えられる消耗品である。交換のたびに掘削機を止めねばならず、屈伸スピードと直接関係している。シールド機の性能を決める重要な要素なのだ。

ドーバープロジェクトの入札を間近に控え、一号機であるこのリール地下鉄をぜひとも成功させねばならない時に、何と愚かなことを日本は考えているのか。今、ＦＲＢの信用を失うのは金では償えない損失である。

しらを切るか、妥協をはかるか。滝井は腹立たしさを抑え、ヴェルニの反撃を待った。

「ミスタータキイ、ビットがこれほど多く消耗されるとは知りませんでした。問題はプライスです。川崎から購入するCIF（着港渡し）プライスが、あまりにも高すぎます」

滝井は安堵した。品質のごまかしを見抜かれたのではなかったのだ。

「ともかく、五十パーセントは値引きしてもらわないと…」

「ふむ、価格ねえ…」

これなら何とかできる。実際、消耗品と呼ばれるスペアパーツには原価の何百パーセントもの利益率を掛けているのだ。文句が出て当たり前である。

ヴェルニは鋭い目をやや斜に構え、

「あのライセンス契約、実にきついですな。ビットは川崎から購入すべしと規定されています。当社は手も足も出せません。お手柔らかに頼みますよ」

と言って、返答を促した。

滝井はゆっくりうなずいた。本体価格は安くしてスペアパーツで儲けるというのはメーカーの常識だ。ヴェルニ自身、この方法でたっぷり儲けてきたはずで、それがわかっているだけに、今回の川崎のやり方には我慢がならないのだろう。

滝井は値下げに応じることにした。日本の見積課は今後の長期的なプライス・レベルを考えて、頑強に抵抗するだろうが、押し切らねばならない。

「わかりました。我々のCIFプライスがそれほど高いとは思いませんが、第一号機を成功させる意味からも、今回は特別割引をさせていただきます」

「で、どのくらい？」

「今晩、日本と連絡をとって、明日中にはご満足のいくように回答しましょう」

そう答えたが、一方的にこちらで決めて結果だけを日本に指示するつもりであった。もちろん品質の方は正常に戻さなければならない。猿田事業部長の怒り顔がまぶたに浮かんだ。

ようやくのことで本題に入った。ドーバープロジェクトの作戦である。入札発表が近づいたのに備え、互いにその下準備をしておこうというのだ。

ヴェルニは秘書が運んできたコーヒーとビスケットを滝井に勧めながら、海底の土質の違いを色分けした断面図と海底トンネルの工区図を机の上いっぱいに広げた。

「このドーバー海峡は最大水深が六十メートルくらいあります。ちょうど北海と大西洋からの両方の急流が衝突する地点になっていまして、よく嵐が発生するところです」

滝井も事前の調べはある程度している。が得意そうに話すヴェルニの話の腰を折るのを避け、耳を傾ける姿勢をとった。

ヴェルニは腰をやや浮かし加減にして、客先であるＴＭＣ（トランスマンシュ）が調査作成した土質の断面図を指し示した。ＴＭＣが長期間をかけて慎重に調べたものだという。

「ご存じのように、この海底の地層ができたのは七千万年前から一億年前の白亜紀にさかのぼります。太古の生物の死骸が重なってできた石灰質のチョーク層でして、海底の一番上がグレイチョーク、その下がブルーチョーク、さらにゴールドクレイとなっています」

「そこなんだ。そのチョーク層が問題なんだよね」

今度は自然な形で滝井が引き継ぎ、自らの確認の意味もあり、図面を見ながらチョークの説明を始めた。

## ドーバー海峡トンネル工区図

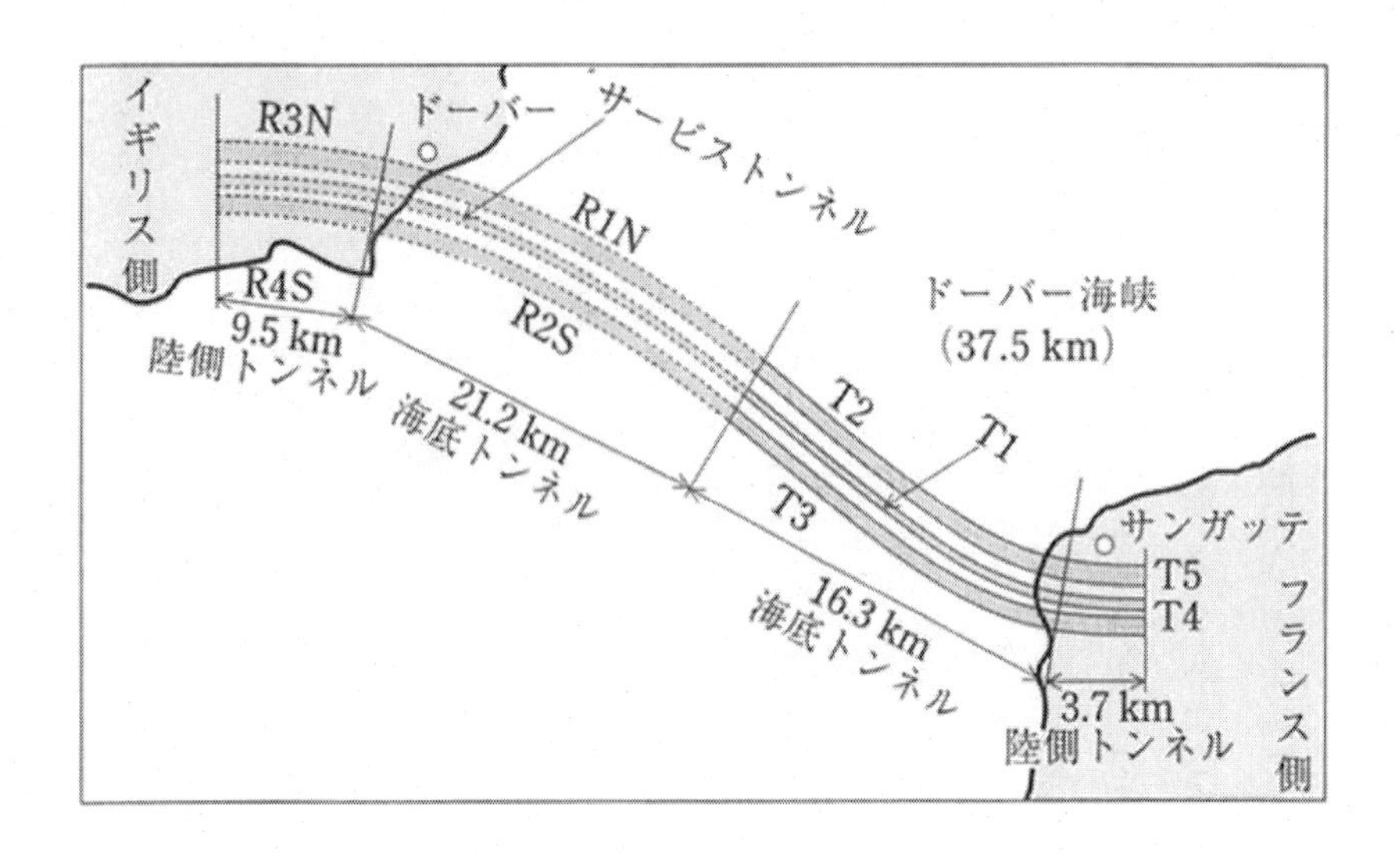


## 掘削深度と土質

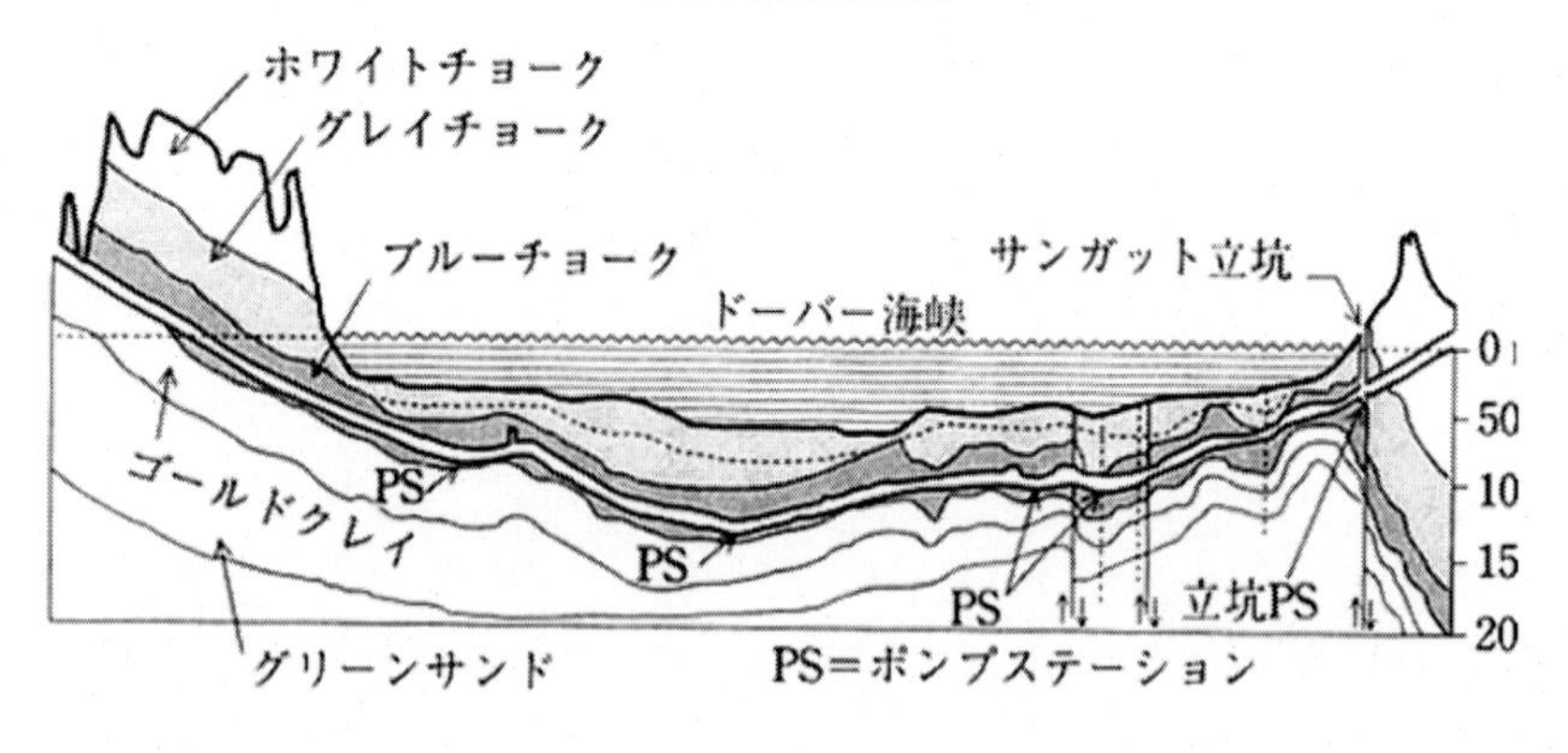

ブルーチョーク層はわりと水を通しにくく、割れ目も少ない適度の硬さの岩盤なので掘りやすい。同じ海底でもイギリス側はほとんどがこの層でできている。

しかしフランス側はそうはいかない。海底部の掘削スタート時点からの数百メートルは、割れ目の多いグレイチョークで成り立っていて、あちこちに水が溜まっている。これが問題なのだ。かなりの水圧で水が湧き出てくるから掘るのに厄介なのである。水の含み具合次第で粘っこくなったり、シャパシャパになったりして、性質が一変する。

「しかし」と滝井は続けた。

「やっとのことでそこを通過しても、安心とはほど遠い。その先にあるブルーチョーク層の上部に突然グレイチョークが現れるし、数キロごとに、地層がずれる断層帯があったりしてね。だから岩や土が粘土状にねばついてしまい、機械の全面にまとわりついて実に掘りにくい。割れ目も多くあり、そこから高い水圧で水が噴き出してくる」

「しかもチョークに水が混ざれば手に負えなくなる…」

「それなんですよ。水分が二十から三十パーセントくらい混ざると、時間が経てば、まるでコンクリートを思わせるほどの硬い土に急変します。それが岩を削っていくマシン先端のカッタービットの刃にびっしり付着して、機械の運転が止まってしまう」

ヴェルニはやや不安そうに、

「長いトンネルです。しかも海底だ。途中で機械が動かなくなったら、工事遂行にとって致命的な打撃ですな」

「でもここさえ通り抜ければ、あとは掘りやすいイギリス側と同じようなブルーチョークだからね」

「川崎がライセンスしてくれた日本のシールド機械は泥水に効くのでしょう？　ちょうどいいんじゃないです

か」

「イエス・オア・ノーですな。水のないブルーチョークには万全とはいきません。むしろ不向きです。そこは硬岩向けのトンネル・ボーリング・マシン、つまりＴＢＭの出番になります」

「川崎はシールドとＴＢＭの両方の技術を持っていますよね。これは強みですな」

「いやいや、今回は一台のマシンで両方を兼ね備えなければなりません。別々とはいきませんからね。だからフランス側の工区は掘削が困難なのです。しかし我々はそれが可能となる技術を開発できる最も近い距離にいると考えてください」

言い過ぎたという思いもなくはなかったが、技術陣の総力を結集すれば必ず達成できる。その楽観さに賭けるのに迷いはなかった。

次の議題として入札の工区割に移った。入札参加を希望するメーカーはＴＭＣからこれらの資料をすでに入手している。

ドーバー海峡トンネルは、仏国カレー近くのサンガッテと英国ドーバー近くのフォークストーンを結ぶ五十二キロの鉄道トンネルだ。そのうち海底部分は三十七・五キロである。真ん中に直径四・五メートルの緊急避難用のサービストンネル、その両側に直径八・七八メートルの単線トンネル二本の計三本を掘り、この二本の本トンネル内を時速百キロの国際列車が走る計画である。

「そんな二十世紀最後のビッグプロジェクトなのに、英仏両政府はいっさい資金援助をしないんですよね」

と、滝井は愚痴った。甚だ不満だが、文句を言っても始まらないのはわかっている。ヴェルニは両手を広げ、太い首を振りながら肩をすくめた。

「何と言っても、リスクが大き過ぎますからね。だからすべて民間資金でやれということになっています」

政府の役割は海峡トンネル工事の事業許可を与えるだけである。そのための実行組織は既にでき上がり、機能を始めていた。

「しかし、そういう意味で本気度はありますな」

それは二人とも認めているところだ。

プロジェクトのオーナーは、ロンドンに本社を置く施主ユーロトンネル株式会社である。ここが株式を発行したり、国際銀行団から融資を受けて資金調達をすると共に、他方、トランスマンシュ・リンク（ＴＭＬ）という会社に設計と工事の発注を行うのだ。

ＴＭＬはイギリスにトランス・リンク（ＴＬ）、フランスにトランスマンシュ・コンストラクション（ＴＭＣ）を設立し、それぞれの国の工事発注及び施工・管理を行わせる。ＴＬとＴＭＣはその国の主要ゼネコンのジョイント・ベンチャーから成る共同企業体である。今回、川崎とＦＲＢの客先はこのＴＭＣになる。

両国での工事遂行にあたり、ユーロトンネルは技術コンサルタントとして、イギリスではアトキンス、フランスはセテックを起用し、自分たちの代理としてＴＬ及びＴＭＣに常駐させた。

そこで問題は工区割である。彼らのあいだで議論が噴出した。

「世界的に注目している大プロジェクトだ。トンネルすべてを国際入札にすべきである」

「いやいや、掘削困難な仏側の海底トンネルは入札にして、ベストなメーカーを選ぶのがよい。英側は掘りやすい土質なので、英国メーカーに指名発注すればいいのではないか」

結局、仏側の海底トンネルを国際入札にかけることになった。そこでＴＭＬは三十七・五キロの海底トンネルをほぼ中央のあたりで二つに分け、仏側にはサンガッテから十六・三キロの地点まで、英側には残りの部分を担当させることにし、各担当トンネル工区に記号を付した。

仏側のサービストンネル（先進導抗。緊急避難や物資貯蔵用）をT1、本トンネルをT2、T3と呼び、英側はそれぞれサービストンネル、R1N、R2Sと呼ぶことにした。そして海底トンネルに接続する陸上部分についても記号を付し、仏側ではT4、T5と呼んだ。

工区図を見ていた滝井が腕を組み直し、不安がよぎったのか、ふうとため息をついた。

「いよいよ戦いですな。難関工区のT1 T2 T3をどのメーカーが受注するのか。これに成功した会社が世界最高の技術保持者に認定されるわけだ。熾烈な戦いになるでしょう」

ヴェルニはやや首を横に振ったあと、「ミスタータキイ」と呼びかけ、胸を張った。

「大丈夫です。フランス側の海底トンネルは三本ともFRBがもらいますよ。湧水の多い困難な地質ですが、ちょうどリールで勉強していますし、実績としてはこれほどのグッドタイミングはないでしょう。それに川崎は泥水と硬岩の両方の技術をもっていますし」

「そうですな。技術に関しては大船に乗ったつもりでご安心下さい」

滝井はヴェルニの自信に満ちた言葉に、不安の薄雲が晴れた。できればイギリス側も受注できないものかと欲が出た。

「ついでに、イギリスの方もどうですかね」

「そんなに欲張ってどうするんです。イギリスはナショナリズムの強い国です。必ず自国のメーカーに発注します。フランスだって同様ですよ。すでにFRBという掘削機メーカーがいるんですからね。しかもリール地下鉄の実績付きときています」

「自信があるのは有難いですが、ドイツ勢が心配ですな。フランスは彼らの表玄関だし、それに世界ナンバーワンメーカーになりたい思いは相当強いでしょう」

「まあ、値段の攪乱要因にはなりますが、彼等はあくまで外国企業です。ご存じの通り、フランスの機械メーカーは不況で苦しんでいます。ミッテラン大統領もシラク首相も、フランス産業を見殺しにするはずがありません」

ヴェルニはそう言って、壁に張られたフランス全土の地図の北の方を指し示した。

「現場となるサンガッテはフランス北部。FRBのリール工場も同じ北部にあるんですよ。この地方の大勢の失業者を救うためにも、為政者はFRBに仕事を発注せざるを得ないじゃありませんか」

その辺の読みは滝井にもあったが、改めてこうしてヴェルニの口から聞くと心強い。とはいうものの、ドイツ勢の動きに対する不安も完全に消すことができず、ダメ押しの手を打っておく必要があると思った。

「FRBは我が社の技術を導入しました。そして今やシールド掘削機製造の実績も持っている。自国でつくれるマシンを、わざわざ外国から輸入するというようなバカげたことのないよう、フランス政府に働きかけられませんか」

「まあそこまで心配することはないと思いますが、一応やってみましょう。FRBはフランス最大の軍需企業です。政府筋には強いコネがありますから」

「そうしていただければ有難いです。ところでフェリー業界の動きはどうですか」

「相変わらず反対のキャンペーンを張っています。何しろサンガッテ近くのカレーは、漁港とはいえ、フェリーでもっているようなものですからねえ。彼等にとって、失業問題は深刻です。だからこそトンネル掘削機は同じ北部地方にあるFRBに発注して、住民の反発を和らげざるを得ないと思いますよ」

「イギリスでもフェリー業界や環境保護派の連中が相変わらず抵抗しているそうですね」

ヴェルニの瞳に淡い不安の色が浮かんだ。

「私が心配しているのは、そういった反対運動なんです。政府への影響もさることながら、このプロジェクトに巨額の資金を貸す銀行業界が弱気になりはしないかと…」

プロジェクトの成否は財政的な支えにかかっている。ところがその金額のあまりの大きさに二の足を踏んでしまうのだ。ただでさえ躊躇しているところへ、こういった反対運動があると弱気になるなと言っても無理かもしれない。滝井はこの点、割り切らざるを得ないと考えた。

「ファイナンスの問題は、我々が心配したところで仕方のないことです。彼等に任せるしかありません。我々はあくまでプロジェクトが進行するという前提で、掘削機必注の準備を進めましょう」

「異存ありません。現にユーロトンネルはファイナンス問題の解決に最大の精力を裂きながらも、一方では着々と工事遂行の準備を進めています。というより、もうT1、T2、T3の出発地点となる縦杭(たてこう)をすでに掘り始めていますからね」

「それは心強いシグナルですな」

「FRBとてもぬかりはありません。昨日もユーロトンネルとTMCの幹部連中をリール地下鉄工事の現場へ案内して、我々の能力をPRしたばかりです」

FRBの現場は滝井も何度か見ている。掘削と同時に空洞となったトンネルの土壁にコンクリートのセグメントを順次張り付けていくのだが、その張り方にほんのわずかな凹凸はあるものの、一号機としてはまずまずのできである。

地盤強化のための薬液も、日本の土木業界では少し怪しげな場面も散見されるが、ここでは初工事ということで、手抜きもなしに十分注入されているのであろう。

「ほら、これを見て下さい。リール市の市長です」

ヴェルニは得意げに新聞の記事を見せた。トンネル現場だ、ＦＲＢの技師と一緒に大きく写っている。フランス語はわからないが、ＦＲＢについてのＰＲ記事であることは直ぐにわかる。滝井はヴェルニの抜け目なさを頼もしく思った。

「マスコミ活用も、なかなか巧みなものですな」

婉曲的に自尊心をくすぐった。が意に反して、ヴェルニは喜ぶどころか逆に渋い表情を返してきた。

「いいですか、ミスタータキイ。掘削機の受注には自信がありますが、問題はコストです。ＦＲＢとしては赤字で受注するわけにはいきません。客先にも厳しい予算があるでしょうからね。困りました」

そら来たと、滝井は用心深く身構えた。いずれ明確にしておかねばならない問題である。相手から切り出される前に機先を制することが肝要だ。

「ご存じのようにフランスはＦＲＢのエクスクルーシブ・テリトリー（販売上の独占地域）です。我々川崎が表に出るつもりはまったくありません。できるだけローカルで製作してもらい、どうしても作れないものだけを日本から買ってくれればよいのです。川崎はロイヤルティと一部のハード（製品）だけで満足です」

「そこなんですよ、問題は…。ロイヤルティにせよハードにせよ、あまりに高すぎる。先ほどのカッタービットと同じです。もっと値を下げてもらわないと、競争できません」

「ロイヤルティはライセンス契約で取り決められています。個々のプロジェクトで変えるつもりはありません。ただ日本からのハード分については、今後、両社でよく打ち合わせしましょう」

滝井はライセンサーの立場を利用して強引に押し切った。一度でもロイヤルティを割り引けば、今後もずっとそれを適用される可能性が強いのだ。ライセンシーに対しては時に強く出ることも必要である。

ヴェルニは不満そうにかすかに首を傾げ、いつもの癖だが、両手を広げて肩をすぼめる仕草をした。滝井は気づかないふりをして次の話題に移った。

「ところで入札スケジュールですが、まもなく発表らしいですね。何か情報はありませんか」

「ＴＭＣにいる友人の話ですと、近々らしいですよ。陸上部分のＴ4とＴ5、それに海底部分のＴ1サービストンネルの仕様書が先ず出ます。中でもサービストンネルが最も急がれるようです」

滝井は大きくうなずき、言葉を継いだ。

「サービストンネルといえば、アメリカのジオテクの動きはどうですか。十年ほど前にマシンを受注して、いざ堀り始めようとした時に中止になってしまいましたね」

「あの機械はいまだにサンガッテの現場に放置されたままです。錆びちまってスクラップになっていますよ。もちろん今回のトンネルには、スペックの違いもあって使い物になりませんがね」

「技術が根本的に進歩しているだろうからね」

「それはそれとして、ジオテクはフランスには出てこないと思います。彼等はイギリス側の海底トンネルに興味を示しているのです。マッコームというイギリスの造船所に接触して、川崎と同じようにライセンスを与える動きをしていると聞いています」

「イギリス側のトンネルを全部、かっさらおうというのですか。ジオテクもなかなかやりますね。これでドーバートンネルはイギリス側がジオテクの技術、フランス側が川崎の技術という図式になりそうですな」

「ＦＲＢの存在も忘れないでくださいよ」

二人は同時に笑った。ＦＲＢと技術提携したことの先見性に、滝井はまんざらでもない気分に浸った。

## 3　潜行

パリの航空ショウが始まった。たちまち市内のホテルは満室が続出し、そこへファッション関係のショーも幾つか重なって、シャンゼリーゼ通りは人の波また波である。

ジオテク社の二代目社長ウイリアム・クロスは急遽、会社がある米西海岸のシアトルからパリ入りしたのだが、オペラ座裏に位置する定宿のルージュホテルから危うく断られるところだった。顔見知りの支配人を呼び出し、ようやくシングルの狭い一室をとることができた。

きのうＴＭＣの古い友人ピエール・モロウからシアトルに電話があった。トンネル掘削工事の施主、つまり客先であるＴＭＣの技術者だ。入札日が近いので技術打ち合わせをしたいと言ってきたのである。

クロスは社長の責務として健康体であることを自身に課し、仕事一途な生活の中にも毎朝のジョギングを欠かさない。長身で引き締まった体と適度に日焼けした彫りの深い顔は、実際より若く見えさせるだけでなく、精神的には年齢以上の内面的深さを感じさせた。

ＴＭＣとの会議にはオルリオエンジニアリングのジョセフ・オルリオも同行することになっている。フランスにおけるジオテク代理店の社長で、事務所は地下鉄サンラザール駅の近くにある。ＴＭＣ訪問の前に、先ずそこで事前打ち合わせをもつことにしていた。

地上に出た。よそ見をせず、足早に歩く。別に急ぐわけではないが、それが癖になっている。ジョギング後のシャワーの爽やかな感触がまだ体の奥にじんわり残っている。

鉄がむき出しの古いエレベーターに乗り、四階で降りた。その真ん前に錠前がやたらに大きいオルリオのオフィスがある。黒い木製の厚いドアは年月のアカを付着させ、鈍い光沢を放っていた。

オルリオはクロスの古い親友だった。クロスがアメリカにいる間は彼に代わり、ＴＭＣのピエール・モロウを始めとする友人たちと頻繁に連絡を取り合った。良好な人間関係の維持に努めるとともに、情報を入手してはクロスに知らせている。ジオテク社のヨーロッパにおける活躍の舞台裏には、長年にわたるオルリオの地道な努力があった。

「そう言えば、あの時の無念さ、忘れられませんな」

「いよいよだね、ジョセフ。ようやく長年の夢がかなう時が来たようだ」と、クロスが語りかけた。

オルリオが思い出をたどるように目を細めた。七十歳を超えているというのに、声の張りはまだ五十代に聞こえる。顔の艶も若い。

十二年前の一九七三年、ジオテクがＴＭＣからトンネルを受注し、掘り始めたものの、間もなくオイルショックが勃発して頓挫してしまった。その時の悔しさをクロスとオルリオは片時も忘れたことはない。

その無念さはＴＭＣも同様だった。技術主任だったモロウは寂しそうな表情で黙ったまま、回転の止まったマシン（掘削機）先端の冷たいカッタービットを手で撫でていた。掘り始めようと、現地のサンガッテでマシンを組み立てている最中の出来事だった。そのトンネル入り口には、初冬のドーバー海峡の霧雨が音もなく降り注いでいた。

まだ四十歳そこそこだというのにモロウの前頭部は禿げ上がり、目じりに刻まれた濃い皺が如何にも苦労人という印象を抱かせる。何か濡れた感じの厚い唇は東洋人的な情の深さを思わせた。

「ミスタークロス、あなたの無念さは私と共にあります。ＴＭＣも諦めませんぞ」

そう言って、クロスに無言の友情を誓ったのだった。

それ以後も海峡トンネル計画は持ち上がっては消え、消えては持ち上がりしながら十年あまりが過ぎた。しかしその間にもクロスは着々と掘削機技術の改良を重ね、モロウを始めとするジャン・マジノらＴＭＣ技術陣と一体となって、協議を絶やさなかった。

掘削機の技術問題だけでなく、契約条件についても激論が戦わされた。初期の頃は契約条件の方にクロスは全力を注いだ。いまだ結論をみない契約範囲問題に苛立ちながら、モロウに反論する。

「ＴＭＣのご心配はわかりますが、この条件の受け入れはどだい不可能ですよ。機械メーカーの能力をはるかに超えています」

掘削機供給だけでなく、土木工事や全体工期のすべてを含むターンキー的な責任範囲を、ジオテクで持てないかというのである。

「これではとてもじゃないが、話になりません。もしそうなら、何千億円から一兆円という天文学的な契約額になるでしょう。これは明らかにゼネコンの仕事です。それに引き換え、掘削機の値段はせいぜい何百億円単位ですよ。全体予算の九割以上が土木工事でしょう。機械メーカーがゼネコンの代わりをするなど、とうてい不可能な相談です」

「しかしこのトンネル工事は未曽有の冒険です。世界中の誰もがその掘削技術を持っていません。もし失敗したら、一兆二千億円もの建設資金（実際には後に約二兆円に膨張）をドブに捨てることになる。そうなったら破滅です」

それだけは避けねばならないと、クロスも同感である。早くから言われていることだが、このプロジェクトには英仏両国の国家予算がつかないらしい。すべての資金は民間から集められることになると聞いている。

モロウは困ったように続けた。

「だから世界の銀行団は不安がって、融資に二の足を踏んでいるのです。誰かが全体責任を負わなければなりません」

「それなら英仏のゼネコンが契約者になればいいじゃないですか。我々ジオテクは彼らに掘削機を売るという一般的な図式です」

「それができないから困っているんですよ。ゼネコンにはこの地層を掘る技術と経験がありません。ですから銀行団は信用していないのです」

「しかし何としてもトンネルは掘らねばならない」

「ミスタークロス、どうかご理解願えませんか。融資団を説得できるのはトンネル掘削工期の確約、この一点です。工期が一日遅れたら、どれだけ損害が発生するかわかりますか。一八ミリオンフラン（五億円）ですよ。彼らはこれを恐れています」

ヨーロッパでは大抵の工事は遅延するのが常識だ。こんな難工事なら一年や二年、いや十年遅れてもおかしくはないだろう。

「なるほど。一年遅れたら六五七〇ミリオン（一八二五億円）、十年だったら六万五七〇〇ミリオン（一兆八千億円）の損害になりますな」

会議が終わり、クロスとオルリオはＴＭＣを出て近くのカフェで一息ついた。そのとき、これはＴＭＣの誘い罠に違いないとオルリオが言った。

「ＴＭＣはフランスのそうそうたるゼネコンの集まりですよ。えりすぐった技術者たちが出向してきています。土木を機械メーカーに押し付けるのが的外れなことくらい、知らないはずはありません。本意ではないでしょう。ただそう言い張ってジオテクをぎりぎりまで追い詰めて、最後は土木をはずすから工期だけは保証せよと、迫るに違いありません」

ＴＭＣのゼネコンにはブイグ、エスジーイー、スティバティニョール、デュメスなど、名だたる会社が人材を送り込んでいる。

「私もそう思います。見え透いた駆け引きだろうね。ＴＭＣにはセテックがコンサルタントとしてついている。セテックともあろうところが、機械メーカーに土木を押しつけようなんて考えてもいないでしょう。でも、盟友のモロウは駆け引きのことを教えてくれなかったよね」

「まあ、モロウだってマジノだってＴＭＣの一員ですからね。銀行団の融資を取り付けることができなければ、ＴＭＣは解散させられる憂き目にあいますから」

「ということはだね。掘削機を受注するには工期での妥協もやむを得ないということか…」

それから一週間ほど押し問答を続けたあと、両者はようやく折衷案にこぎつけた。土木をはずし、その代わり機械メーカーが掘削機供給だけでなく、工期の責任も負い、その保証をするという形である。

それでもクロスは表向きまだ容易に納得できないという姿勢を保持した。後に控えている工期遅延の保証ペナルティ交渉に向け、心理的な貸しを作っておこうと考えたからである。

しかし最後にはシナリオ通り、粘るだけ粘って妥協した。掘削機供給に加えて工期保証もすることで、入札の一般条件の範囲を確定したのだった。不本意ではあるが、了とした。

そこでその工期問題をどうクリアするかである。まったく先が見えないが、見通しがゼロというわけではない。優秀な掘削機を投入できれば打開できそうな予感がせぬではなかった。工期遅延のペナルティ条項次第で、この問題はクリアできる可能性があると踏んだのである。

契約範囲が決着したあと、技術打ち合わせの傍らペナルティ額の折衝も行い、日にちはかかったが、押し問答の末、これも不承不承ながら契約額の二十パーセントで妥協した。不承不承というのは見かけのゼスチュアで、内心では勝算ありと踏んでいた。

仮に掘削機契約額が三百億円とすれば、工期遅延で二割を没収されると六十億円の損失になる。しかし、それを恐れる必要はない。一応は国際入札の形をとっても、実質的には技術保持者のジオテクが受注するのは間違いなかろう。

そうならば、あらかじめ応札する掘削機価格にたっぷりと利益を計上しておけばいいのだ。端的に言うと、六十億円上乗せしておけばいいことになる。そう割り切って今日を迎えたのだった。

クロスは常に慢心を戒める謙虚さを忘れていないが、受注の優位性には自信があった。

「ジョセフ、君の意見を聞かせてくれませんか。ＦＲＢや三菱などのコンペティターが動き出してはいるが、どうだろう。フランス側の複雑な地層を掘れる掘削機をつくれるのは世界でジオテクだけしかいない。価格交渉の問題はあったとしても、最終的には必ず我々に来るんじゃないのかな」

オルリオも大げさにうなずき、同意する。

「一九七三年当時のエンジニアたちが大勢ＴＭＣに戻ってきています。心強い限りですよ。彼等は今もジオテク技術の優秀性を固く信じてくれています」

「それに我々の掘削機の技術仕様だって、岩盤対応のフィロソフィーは変わっていないけれど、前のとは比べ物にならないほど改善、進歩しているからね」

「その通り。ちょうど我々が掘っていたアルプスのスイス側トンネルも開通したばかりだし、何と言っても、ヨーロッパの地質に多くの実績があるのは強みですな」

そのための技術的布石は着々と打ってある。実際、ＴＭＣが入札書を作るに際し、クロスはメーカーの立場から助言を惜しまなかった。

助言というよりはむしろコンペティターを不利にするためのスペック（技術仕様）作りに注力したのだった。ジオテクが得意とする技術で、しかもコンペティターができないか、あるいは不得意な技術をひそかに研究し、それをスペックに盛り込むのである。

技術畑出身の社長ではあるが、人の気持ちを汲み取る感受性の豊かさには天賦のものがある。その論理的で柔らかな語り口は相手をひきつけずにはおかない。いつも控えめな誠実さをその奥まった青い目ににじませている。豊富な技術経験に基づき、具体的な工事例を引き合いに出して忍耐強く説明されると、相手は疑念の入る余地もなく、それがベストの解決だと思いこまされてしまう。そこがクロスのつけめであった。が、そんな野心を相手に気づかせることなく、むしろ感謝の念さえ起こさせながら技術的な要求を盛り込ませるのだ。

たとえばトンネル内で稼働中の掘削機がミミズのようにくねくねと伸び縮みする機能。狭い空間でのこの動作は作業効率を飛躍的に上げる。これはジオテクだけが持つノウハウだ。

もちろん相手をだましたり、不可能な技術を押しつけたりはしない。技術者の良心はあくまでも貫いている。良心の許容される最大限のところで、営利的な戦略の妥協を図るのだった。

コーヒーブレイクに入ろうとしたとき、オルリオにイギリスから電話がかかってきた。同じ商社仲間からの朗報だった。

オルリオは受話器を置くと、目を輝かせ、

「英国側の工区ですが、どうやらネゴベースで、自国のマッコームとホウデンに決まりそうです」

「ほう、入札なしか。これは助かる」

「トランス・リンク（英のＴＬ。仏のＴＭＣに相当）に技術協力してきた甲斐がありましたね」

マッコームにはジオテクが技術指導をしている。技術提供という形であればコスト的なリスクはないし、手間もそれほどかからない。ホウデンも近々話し合いたいと申し出てきた。これで実質、ジオテクがイギリス側を押さえることになるのだ。

「あとはフランス側に全力投球するだけですな。この勢いで英仏ぜんぶのトンネルをいただきましょう」

「もちろんだ」と、クロスはいつになく昂揚した。


この頃、クロスは日本の小松製作所を何度か訪れている。

小松はパワーショベルを始めとする建設機械では世界有数のメーカーだが、シールド機械では後発である。シエアでは三菱重工、川崎重工、石川島播磨、日立造船等からは相当引き離されている。それは昔も今も変わらない。

しかし硬い岩盤用のＴＢＭ掘削機となると、日本のどのメーカーもジオテクの足もとにも及ばない存在に成り下がる。ただ川崎だけはやや違う。比較にはならないものの、すでに山岳の掘削でわずかだが二十キロ以上の実績があった。三菱は可能だと宣伝しているが、果たしてどうかとクロスは懐疑的だ。

そんな中、クロスの父親が社長の代に、小松はアメリカへ行き、ジオテクのライセンシーにしてほしいと申し出てＴＢＭ技術を導入している。日本に適した軟弱地盤用シールドと、ジオテクの硬岩用ＴＢＭ両方の商品を揃えたのだった。ドーバーがホットになった今になって、これが役立とうとしている。

―小松は先見の明があったな。

クロスはパレスホテルの窓から広い皇居を眼下に眺めながら、そう独りごちた。

日本での硬岩用マーケットそのものは微量に過ぎないけれど、小松はこの分野で一応、川崎、三菱とほぼ同等の戦いをしていると思える。ジオテクにとって小松から入る技術料収入は取るに足らないほどで、提携のメリットはほとんどない。しかしせっかく父が築いた遺産を壊すのも気がひけ、そのまま提携関係を維持してきた。—益は小さくても害はない。

その程度の認識でいた。

ところがドーバープロジェクトでは、水分を含んだグレイチョークの処理に世界の技術的関心が注がれている。この問題解決が受注の決め手になるのは疑う余地がない。

ＴＭＣとの良好な関係からして、ジオテクが受注するのは間違いないと自分は信じている。だが自社ＴＢＭの機能をより高め、より安全にしておくのは技術者として当然の責務であろう。

ジオテク自身も数年前からシールド技術を開発していたが、まだまだ駆け出しレベルで日本の比ではない。ところが今回はその日本勢と戦わねばならないのである。ジオテクのシールド技術の弱さを小松に補ってもらい、それをＴＢＭに組み込みたいと考えた。迷っている時間はない。時を移さず小松に連絡を入れた。

赤坂溜池の小松本社ではちょっとした騒ぎになった。棚からぼた餅式の申し出に皆は小躍りし、興奮を抑えられない。

「ビッグニュースだよ。世界のジオテクが小松のシールド技術が欲しいらしいぞ。我々が遂にライセンサーになるのか」

「日頃、技術料を払わせられるばかりだったけれど、今後は対等の立場になるかもしれん」

技術陣は意気込んだ。

ところがクロスは沈着だった。小松の一歩先を読んでいた。日本のシールド業界における小松の地位がそれほどでないのを見抜き、長期にわたる技術提携は得策ではないと判断した。

むしろ今回限りという条件で、単発的にシールド技術の優れた部分を買い取るのがよい。と同時に将来目標として、小松の技術の完全な消化を通じ、硬岩、軟弱地盤の両技術を合体した画期的な掘削機の開発を目指す作戦に出た。

—ただ問題は小松の反応だ。

単なる切り売りで貴重なノウハウを出してくれるのかどうか。その確信はないけれど、交渉テクニック次第でうまくいけるのではないかという気もせぬではない。初日の夜、新橋田村町の高給ステーキハウス麤皮で歓迎会が催されたとき、相手の常務赤間幸助と来宮健吉事業部長を前に、クロスはそのための先手を打った。

「ご承知のように、このドーバープロジェクトは世界中が固唾をのんで見守っています。もし我々が受注できれば、御社の名声は確固たるものになるでしょう」

「受注できれば、ということですよね」

赤間は嬉しさを隠すかのように、あまり気のない風な言葉で流した。しかし自尊心をくすぐられたことはその緩んだ頬に正直に表れている。クロスは気づかぬ振りをして続けた。

「いえ、常務。できればということではありません。必ずジオテクが手に入れてみせます。そのために私はここ十数年、客先と密接な関係を築いてきました。ただただトンネル業界世界ナンバーワンの栄誉を得るためにです」

クロスは話しながら、小松幹部の野心に火がついたことを確信した。と同時に、あまりにこちらが前のめりな姿勢を見せ、その結果、強気になられても困ると思った。長期的な技術導入のライセンシングは避けたい。単発的な技術の買い取りで収められないものか。

ではどういう作戦でいくかだが、相手は間違いなくライセンシングを申し出てくるだろう。これをうまくかわすためには、それを拒絶されても仕方がないという心理状態にあらかじめ追い込んでおく必要がある。

願わくば、ライセンスを断ってほしいとまで相手に思わせねばならぬ。それに乗る形でこちらが断われば、むしろホッとして、比較的容易に技術の売り切りの方向へ移行するのではないか。

だがこれは容易ではない。今夜、じっくりホテルで考える必要があると思った。

その場はそれ以上議論を深めず、話題を日本のコンペティターである三菱重工に移した。

「ところで入札発表も近づいた今、三菱の動きはどうですか」

「さすが大財閥ですよ。鼻息が荒いです」

と来宮が言ったあと、残りのワインをグッと飲み干し、神妙な面持ちになった。

「彼らはジオテクが最強だということは重々知っていますが、負けが許されない戦いだということも知っています」

「は？　どういうことですか」

「三菱財閥には金曜会というのがありましてね。グループ各社の長老が毎月第二金曜に集まる昼食会ですが、そこでグループとしての最高意思決定を行うのです」

「ほう、昼食会？　さぞ豪華なメニューでしょうな」

「いえいえ、カレーライスだそうですよ」

どうやらその金曜会が、三菱財閥の名誉をかけてフランス側工区のトンネルを絶対に受注せよと、号令をかけたというのだ。

「そんなこともあって、恐らくジオテクの強敵になると思われます」

「ふむ、そうですか。まあ、技術では我が社に太刀打ちできないでしょうけれど、値段の攪乱要因になるのが困りますなあ」

この時点ではクロスは大三菱の力と怖さを甘く見ていたと言える。

そんな雑談のあと、三人は場所を銀座のクラブへ移そうと、麤皮を出た。夜も遅いというのに明るく照らされた街は人であふれ、客待ちのタクシーや黒塗りのハイヤーなどが所狭しとばかりに駐車している。ネオンで輝く街全体に、若さと老成の混在した猥雑な活気が濃密に満ちていた。

クロスは驚いて、クラブまでのくねくね道を歩きながら疑問を口にした。

「日本人はいつもこんなに遅くまで遊んでいるのですか」

「いえいえ、遊んでいるんじゃありません。接待ですよ。仕事の接待は日本の文化ですから」

赤間はそう応じ、日本は不動産と株価が高騰して未曽有の好景気なのだと、近くのビルを指さしながら、あれはいくらいくらするだろうと具体的な金額で説明した。

「じゃあ、御社の業績も好調なんですね」

「とんでもない。製造業は去年のプラザ合意以来、さっぱりですよ。円高で深刻な輸出不況に見舞われていましてね。町工場は倒産の嵐です」

クロスは数年前に出版された社会学者エズラ・ヴォーゲルの著書「ジャパン・アズ・ナンバーワン」を思い出していた。

その夜、遅くまでクロスはホテルのバーラウンジで考えを巡らせていた。フランス側工区を受注した時の名誉とメリットは計り知れないものがある。しかし反面、それと同等以上のリスクも付きまとっている。そういう風評が世間に広まって久しい。

技術的なグレイチョークのリスクは別として、工事途中でファイナンスが途切れてしまい、工事中断に追い込まれはしないか。そんな危惧がまことしやかに囁かれているのだ。

このファイナンスリスクの恐れを過大に吹き込んでみたらどうだろうか。クロスはそう考えた。そのあとで小松の直接参加を持ち出す作戦がよい。ジオテクと共同応札してほしいと依頼すれば、直接参加に二の足を踏み、断ってくるのではないか。そうなれば、ジオテクにとって、断られたということで、相手に一つの貸しをつくることになる。

翌朝、クロスは作戦を実行に移した。技術の切り売りを勝ち取るための地ならしである。交渉相手は事業部長の来宮健吉だ。巧みにファイナンスリスクの心配を吹き込む一方で、工事中断の可能性も考慮すれば、ジオテクだけではドーバープロジェクトの荷が重すぎると、懸念を匂わせた。

「ここはぜひ小松との共同入札ということでお願いできませんか」

「いや、それはどうでしょう。私の一存では決めかねますので、ちょっと時間をいただけませんか」

そんなことがあって、小一時間、クロスは席をはずした。その時間を利用して、赤坂のあたりをぶらぶら歩き、色鮮やかな日枝神社の境内を散歩した。空へ伸びるどの木々にも風格があり、足裏で踏む石段と石段の合間に薄い苔が張りついている。目の前に広がる澄んだ厳かな空間が何とも気持ちいい。昨夜の酒を吐き出すように深呼吸をした。

読み通りである。小松はリスクを恐れた。共同入札には興味がないと回答してきた。

「その代わり、ライセンスによる技術提供をいたしましょう」

「ふうむ、それは困りましたね。これでは単独で戦地に臨まなくてはなりません。御社とは長い付き合いです。私としては利益もリスクも分けあう一心同体の形で攻めたかったですな」

クロスはそう落胆の表情を示した。それでいてあまりに強調し過ぎて相手に翻意させることはあってはならない。苦悩ぶりを控えめに調節しながら、小松幹部の心に心理的な貸しを植え付けることに努めた。

そんな深い意図まで知らない小松の二人は、思わず互いに目を見合わせ、先ずは共同応札を免れることができて安堵した。だがクロスからライセンシングについての反応がない。どうも気にかかる。

「で、ライセンシングの方は如何お考えでしょうか」

と、しびれを切らせ、クロスに考えを問うた。

「そうですね。正直申し上げて、これはあまり賢明な策とは思えませんね。天下のジオテクが小松のライセンシーになり下がったとTMCが知ったら、どうなると思われます？　恐らくドーバープロジェクトは失注してしまうでしょう」

「失注ですって？」

「ええ。そんなに技術に自信がないのなら、他にメーカーがいるぞ、三菱がいるぞと、そうわめくに違いありません。TMC内にも三菱を推す強力な人物がいますから」

瞬時、沈黙が流れた。どうやらこれからの交渉の仕方をどうしようかと、考えを巡らせているようだ。

クロスはこの機会を見逃さなかった。一気に攻勢に出た。

「どうでしょう、皆さん。シールド技術の幾つかをこのジオテクに有償でお譲り願えないでしょうか。テールシールや面板等、一部技術の買い取りです」

「はあ…」

何とも頼りない応答だが、否定はしていない。押せば勝算ありとクロスは睨んだ。

「御社のシールド技術を取り込んだジオテクの掘削機が受注する。そうなれば、小松の技術が評価されたことを意味します。そうは思われませんか」

「まあ、それはそうだけど…」

「このニュースは世界中に広がります。御社にとって、何千万円、何億円にも代えがたい宣伝になるでしょう」

それに、東京湾横断道路のプロジェクトにも効果があるのではと、ダメ押しするのを忘れなかった。


それから三週間後、クロスは再び来日し、小松と技術買い取り交渉に入った。

その間、小松は交渉を有利にすべく作戦を練った。商社情報などをもとに、ジオテク受注はほぼ間違いなかろうと踏んだ。社内会議では来宮は人が変わったように強気だった。

「そうと決まれば、この機会に技術の値段をふっかけて、これまでの技術料を回収しようじゃないか。たっぷりと儲けるのも悪くない」

「このチャンスを逃す手はありません。プラスアルファも得ましょうよ」

「もちろんさ。できればこの技術売りは、T1トンネルへの適用だけに限定したいと思う。続くT2、T3はその時点でまた別契約をして、さらに利益を稼ぐのが賢明だろう」

「でも技術に責任を負うのは避けたいですね。彼らがどんなふうに使うかわかりませんから」

「その通り。ドーバープロジェクトはあまりにも未知の要素が多すぎて危険だ。できることならリスクは一切避け、あくまでコンサルタントベースで成立させよう」

「ジオテクにもドーバープロジェクトの受注を確実にするというメリットがあるはずです」

小松が出したライセンシングの対案を否定してくる以上、相手にも心苦しさはあるだろう。多少の条件にも目をつむるのではないか。ぐずぐずとネゴで時間を浪費している暇はないはずだ。そう締めくくり、クロスとの会談を迎えたのである。

事実、クロスはほぼ小松側が狙った通りの行動をした。提示価格を見て、

「うーむ、これは…」

と、不満そうな演技をしてみせたが、それは始めだけである。頃合いを見て引っ込めた。入札発表が差し迫った中、コストよりも時間を優先させた。表向き小松の要求を全面的に呑む形をとりながら、シールド技術の中でもエキスの部分にしっかり的を絞り、こうして技術の単発的な買い取りに成功したのだった。

値段を吹っかけてきているのは承知していたが、どうせ受注は決まっているのだからそこで回収すればいいと、あっさりと要求を受け入れた。但し譲れない条件があると言い、

「コンサルタントベースはいいでしょう。しかし買い取り技術の対象範囲はT1用だけでなく、すべてのトンネルでなければなりません」

と、きっぱりと否定する気迫も示した。相手の気の変わらないうちにと、その日のうちに契約書にサインした。ディナーの席上、小松幹部のうれしそうな表情を垣間見たとき、クロスは救われた思いがした。小松とジオテクの双方にとって成功だった今回の取引に満足を覚えた。

翌日から具体的な技術の議論に入り、有意義な結果に終わった。小松から得た技術としては、マシン先端の切羽（きりは）にかかってくる泥水の圧力に関する部分、マシン後方の継ぎめ個所が内外の圧力差で破壊されないよう、三十気圧までの圧力に耐えられるだけの特殊なテールシール装置、そして水の混じったチョークを切羽から掘削機内に取り込み、水分を落としてチョークだけを取り出すピストンポンプ、主としてこの三点に絞られた。

特にテールシールについては安全性にかかわるものだけに十分な実験をし、確証データを付すよう求めた。これは世界のどのメーカーもまだ完成していない画期的な技術であった。

—ジオテク固有の技術にこれらが加われば鬼に金棒だな。

目前に迫った勝利の喜びを胸の奥で噛み締めながら、小松幹部との和やかな歓談を続けた。

一週間ほどジオテク技術者を小松の工場へ送り込み、技術習得に励んだ。それを踏まえ、ハードロックとソフト地盤合体の技術をもとに、クロスはＴＭＣと入札用の技術仕様書を決定すべく最終の詰めに入った。自社に得意な技術をふんだんに盛り込み、コンペティターを寄せつけないよう配慮した。

「この中折れ機能は実に便利です。鋼鉄製の固いマシンが狭いトンネル内で、ミミズのように自由に方向転換できますからね」

そう言って、採用を成功させた。この機能は日本の川崎が軟弱地盤で少し実績があるだけで、他のどのメーカーもできないことは調べがついている。一方、ジオテクでは数えきれないほどの実績があり、自信をもって勧められる。

テールシールについても水面下百メートルでの掘削となれば、単純に十気圧の勘定でよい。安全面での余裕をみても、十一、二気圧に耐えられれば十分だろう。しかしクロスは小松での実験結果が順調に進捗しているのを見届けるや、大胆にも三十気圧の必要性を客先に主張したのである。

—海底では何が起こるかわからない不気味さがある。

そう考えれば、より安全を目指すのは決して間違ってはいないと、自分に言い訳しているあたりは技術者としての良心のなせるわざなのだろう。

しかし、会議では唐突に三十気圧を提案したのではない。クロスは用意周到なビジネスマンだ。その前にひそかにフランスの安全規格当局を訪れ、今回の海底工事の危険性を吹聴した。

「ですが、その分、コストが増大するのが悩みの種です」

と、採用するかどうかの判断を当局に預けるふうな謙虚な姿勢を示した。

「ミスタークロス。安全にコストは関係ありません。決めるのは私たちです」

担当役人のその確たる言葉の裏に、思惑が潜んでいるのにクロスは内心、微笑んだ。これを機に自分たちの影響力をドーバープロジェクト関係者に行使できると、悪い気はしていないのだ。役所の縄張り意識はどの国も同じである。お陰で受注にさらに一歩近づいたと、満更でもなかった。

## 4　不滅のライバル

丸の内の一等地にある三菱重工業ビルの一室では、朝から熱気のこもった会議が続いていた。シールド営業部長の霧島平蔵は、グレーの背広に大柄な体をきちんと包みこみ、手の甲で額の汗を拭きながら一つ一つの質問に丁寧に答えていた。

「ドーバー海峡プロジェクトが川重（川崎重工）にさらわれるのではないかというご心配は、もっともなことだと思います。しかしそれはあくまでも風評に過ぎないというふうにお考え下さい」

「自信があるのは結構だが、君の話には裏打ちがない。第一、川重にはフランスにＦＲＢというライセンシーがいるじゃないですか。これは絶対的な強みですよ。天下の三菱がこのことに気づかなかったのは、まことに残念なことだ」

そう話す取締役本部長の熊田茂の顔に、無念さと危機感をない混ぜた表情が浮かんでいる。薄い下唇を内側へグッと噛みしめたあと、さらに続けた。

「何しろドーバーは絶対に受注しろという社長からの命令がきているのです。恐らく金曜会が動いているのだろう。三菱グループのメンツがかかっているらしい。何かいい知恵がないものだろうかね。今からでもライセンシーを探してみるとか…」

工務部長の唐沢君夫がすかさずそのあとを引き継いだ。

「それはもう遅すぎますよ、本部長。近々、入札発表があるのですから。そうでしょう？　霧島さん」

唐沢は霧島の失態をなじるように皮肉っぽい視線を斜に投げかけた。霧島はそんな唐沢を無視したまま、緊張の中にも自信に満ちた視線を熊田にさし向ける。

「言い訳と受け取られるかもしれませんが、フランスにライセンシーを持つか持たないかは、ドーバープロジェクトの受注に関する限り影響はございません。川重はＦＲＢに製作させるつもりでいますが、その考えは甘すぎます。ＦＲＢにはそれだけの製作能力はないとお考え下さい」

「ほう？」

「今回の納期は極めてタイトなものです。私は先にリール工場のキャパシティを調べてみました。クレーン能力、旋盤の径、レイアウト等からみて、限られた期間内に直径八・七八メートルもの大口径マシンを何基も製作する余裕はありません」

「ふうむ、どうなんだろう。川重がそんな能力のないところをライセンシーに選ぶなど、ちょっと考えられないが…」

「もしたっぷりと時間があれば話は別です。おおぎょうなやり繰りをして、何とか成し遂げるでしょう。でも今回は時間との戦いなのです」

「待って下さい、霧島さん」

唐沢が又もや口をはさんできた。

「欧州の会社はどこも納期にはでたらめですよね。その中でもフランスは最もだらしがないというじゃありませんか。いくら客先が納期を強調したところで、そんな社会風潮のもとでは、誰もがあまり意味のないことだと暗黙のうちに了解しているんじゃないでしょうか」

「一般的には正しい解釈です。しかし今回はそうでないことを、私どものパリのエージェントを通じ、客先の有力な筋から確認しています。有難いことに川重はそのことに気づいていません。ＦＲＢに任せっきりで、もう受注した気分になって、次は東京湾横断道路だとゼネコンに吹いて回っています」

　熊田が右の手のひらをすっと前に差し出し、「そ、そう、それが困るんだよ」と、どもり気味にまくしたてた。

「ここだけの話だが、あまり派手にやるもんだから、三菱グループの社長会の時など、三菱はどうしたんだという雰囲気が流れるそうだ。ま、それもあるが、世界中が注目しているこのドーバープロジェクトです。とりわけフランス側工区は三菱として絶対に受注しなければならないということを、皆さん、肝に銘じていただきたい」

　霧島は小さくうなずき、汗粒を額に浮かべたまま、かしこまったという表情をこしらえた。

「私としましては、川重には好きなように泳がせておきたいと思っています。相手が油断すればするほど、こちらにとっては有利になりますので」

　そこまで言って、チラっと唐沢の方を見、元に戻した。

「で、先ほどの問題に移りますが、納期のことを考えますと、掘削機の大部分はどうしても日本で製作せざるを得ません。不十分な設備と不慣れな技量で四苦八苦するより、つくり慣れた日本の工場で扱う方がはるかに効率がいいのです」

「しかしフランスのナショナリズムは相当なものでしょう。ＦＲＢが政府筋にコネを使えば、文句なしに注文が行きはしませんか」

「納期はでたらめ、コストは天井知らず。この二つの条件を押しつけられるほどフランス政府はバカではありません」

「それはどうかな。現地で作ればむしろコストが安くなるはずですよ。第一、海上輸送費が節約できる」

「お言葉を返すようですが、現実はそうではないのです。機械にせよ電装品にせよ、フランスのメーカーは追加工事の天才です。ああでもない、こうでもないと、半ば脅しとも思える言いがかりをつけては追加代金をせびります」

「それはわかっておる。だからどうだと言うのかね」

　と、熊田は苛立たし気に先をせかせた。

「はっ。申し上げたいことはですね。今回の場合は技術的に極めて難度の高い特殊な掘削機を作らなければなりません。だからそれらの構成品をいちいちフランスで製作していたのでは、見積コストが天井知らずになるのが目に見えています」

「例えばどんな品目かね」

　霧島は壁に張り付けた図面を使いながら、

「先ず掘削機の胴体がそうでしょう。それからグリパー、ジャッキ、マンロック、エレクター、トランス、コンピューター、セグメント搬送設備、さらにバックアップ設備等々、数えあげればきりがありません。これらは日本でつくってフランスまで運んだ方が、たとえ輸入税を払ってでもはるかに割安です」

「しかしだ。ＦＲＢが納期の厳しさについては気づいていないとしても、フランス製のコストが高いということを知らないと言えるのだろうか」

「たぶん、それは知っているでしょう。しかし彼らは油断しています。政府は失業対策とナショナリズムのために、高くても買ってくれると踏んでいるからです」

熊田はどうなのかなと、腑に落ちないというふうに尋ねた。

「じゃあ、どうして君は今回ばかりはフランス政府が地元企業であるＦＲＢの圧力に屈しないと断言できるのですか」

「私どもはエージェントとして丸紅を使っているのですが、そこのパリ支店はＴＭＣの有力な人物と極めて密接な関係を築いています。その人物には私も何度か会っていますし、日本にも二度来て、青函トンネルを訪れています。もちろん私が随行して、費用丸抱えで一切合切の面倒を見ましたが、信頼のできる実に有能な男です。彼の話では全ての業務がＴＭＣに任されていて、政府はいっさい関与していません」

「そんな一人の男の言うことを鵜呑みにして大丈夫ですかね」

と、唐沢の飲み友達の経理課長が合いの手をはさみ、大げさに心配そうな表情をこしらえた。

—唐沢への援軍だ。

霧島は内心、舌打ちした。

「もちろん言葉だけではなく、理論的な裏づけがございます。ご存じのように、このドーバープロジェクトは英仏両国とも政府資金は使用されず、全てが民間の金で賄われます。だから政府としても文句のつけようがないわけです。逆に資金を融資する銀行にしてみれば、如何にフランス国のためとはいっても、工期は守れずコストは天井知らずというようなメーカーに発注するのを許すはずがありません」

「つまりは純粋に経済ベースで決まってしまうということですか」

「はい。銀行にしましても、その国の銀行だけではありません。日本を始めとする西側諸国から百六行も参加して、国際シンジケートを組んでおります。一国だけの政治的エゴで左右されるとは先ず考えられないのです」

「ふむ。君の説明を聞いている限り、なるほどという気がしますな。しかし、それにしてもフランス最大の重工業会社のＦＲＢが、そうあっさりと引き下がるもんですかねえ」

　そこへ経理課長がまたもや邪魔をした。

「それにですよ。いくら政府が金を出さないとはいえ、ナポレオン以来の国家プロジェクトがフランス以外の他国の手でなされるわけでしょう？　果たしてフランス国民が納得するのかどうか…」

「ご指摘の点につきましては再度情報収集をしたいと思います」

と霧島は答え、もうその話は打ち切りだとばかりに、隣に座った部下から一枚の紙片を手にとって目を通した。

「実は来月、フランスから客先のＴＭＣミッションが来日します。ヨーロッパ、アメリカ、日本と回ってくるのですが、日本でのスケジュールはすべて丸紅パリ支店とＴＭＣとの間で作り上げました。青函トンネルはもちろんですが、当社にはたっぷりと時間をとっています。神戸工場で製作中の掘削機を見学してもらうだけでなく、今、都内でやっている地下鉄や下水道の大口径シールド工事の現場にも案内します」

「接待の方も手抜かりはないだろうね」

「もちろんです。夜は夜で豪華な歓迎パーティーを準備しておりますので、できれば社長か副社長にご出席いただけましたら、まことに心強うございます」

「わかった。できるだけ社長に出てもらうよう頼んでみましょう。忙しいお方だが、金曜会からのプレッシャーもあるようだから、うまくいくかもしれん」

「有難うございます」

　霧島はうれしそうに顔をほころばせ、座ったまま丁寧にお辞儀した。熊田は鷹揚に頷いたが、まだ受注に自信を持つまでは至っていないようだ。ジュースを口に含んだのち、

「くどくなるが、経費のことは心配しないように。入札も近いことだし、思いきり接待攻勢をかけて引きつけて

おくことだ。で、ミッションは当然ながら川重にも行くことになっているのでしょう?」

「はい。しかし移動時間を含めて半日しかあてていません。昼間、尼崎にある川重の工事現場を訪問させるだけで、彼等の播磨工場にも行かせませんし、夜の時間はまったく割り当てていないのです。その点、ぬかりはございません」

「川重から文句が出ませんか」

「出ていません。ＦＲＢの言葉を信じ切っています。むしろフランスで勝負がつくものを、わざわざ日本にまで持ち込まれなくてよかったぐらいに考えているのではないでしょうか」

「他のコンペティターの動きはどうですか」

「日立造船は日商岩井を使ってワークしていますが、あまり真剣味は感じられません。東京湾横断道路プロジェクトが有利になるよう牽制するのが目的のような気がします。それから石川島播磨ですが、最初からドーバーには関心を示さず、東京湾の方に的を絞っているようです」

「となると、問題はむしろ外国かね」

「それもＦＲＢを除いて、ということになりましょう。ただお断りしておかなければならないのは、アメリカのジオテクには必ず注文がいくだろうということでございます」

霧島は立ち上がって、壁に張られた海底トンネルの工区図を指さした。

「海底部分のT1、T2、T3のうち、T1は径の小さなサービストンネルでして、先ずこれが入札にかかるでしょう。前にもお話ししたことがあると思いますが、ジオテクは十年ほど前にせっかく製作した掘削機が掘進直前にキャンセルされたという苦い目に会っているんです。客先のエンジニアの中には当時の関係者が何人か残っていまして、少なくともどれか一本はジオテクにやろうじゃないかという空気が強うございます」

「まあ、人情的にはあるかもしれんな」

「従いまして私どもの作戦としましては、三本とも全部かっさらおうというのではなく、最も技術的に難しく、しかもメーカーにとって価値のあるT2とT3の受注に全力を注ぎたいと考えています。もちろん陸上のT4、T5も手を抜くつもりはありません」

「三菱の機械事業本部の総売上高から見ると、ドーバートンネルの掘削機を全部取ったところで、微々たるものです。それに比べて、ドーバーを受注することの世間的な意義は絶大だ。金には代えられません。ましては川重に負けるなど、あってはならないことです。本部長の私が言うのも何ですが、場合によっては採算を度外視することもやむを得ないでしょう。本プロジェクトは社命だと思い、必注を期して頑張っていただくようお願いします」

低いが力強い声で熊田は結んだ。霧島は長時間にわたる緊張感から解かれ、一瞬、深い疲れに襲われたが、受注する日の喜びのことが頭に浮かび、再び戦いの勇気に満ちた。

この「採算度外視」云々の言葉は後の熾烈な受注競争の中で、三菱を強烈なネゴーシエーターに仕立てる武器となるのである。

## 5　融資銀行団

小雨が降りしきる中、プロジェクト企画部課長の小泉鋭一は手提げ鞄を頭上に持ち上げ、雨を避けるようにしてタクシーから降りた。広い重厚な肩幅と耳たぶのゆがみは、学生時代の柔道の所産であろう。彼の勤める東京銀行本店はほんの目と鼻の先にあるが、足が重かった。

ひとまず近くの喫茶店に入り、考えを整理することにした。

―鍵谷部長にどう説明するか。

それが課題である。長期信用銀行も三和銀行も慎重になるのはよくわかる。いくら金余りの世だとはいえ、地球の裏側で行われるドーバーの海底トンネルプロジェクトに、三千六百億円もの金を日本から貸すことに迷いを覚えない者はいないだろう。

トンネルプロジェクトは過去に何度も計画されながら、ことごとく挫折してきた。いわば狼少年になっている。ユーロトンネルのモートン会長は今度こそは間違いなく実現すると力説しているが、果たしてどうなのか。正直言って不安は消せない。

総額一兆二千億円もの建設資金をどうやって世界中から集めてくるのか。これはコロンビアの国家予算にも匹敵する額なのだ。

会議で言った鍵谷謙三の言葉が耳の奥にこびりついて離れない。

「銀行は融資で利益を稼いでいるとはいっても、不安定な事業に貸すほど愚かではないぞ。プロジェクト融資の最も大切な条件は、事業の安定性だ。この点が今回は引っかかる」

確かにそうだと思う。これだけの大事業でありながら、英仏両政府が一ドルの資金も出さないというのはなぜなのか。単に事業許可を与えるだけで、建設資金を始め、完成後のトンネル運営の採算を含めた一切のリスクが民間に押しつけられているのである。

融資金に対する利息回収はトンネル開通後の三十三年間の使用料で賄えと言う。さらにそれ以降は無償で政府にトンネルを譲渡しなければならない約束だ。危険はあっても保証はない。審査部が慎重になるのはわからないでもない。

正直言って、自分はドーバープロジェクトのプロモーターとして日本の銀行団のあいだを説いて回ってはいるが、プロジェクトの実現性について確信はない。しかしその確信の第一歩は、銀行自身の融資決定から始まることは誰よりもよく知っている。一歩を踏み出せば次の第二歩が続くのだ。二歩が出れば三歩が出る。

ユーロトンネルは全融資額のうち、三十パーセントもの巨額の金額を日本から借り入れようと目論んでいる。

鍵谷の言葉がまた頭の中によみがえった。

「小泉君。今、最大の債権者となる日本がノーと言えば、どうなると思うかね」

「確実にこのプロジェクトは頓挫するでしょうね」

「そう。それが私は怖い。世界の銀行団はずるいよな。態度を決めかねているんだ。つまり日本の出方をじっと見守っている。というか、待っている」

小泉は自分の責任の重さに身が震えた。行内だけでなく他行に対しても自分の一言があまりにも重すぎる。ここでリーダーの東銀が不安な素振りをわずかでも見せればおしまいだ。日本の銀行団は一斉に後ろ向きになるだろう。

そうなると、後は世界中が総崩れになっていくのは目に見えている。今世紀最後のビッグプロジェクトが離陸するのかしないのか。今が正念場だと言っても誤りではない。

四十歳代半ばにしか過ぎない一課長に決定を迫るそんな運命を恨んだ。いや、その表現は正確ではなかろう。その恨みの裏に男冥利に尽きる快哉を叫ぶ声があるのに気づいていた。その切羽詰まった心の葛藤が、悲観ではなくむしろ楽観の方へ向かわせている自分に気づいている。

それは理屈でなく、感情の作用なのかもしれない。でもそれでいい。強気で行こう、もう悩むまいと決めた。

これまでに数多くの国際プロジェクトを手掛けてきたが、ドーバーほど歴史的な重みのあるものはない。ヨーロッパの歴史を作り変えるこの事業に参画できるのは、プロジェクト屋としてまさに本懐ではないか。ファイナンスという巨大な戦いに向かい、挑戦の血が沸き立つのを実感した。

店を出て間もなく本店に着いた。堂々たる玄関は天井を見上げるほど高く、広い空間が静かな威容を誇っている。受付嬢に軽い会釈をしてエレベーターに乗った。誰もいないのを幸い、雨で濡れた額をハンカチで拭いた。

座席に戻ると、色白で神経質そうな鍵谷部長が待ちくたびれたという表情で声をかけてきた。

「どうでしたか、状況は？」

小泉は鞄を置くと、書類だけ手にし、部長席の前に姿勢を正して立った。

「少しは前進してきたように思えます。各行とも慎重な姿勢は変えてはいませんが、資金が大量にだぶついて、融資部門に対する圧力が一段と高まっています」

「それは東銀とても同様だ」

「ええ。どの銀行も金余り状況は想像以上です。融資部門の本音としましては、ドーバープロジェクトにファイナンスしたいと望んでいることに間違いはありません。ただ行内の慎重派をどういうふうに押し切るかと…」

「そうだろうな。例えプロジェクトが離陸しても、途中で資金難から挫折しないという保証はどこにもないからねえ」

「事実はその通りですが、私自身はそういう事態は起こらないと信じています」

小泉は先ほどまでの不安を押し隠し、自信に満ちた語調で切り返した。鍵谷部長に不安を抱かせてはならない。同期のトップで昇進街道を走ってきたこの男は、重役の椅子を前にして一段と慎重になっている。手柄をたてたい意欲と同じ程度に憶病にもなっている。社外への説得の前に、先ず上司をその気にさせることが肝心だ。

小泉は落ち着いた足取りでファイルキャビネットのところへ行き、レイル・コンサルタンツと書かれた厚いフアイルを持ってきた。

「ご存じの通り」

と言って、英語のリポートを広げた。

「プロジェクトの詳細については、ここにレイル社が分析しています。トンネル開通後の交通需要予測、タリッフ料率をベースにした将来の収入予測、そのあとにキャッシュフロー予測が立てられています。さらに予測の前提条件が変更された場合の感度分析もなされていまして、本プロジェクトの経済性と体力が十分にチェックされております。私のこれまでの経験からしましても、極めて信頼性の高いリポートだと思います」

鍵谷が何か言いかけたが、小泉はそのまま続けた。

「例えばタックスとインタレストを差し引く前のプロジェクト内部収益率が一六・四六パーセントとなっていますが、これは決して過大でもなければ過少でもありません。綿密な分析に基づく妥当な数字でして、これを見る限りドーバーは魅力的な案件と言えましょう」

「ふうむ。で、政治情勢はどうだろう」

「まさに追い風です。サッチャーとミッテランはかつてないほどの熱意を注いでいますから」

「そう言えば、ＥＣ（欧州共同体。後にＥＵとなる）が誕生してもう十数年になるかな。その理念たるや、立派なものだ」

「はい。米ソによる世界の分断が進むなか、欧州が経済とエネルギー分野で団結して共存共栄を目指そうと、その理念に向かってますます熱が入ってきています。ＥＣのさらなる拡大・統合は待ったなしでしょう。」

「それを引っ張っているリーダーがサッチャーとミッテランというわけだ」

「そのためにも二人は、トンネルはぜひ必要だと睨んでいます。何しろ統合のシンボルですからね。そう考えれば、本件のファイナンスを躊躇する理由は見当たりません。私の責任において断言してもかまいません」

鍵谷の薄い眉毛がピクリと動いた。小泉は見逃さなかった。この野心家で慎重な男は、万が一の時の責任転嫁ができることの保証を求めている。小泉は長いサラリーマン生活から、鍵谷の心の奥底を読み取っていた。部長には責任がないのだという方向へもっていってやればよいのだ。

鍵谷は一呼吸置き、腕を組みながら言った。

「そこまで君が言うのには相当な自信があるってことですな」

「はい。自信というより、事実の分析がそう語っているということです。それは世界の融資銀行団の幹事行を見ていただいてもわかります」

と言って、イギリスのナショナルウェストミンスター、ミッドランド、そしてフランスのクレディ・リオネ、ナショナル・ド・パリ、バンクスエズの名をあげた。

「これら五行を英仏共同の主幹事としまして、世界で四十行もの幹事銀行が参加するのです。いわば全員参加のプロジェクトと申しても過言ではないでしょう。これほど強力なサポートを受けたプロジェクトが途中で挫折するとはとても考えられません。ただ問題は誰がスタートの先陣を切るかということだけなのです」

「日本に切れというわけだね」

「ええ。土地を背景にした日本の金融力は、国際市場では今や主導的ともいえる強いインパクトを持っています」

「それは間違いなかろう」

「だから、それだけに責任は重大です。彼等は日本の出方を見守っているのです。しかしプロジェクトが採算に乗ることがはっきりしている以上、いたずらな不安で決定を遅らせるのは得策ではありません。特に日本と欧米との金融摩擦が生じている時だけに、それを解消するいいチャンスだと思われませんか。速やかな決断が必要かと考えます」

　鍵谷はちょっと考え込み、数秒置いた。迷い迷いの決断という表情をにじませながら、

「わかりました。手を煩わせて申し訳ないが、さっそく今の君の意見をリポートにして提出してくれませんか。先ほども腰越常務に呼ばれて現状を訊かれていたところです」

「承知しました。明朝一番でお出しします」

　小泉は歯切れのいい口調で応答したが、事態の急速な展開に自分でも戸惑っていた。しかしそれは勇気の出るうれしい戸惑いだった。外国ビジネスに強い東銀が走れば、長銀、興銀、三和、東海の幹事行も動きやすくなるだろう。小泉は素早く次の展開の作戦を巡らせた。

「さっそく明日の午後、他の幹事行を訪ねて、東銀の意向を説明したいと思います」

「ふむ。そうしたいところだが、常務の決済を得るまで待ってくれませんか」

　はい、と答えたものの、小泉は待っているつもりはない。少なくとも一、二週間は浪費することになるからだ。非公式という形で走るつもりである。

「きっと四行の担当者は勇気づくでしょう。しかし問題はやはり彼等もサラリーマンだということです」

「というと？」

「彼等自身は前向きに考えたとしても、残念ながら行内の慎重派を説得できるほどの力があるのかどうか疑問です。勝ち目の乏しい戦いを選んで摩擦を起こすよりも、最後の段階で行内融和を優先するかもしれません。自己主張を引っ込める方を選ぶ可能性がなきにしもあらずです」

「困りましたな。何かいい知恵はありませんか」

「ドーバーは歴史に残る世界的な仕事です。この点の心理をくすぐるのが良計かと存じます」

鍵谷は瞬時沈黙し、瞬かせた目でわからないという顔を返した。小泉は計算通りの展開に気をよくした。野心と憶病のあいだで揺れて、相変わらず的確な判断を鈍らせている上長の愚鈍さに感謝した。

「作戦は二面で進めましょう。各行の実務部隊へさらに攻勢をかける一方、頭取とか副頭取らのトップクラスにも接近をはかり、ドーバープロジェクトへの理解と親近感を抱かせます。トップが前向きだと知ると、行内のコンセンサスは驚くほど得やすくなるものです」

「それはわかりますが、問題はどうやってトップをその気にさせるかでしょう」

「二、三計画があります。先ず大至急ユーロトンネルの会長と英仏の主幹事銀行のトップに来日してもらいます。日本の各行の頭取クラスに会って、直接、融資要請をしてもらうのと、大蔵省とか全銀協をも訪問して、ドーバートンネルの優位性をＰＲする。そして日本が果たす役割への熱い期待を申し述べてもらうのです」

「なるほど。名誉あるプロジェクトだけに、英仏財界の重鎮からの要請とあれば、日本側もまんざらでもない気分になるだろうね」

「はい。特に大蔵省には事前に英仏の政府筋から側面的圧力をかけてもらうと効果的です。金融摩擦を気にしていますから、日本の銀行団に暗黙の指導を行ってくれるかもしれません」

「それはグッドアイデアだ。しかし圧力は繰り返し行うことが必要でしょう。ボクシングのボディブローのようにね」

「おっしゃる通りです。できれば先方からの陳情というふうな形になれば有難いですね。浪花節的とでもいうのか、頭を下げられれば、ああそうかと、日本側も要請を受け入れやすいでしょうから」

「だけど、プライドが高く、合理的な国民性をもった彼等のことだ。その辺のところをうまく根回ししておく必要があるでしょう」

小泉はもっともだというふうに深くうなずいた。

「それから第二の計画としましては、マスコミの活用です。もっと頻繁に新聞記事にしてもらうよう発表の場を設けませんか。そして同時にテレビのメディアにも働きかけるのです。ＮＨＫの教養番組などでドーバープロジェクトの特集を組んでもらい、世論を盛り上げてもらえれば大いに助かります。フランスの国営テレビ、アンテヌドゥーとのタイアップも可能かもしれません」

「テレビはいい考えだ。銀行ミッションが来日した時にも何かアレンジを考えて下さい」

「そうですね。幹事五行の集まりの場で相談すれば、いい知恵が出てくると思います」

「陳情団とマスコミ対策はさっそく取りかかるとしてだ。それ以外にも実務的な補強工作はできませんか」

「ああ、それです。ファイナンシャル的な分析はすでに十分なされていますが、プロジェクトの技術面からのバックアップが現状では不足しています」

「技術的に不安があるということですか」

「いえ、そうではなく、ユーロトンネルやＴＭＣの説明だけでは、日本の銀行は今一つ不安が消せないのです」

「トンネル工事の工法についてですね？」

「はい。海底トンネルは水面下百メートル、十気圧の岩盤を掘っていかなければなりません。しかも工期を守るためには、総距離から計算して、最低、毎分十二センチの瞬間掘進速度が要求されるのです。これほどの大工事を果たして英仏だけに任せて大丈夫か、日本のコンサルタントが入らなくてよいのか。そう言った声が起こっています」

「言われてみれば、そうかもね。日本は青函トンネルもやっているし、高性能のシールド掘削機を始め、トンネル工事に関する高い技術力を保有しています。確かにこれを使わない手はないだろう」

「ところが英仏はプライドが高くて困ります。青函トンネルの見学は大いにするけれども、コンサルにまで日本を入れる考えはありません。そこで私としましては、日本鉄道建設公団の持田博士に、何らかの形で参加してもらう方法を見いだせないものかと思っています。彼は青函トンネルの責任者でして、日本のトンネル技術の最高峰におられる方です」

鍵谷はホッとしたように心持ち顔を上げ、小泉の目を見た。

「なるほど。そうすれば、日本の銀行団は不安が消せて、安心の裏打ちができるかもね。融資がしやすくなるだろう」

「おっしゃる通りです。英語の分厚い説明書より、持田博士の一言の方がはるかに効果があります。具体的には…そうですね。日本銀行団に対するコンサルタントとして参画してもらい、客先技術に対するコメントとかアドバイスをしてもらえれば、これに越したことはありません」

「たぶんユーロトンネルは反対するんじゃない？」

「二つに一つです。多少の妥協をして日本の融資を勝ちとるか、それとも頑(かたく)なな態度を通してプロジェクトをつぶすか。私は日本側が一致団結して強い姿勢で臨めば、十分に成算があると思っています」

「そうなってほしいとは思います。でも日本独自の動きには相当抵抗するだろうね」

「その場合は持田博士に直接ユーロトンネルのコンサルに入ってもらうという、一歩下がった手もあります」

「なるほど。その方式でも一応の目的は達せられそうだ。ただこの件は技術的なことだから、契約とかドキュメンテーションの担当である東銀があまり出しゃばらないよう注意して下さい。あくまでも技術担当の長銀をたてるようにしないと、他行の反感を買うかもしれませんから」

「はっ、その点は十分に留意します。幹事行の和が乱れたとなると、後に続く富士とか三菱、大和等の協調行が二の足を踏みますのでね」

鍵谷の懸念はもっともだと小泉も思う。しかし鍵谷らに任せて、東銀内の決済に次ぐ決済を待っていたのでは時期を失してしまう。できれば今夜にでも持田博士の自宅を訪問し、根回しにとりかかりたいと考えた。

このプロジェクトは、山は険しいがやり甲斐のある山だ。それぞれの作戦をきっちりと実行していけば、意外と近いところに灯りがともっているかもしれない。柔道で鍛えた体だ。体力には自信がある。汗と情熱では人には負けぬ。

鍵谷の電話が鳴ったのを機に小泉は席に戻った。

―常務に提出するリポートを作らねば…。

持田博士のアポイントも取らねばならない。時計を見た。今夜も帰りは深夜になるだろう。遅くまで寝ずに待ってくれている妻の顔がまぶたに浮かんだ。

## 6　営業戦略

このところジオテクのクロスは時間に追われていた。アメリカとフランスの間をピストン運転で往復している。小松から得たシールド技術を踏まえ、ＴＭＣとの間でひと先ずスペックの詰めを成功裏に終えることができた。

しかし一息ついたのも束の間、次は営業戦略に取りかからなければならない。朝早くからオルリオエンジニアリングでオルリオと作戦を練っていた。

「最初の入札はＴ１、Ｔ４、Ｔ５の三本になりますが、陸上のＴ４とＴ５には興味がありません。第一、技術的な価値がないのと、それにどうやら三菱が三本とも取ろうとしゃかりきになっているらしいですから」

「つまり陸上は三菱に渡して、ジオテクは難易度の高い海底のT1に集中するお考えですね」

「その通り。本命である後続のT2、T3を展望した布陣です。英側も含め、海底トンネルは独占しなければジオテクの名が泣きますよ」

そこで問題となるのは製造工場である。どこで掘削機を作るか。英側は造船所へのエンジニアリング提供だけですむが、仏側はそうはいかない。

「うちのシアトル工場だけではとても無理です。キャパシティが足りません。主要機器の大部分はここフランスで作らなければなりません。そうすることで、結果的にコストダウンも達成できますしね」

「それが正解ですな。世紀の海底トンネルの掘削機が自国以外の国でつくられることに、フランスのナショナリズムが納得しないでしょうからね。場所はできればトンネルが掘られるサンガッテと同じ北部地方が望ましいでしょう。雇用確保という大義名分は何にも勝る武器です」

「となると、候補の筆頭はリールに拠点を置くFRBに絞られる」

「でも残念ながら、FRBは川崎のライセンス契約で縛られています。諦めざるを得ません」

とオルリオは言ったあと、「そうだ」と目を輝かせた。

「TMCのモロウに相談してみませんか。私からコンタクトしてみましょう」

行動は迅速だった。結果はいい方向へ回転した。モロウの協力を得て、ほどなく二番手の候補者を探し出した。FRBよりは見劣りするが、ノルマンディー地方に設備といい敷地の広さといい、何とかやれそうなソムデラ社を見つけた。

さっそく二人で訪れたところ、工場内はガランとして如何にも寂しい。雑草が生えた敷地を雀がぴょんぴょん跳ねている。オルリオが心配そうに言った。

「仕事がほとんど入っていませんな」

しかしクロスは違う見方をした。

「だからこそ掘削機製作が入れば、真剣にやってくれるんじゃないのかな」

工場問題はこれで一応クリアできそうだ。次の問題はより一層のコストダウン対策である。このプロジェクトからはたっぷりと利益を吸い上げねばならない。何しろ十年以上も待たされたのだ。

先ずソムデラ製作により、アメリカからの海上輸送費が節約できる。しかしもう一つの対策も必要だ。クロスは「言うは易く行うは難しだが」と前置きし、言葉を継いだ。

「ソムデラで作る胴体を除き、機器の国際調達を成功させることに尽きます。いい品質のものを、より安く、しかも納期通りに納めさせねばならない」

「でも、どこでもいいという訳にはいかないでしょう。ある程度の実績を有するベンダー（納入先）からの購入になりますな。例えばどんな物をお考えですか」

「メインベアリングとかジャッキ、ポンプ等の主要機器です。大半はドイツから調達せねばならないだろうね」

「だけど、ドイツ人は理屈っぽくて、調達テクニックが面倒ですな」

「ふーむ。それなら餅は餅屋にまかせるのが得策かもしれませんね。一つ、どこかのドイツ勢を我が陣営に組み込んでみたらどうだろう。彼らにやってもらえば助かる」

オルリオも賛成だ。さっそく候補者探しに入った。スクリーニングの後、トンネル掘削機の実績を持っているエンジニアリング会社のＰＨＨ社に白羽の矢を立てた。

ＰＨＨの顧問弁護士にデュオルスがいる。ジオテクがこの男に巡り合ったのは幸運だった。パリ凱旋門近くにオフィスをもち、まだ若いが、英独仏語に堪能な信頼に足る有能な男である。クロスが連れてきた自社の弁護士ウォーレンとも息が合い、短期間のうちに協力の骨格ができ上った。

それはクロスが描いていた構想にほぼ近いもので、このプロジェクト遂行だけを目的とし、ジオテク、ソムデラ、ＰＨＨによるジョイントベンチャー、つまり無限責任パートナーシップを設立するというものだ。仏語のソシエテ・エ・ノム・コレクティフを略して「ＳＮＣ」と呼ぶことにした。

ＳＮＣの資本金は十万フラン（二百万円強）とし、その持ち株比率をどうするかで議論した。

「受注をより確実にするにはフランス企業を尊重する形がいいでしょう。名目的に過ぎませんが、製造者であるソムデラに最大の五十パーセントを渡し、残りをＰＨＨ五パーセント、ジオテク四十五パーセントで割り振りませんか」

最後はこのデュオルスの案で全員が合意した。

クロスはデュオルスの絶妙の配慮に感謝した。仮に契約上の問題が起これば、ソムデラに最大の責任を負わせられ、ジオテクは二次的な責任者に下がれるのだ。

それに議決権に関しても問題なさそうだ。ソムデラは二分の一である。一方、ジオテクとＰＨＨが手を握る限り、ソムデラと同じ二分の一で対等となり、問題は起こらない。短期間とはいえ、デュオルスとはすでに信頼関係が築かれているという自信めいたものがある。いざという時には連合できるとクロスは判断した。

しばしコーヒー休憩をとったのち、クロスは黒板の前に立った。わかりやすくＳＮＣ役割分担の図を描くと、指し示しながら、

「当社がエンジニアリングの一部と機器供給を行い、それに従ってソムデラが製作します。そしてＰＨＨがドイツや他国からの調達業務を支援・アドバイスするという形です」

とはいうものの実際の運営はジオテクが牛耳ることになるが、いやそうせねばならないが、表面的にはＳＮＣ

が遂行しているという形をとる必要がある。そのために会社組織としてオルリオをゼネラルマネジャーに選んだ。

ＦＲＢこそ取り込めなかったとはいえ、ＳＮＣという完璧に近い態勢が整ったことにクロスたちは満足した。モロウを始めとするＴＭＣ社内の友人たちやコンサルタントのセテック、それからオーナーのユーロトンネルにも相談を兼ねた報告をし、好意的な反応を得ている。

クロスは意を強くした。これで技術攻勢と営業戦略の両輪がそろったのだ。もう夜に入ったというのに、オルリオエンジニアリングでの二人の打ち合わせは終わりそうにない。

「あとはＴ1を含めた全トンネルを如何に有利な価格で受注できるかですな」

これに対し、オルリオは首を小刻みに左右に振り、難しそうな表情を返した。

「それが問題です。ＴＭＣとしても、他の応札者の価格を無視できないでしょう。果たして三菱がどこまで体当たりしてくるのか…」

「それは言えますね。当然、客先は調達価格を下げたいでしょうから。技術も絡め、そのあたりの駆け引きが微妙ですな」

「そのためにも、ＴＭＣのモロウの懐にもっと深く飛びこんでみましょうよ」

と、オルリオが進言。

「ああ、それは私も考えていたところです。望むらくは、国際入札の形をとりながらも、実質はＳＮＣとのネゴベースで振り切ってしまいたい」

「しかし世界に認知されたこれだけの大プロジェクトですからね。一社とだけのネゴで決するのは難しいかもしれません」

「だけど、何とかしてそうさせたいと私は思っています。不公正な印象を与えずに、むしろそうせざるを得ないという正当性さえ付与しながら、一気にＳＮＣに決めてもらえないものかと…」

「やはりそのキーとなるのは技術でしょう。ジオテクでなければ成功しないという説得に、もっともっと努めましょうよ」

モロウの計らいでジオテク、セテック、ユーロトンネルを交えた大会議がＴＭＣで開かれた。モロウとクロスの共通目的はあらかじめ互いに確認し合っている。ユーロトンネルにジオテク技術の優秀性をしっかり認識させ、仏側の難工事を克服できるのはジオテク以外では困難なことを印象づけることにあった。

モロウは議論を巧みにリードした。欠伸(あくび)をしたり、よそ見をする者は誰もいず、咳払いするのもはばかれるほどで、終始、張り詰めた空気が流れている。

「ご承知のように、フランス側工区の海底土質は通常のＴＢＭやシールド掘削機では掘れません。一台の掘削機でハード地盤とソフト地盤の両方に対応できる技術が要求されるからです。しかし残念ながら私の見るところ、それを可能にするマシンメーカーは世界に見当たりません。ただあえて言うなら、ジオテクが最短距離にいるということではないでしょうか」

そう言って、一同を見回した後、その詳細説明をするようクロスにバトンタッチした。

「只今ジオテクが最短距離にいると言っていただきましたが、正にその通りでございます。正直申し上げて、我々としても完成しきったという段階ではありませんが、ほぼ問題点を解明し終え、最良の設計となるよう鋭意、改良の努力を続けているところです」

あえて大上段から自信のほどを誇示しないだけの賢明さをクロスは心得ている。多少の謙虚さを見せることが、フランス人やイギリス人が抱く優越感の襞をくすぐるのだ。同時にコンサルタントであるセテックの面子を潰さないよう、発言に気を配った。

しかし詳細に入るにつれ、意図通りに、具体的な技術の論点を浮き彫りにして、如何にジオテクが優れているかを明確に印象づけた。感情を交えない淡々とした説明がいっそう効果を高めた。

「このようにトンネル内で巨大な掘削機がミミズのように曲がることのできる中折れ機構の採用や、ピストンポンプ、テールシールの圧力など、その要求を満たすのは我が社しかいません。これはひとえに欧米の硬岩トンネル掘削でのジオテクの膨大な実績と、日本の小松製作所が持つ軟弱地盤用のシールド技術が結実した結果だと申して過言ではないでしょう」

期せずしてユーロトンネルとセテックの何人かが拍手で賛同を表明した。クロスは軽く会釈を返し、緊張の疲れが解かれていく安堵に身を任せた。

元々、ユーロトンネルにせよセテックにせよ、ジオテクの技術には絶大なる信頼を置いてくれている。だから反論を試みるというよりは、むしろジオテクに成功してほしいという熱い願望がある。それはそこまで誘導してくれたモロウの努力があったことも大きいと、クロスは彼に感謝した。

大会議はクロス、モロウが期待していた以上の成功だった。オルリオエンジニアリングでクロスは新聞を見ながら、電話を終えたオルリオに話しかけた。

「ほら、この写真を見てごらん。ユーロトンネルのお偉い方だ。大会議のあと、その足で主幹事銀行の五行を訪ねたとある。有難いことに、そのとき、巷に流布している技術的な不安説をきっぱり否定している」

オルリオは新聞をのぞき込み、

「それもわざわざジオテクの名前を出して、信用付けしていますね。諸問題の解決策は既に実績と実験で証明されていると、強調してくれています」

「銀行団に安心感を植えつけるために汗をかいてくれているんだ」

「ここに写っている同行者のデビッド・カーチスには、確か半年ほど前にもお会いされましたよね」

「もちろん何度かね」

カーチスはイギリス人で、トンネルの世界的権威者である。記者団を前に、ドーバーの地質はそれほど難しいものではないと、援護射撃を打ってくれた。

しかしそんな発言にもかかわらず、大方の新聞記事の論調にはがっかりした。いつもと変わらなかった。融資団の足並みがそろわず、いまだにファイナンスの目途がたっていないのだと、距離を置いた皮肉っぽい調子で書かれていた。

「マスコミというのはアメリカだけじゃない。どこの国でも無責任さ。大衆を煽って販売部数を上げたい。その一心だからね」

「そうですな。ファイナンスのことは我々が心配しても始まらない」

「でもね、ジョセフ。今回は前に石油危機で頓挫した時とは状況が違うんじゃないかな。そんな感じがするね。楽観的とでもいうのか」

「ほう、それはまたどうしてですか」

「この度は政府資金にまったく頼っていないよね。一切が民間の資金です。だから、政治家の気紛れで左右される心配がない」

「それは言えますね。それにラッキーなことに、今は未曽有の金融緩和で世界中の金がダブついています」

「その通り。金のはけ口を求めて、必ずドーバーに集まって来るでしょう」

後日談として、事実、その通りになるのだが、その成功の裏には東京銀行小泉鋭一の八面六臂の活躍があったのを歴史は忘れてはなるまい。予算一兆二千億円のうち、日本が世界で最大の三十パーセント近くの融資を引き受け、それが引き金となって世界中の銀行が雪崩を打って参入してきたのである。

ちなみにこの三十パーセントの比率であるが、後に予算は二兆円に膨張し、結果として二十パーセント強となっている。


クロスは次の作戦の手を緩めるつもりはなかった。ジオテクの優位をより確実なものにするため、コンペティターの動きを鈍くする作戦に出た。先ず三菱だが、ＴＭＣの中にジャン・マジノという手強い三菱支持者がいるのを知っている。

「ジョセフ、難しいとは思いますが、この人物の抱き込みを図れませんか。たとえ不可能だとしても、敵対度を和らげるくらいでも助かります」

「お言葉ですが、二重スパイはとても危険だし、三菱から寝返らせることなどはできませんね。しかし、ネバー・ギブ・アップ精神で努力はしましょう」

「それとローカルメーカーの存在。これは受注決定のキーポイントになるはずです。フランスに協力メーカーを持っていない場合は不合格にする。そのことを要件とするよう、ひそかにモロウら特別に親しい友人たちに働きかけませんか。これは二人の共通課題としましょう」

「でも途中でその動きが漏れ出たらことですな。三菱は急遽、現地メーカーを擁立するに違いありません」

「でしょうね。だからそんなことが起こらないように、入札後のエバリュエーション（評価）時点まで内密にしてもらうようにしてもらわねば…」

しかしクロスが最もマークしていたのはＦＲＢだった。フランス産業界での実力はソムデラとは比較にならない。対等に張り合ったりすればジオテク、ＦＲＢの双方に傷がつく。

「賢明な方法はＦＲＢに油断させること、これに尽きます。ＴＭＣでＦＲＢを支持しているのはエミール・セベールですね」

「ええ。彼はマネジメントの一員でして、地位が高いので日常の技術打ち合わせにはそれほど出席していません。これは助かります」

「というと？」

「彼はユーロトンネルとか銀行団との交渉の方に時間を費やしています。ジオテクを含め、各社の技術の詳細や受注情報を知る機会は少ないでしょう。だからＦＲＢが彼から得る情報の量には限界があるはずです」

「でも油断は大敵と言うじゃないですか。もっともっとセベールへの情報量を制限したらどうなのか」

オルリオに異存はない。直ぐに行動に移し、友人たちに積極的に動くよう依頼した。彼等は地位の高さを理由に、日頃の会議にはセベールを呼ばないように努めた。

そしてそうした作戦を進めるかたわら、オルリオの意向通り、食事時とか、ふとしたさりげない機会をつかまえ、直接セベールにＦＲＢ受注の有利性を、ゆっくりと筋肉にしみ込む注射のように囁きかけた。

「何といってもＦＲＢにはリール工場がありますからね。トンネルの工事現場に近いというのは他のコンペティターに比べて何よりもの強みです。しかもリール地下鉄の実績付きときています」

「技術は日本の川崎から導入しています。その川崎のシールド実績はジオテクの小松よりも多いというじゃないですか」

などと吹き込んだ。

クロスとオルリオが集めた情報では、川崎はＦＲＢの政治力を信じて疑わず、ライセンサーに徹する姿勢を崩していないようだ。三菱のように直接ＴＭＣに働きかけるのではなく、あくまでもＦＲＢに任せきっている。

クロスの有能さは悪知恵の方も併せ持っていた。川崎のこの愚かな方針をさらに続けさせるため、一つの計略を用いた。オルリオから日本の幹事銀行団の一つに東京銀行があるのを知り、そこに近い人物にモロウの口からこう語らせたのである。

「ジオテクはこれまで技術仕様等でＴＭＣに手助けしてくれていましたが、彼等が提携しているソムデラは脆弱です。軍需会社のＦＲＢとは比べ物になりません。ＦＲＢの受注はほぼ間違いないでしょう」

その情報はすぐさま地球の裏側に伝えられ、東銀を通じてほとんどの銀行が知るところとなって、川崎にも届いた。営業部長の滝井勝弘は自分たちの勝利にいっそう自信を深めた。あげくにその慢心のあまり、

「ドーバーはほぼ川崎ＦＲＢ連合がもらいますよ」

と、メーカー同士で作っている情報交換会の「ヒバリの会」の席上で豪語したものだ。

ジオテクの盟友、小松は会にメンバーの一員として出席していたのだが、翌日、そのことをファックスでクロスに知らせた。もちろんヒバリの会については伏せている。

クロスはそれでもまだＦＲＢ無力化の手を緩めなかった。モロウに頼み、ＴＭＣとＦＲＢとの技術打ち合わせを、あれこれと理由をつけさせては実現しないようにした。

ＦＲＢの方も二、三度断られたあとはそれほど熱心に申し込んでいなかった。クロスは念のためその辺の事情をオルリオに調べてもらったところ、あり得ることだと納得がいった。オルリオはこう言う。

「状況としては我々に追い風です。ＦＲＢのプロジェクトへの熱意は冷めていませんが、実情はそれどころでは

ないようですよ。あの会社はプラント不況で経営の屋台骨がゆらいでいます。人員整理と組織改革の真っ最中らしいです」

そんな中、ただでさえ少なくなった人員で、佳境に入ったリール地下鉄工事の追い込みにかからねばならないのだという。クロスはオルリオの労苦に感謝するとともに、ＦＲＢのメインバンクであるパリバ銀行にも状況を確認しておくように依頼した。

一連の作戦の締めくくりとしてクロスが考えたのは、入札スケジュールをコンペティターに漏らさないことだった。

「油断させておいた上でいきなり発表という形にもっていきたいものですな。しかも見積作成時間を極めてタイトなものにしておく」

「名案ですね。そうなると、コンペティターはテクニカル・スペックやコマーシャル・プロポーザルの作成に十分な時間を避けないでしょう。どうしても内容の劣った不完全なものにならざるを得ません」

「ぜひそうなってほしいものですな」

# 第二章　受注戦争

## 1　過信

一九八五年四月、仏側トンネルの入札が発表された。クロスが描いたシナリオに沿っている。先ずサービストンネルのT1、陸上のT4、T5の三本である。書類を受け取ったFRB営業部長ヴェルニと日本で連絡を受けた土木機械営業部長の滝井勝宏は、あまりの突然のことに驚き、当惑した。準備の時間がなさ過ぎる。

そんな発表からまたたく間に日が過ぎたある日。パリの街は昨夜来の激しい雨もやみ、きれいに洗われて、太陽の柔らかい日差しがマロニエの街路樹に降り注いでいる。

ヴェルニは椅子に深く背をもたせかけ、時々ぼんやりと窓外に目を泳がせながら、眠気覚ましに秘書が淹れてくれた濃いコーヒーを二杯たて続けに飲み干した。このところリール地下鉄に時間をとられ、昨夜も雨のなか現場に張りついて、ほとんど眠っていない。

—さて、どういうふうにプロポーザル（提案書）を作成するか。

分厚い入札引合書を前に、苛立ちを抑えながら思案していた。事前情報では先ずはT1だけと聞いていたのに、陸上の二本も含めたスペック（技術仕様書）と価格を同時に提出せよとなっている。とても見積もりしているだけの時間がない。

工務課長のルイ・ジュレがノックをして、肥満体を揺すりながら、のそっと部屋へ入ってきた。険しい顔を隠していない。彼も膨大な作業量に気が萎えたかのようだ。

「このスペック、十センチの厚さはあるでしょう。見積もりどころか、その前にこれだけもの分量を読みこなさなければなりません。まだ途中ですが、技術的な内容で理解できない個所が随所にありますし、大変です」

「頭の痛いことだ。日本の川崎といちいち打ち合わせをしていたのでは間に合いそうもない。契約の条件書だって、一般条件書と特別条件書の二種類もある。法務部門は検討にそれなりの時間を要求するでしょう」

「部長、ここはフランス流で行きませんか」

「ふむ、それしかないか。我が国のビジネス世界では入札指示書の条件が厳格に守られる例はあまりないからね。変更とか例外とかの融通がきく場合が多い。片っ端からディビエーションリスト（仕様から逸脱する項目）を付けて、逃げるとしますか」

「ただそれが通るかどうかはビッダー（入札者）の立場次第でしょう。もし強ければ、ディビエーションの多さは問題ないと思います」

ヴェルニは「そこだ」と指を鳴らし、

「FRBの立場は強固だと私は踏んでいます。フランスはナショナリズムが強い。たとえ技術提携に基づくとはいえ、トンネル掘削機を国産できるのは当社だけなのだし、同じ北部地方の雇用確保にも貢献できる」

「リール地下鉄も実にタイミングがいいですな。FRBの技術力の高さを証明してくれました。TMCが我々に発注しない理由がありません」

その日の夕、ヴェルニは珍しく早く仕事を切り上げ、TMC内の友人である技術者セベールとモンマントルの丘にあるカフェにいた。自分の考えを確かめたいと思ったのだ。

ここは昔も今も多くの画家が集まる下町である。明かりが徐々に灯り始める市街を一望しながら、共通の趣味である絵画の話題に花を咲かせたあと、単刀直入に尋ねた。

「ところで引合書が出された今、ＦＲＢの受注の確度はどんなものでしょうかね。感想だけでも結構ですから、教えていただけませんか」

セベールは「ふうむ、微妙な時期だからね」とつぶやいて、明言を避けたそうだったが、ヴェルニとの友情の強さを思い直したのか、赤鼻の顔をぐっと近づけた。

「たぶん、たぶんですよ。最有力だと思いますな。それ以上は話せませんけれど」

ヴェルニは思わず握手の手を差し出した。長年の友人であり、客先の最高幹部の一人であるセベールの言葉に疑いを抱かなかった。

セベールとしてもわざと嘘の感想を述べたのではない。ジオテク派の連中が意図的に流した嘘を、そうとも知らずに正直に答えたに過ぎない。この時点でＦＲＢはすでに敗北を喫していたのだった。ヴェルニは自分の判断間違いに気づかず、むしろＦＲＢの立場の強さに自信を深めさえして、遅かれ早かれ注文は来るのだという思いにはまり込んでしまった。

翌朝一番に昨夜セベールから得た情報をジュレに伝えた。ジュレは安堵を噛みしめながら、自らに確かめるように口を開いた。

「ということはですね。たとえＦＲＢのプロポーザルにディビエーションが多くて不完全であっても、ディスクオリファイ（無資格化）されることはない。そう考えて差し支えないっていうことですな」

ヴェルニは大きくうなずき、

「何だか気持ち悪いくらい我々の思う壺で動いている。お陰で戦略がはっきりしました。資格を失わない程度にプロポーザルを仕上げ、ビッダーの権利をつないでおけばいいってことだ。そのうち時間稼ぎをしながら詳細を煮詰め、アデンダム（補遺）という形で補完していく。その方向でひと先ず完成しましょう」

「つまり、入札前に川崎と技術打ち合わせをしなくてもいいと…」

「その通り。わざわざ人間が海を渡らなくても、電話とファックス、郵便で十分でしょう」

「ハハハ。たとえやれと言われても、そんな時間がありません」

「どうせ入札スケジュールも遅れるに決まっています。ここはフランスですからね。資金の目途だって、果たしてついているのかどうか怪しいもんです」

二人は便法的なプロポーザルのアイディアを相談した。先ず掘削機はリール地下鉄と同じタイプとする。これならあまり川崎の助けがなくてもすむ。スペックの条件で賛成できなかったり理解できない個所は、反論するか追って打ち合わせと書き、取りあえずは逃げておく。納期とか保証条件も同じだ。ただ価格については高めに出すことにした。

「そのうちこちらに時間の余裕ができるだろう。技術仕様が固まった時点で、諸条件と価格を見直そうじゃないか」

「それほどＴＭＣはＦＲＢに頼っているということでしょうね」


その頃、三菱の営業部長霧島平蔵はパリへ出張してきていた。マドレーヌにある丸紅パリ支店で、ローカル採用の社員、室井昭介と別室にこもり、作戦を打ち合わせていた。

「で、ミスターマジノの方は押さえてくれているのでしょうね」

マジノはＴＭＣきっての実力者で、技術分野の幹部である。

「大丈夫です、霧島さん。彼のサジェストに従っていれば間違いありません。予定通りサービストンネルのＴ1はジオテクに行きますが、三菱としても応札だけはしておく必要があります。あくまでも本命のT2、T3の布石としてですけれども」

霧島はもっともだというふうに深くうなずいた。

「室井さん、その方が我々にとってもやりやすい。日本が仏側の海底トンネルを独占したとなると、国際経済摩擦とか、何だかんだの非難が起こりそうですからね」

「おやおや、理由はそれだけですか」

室井はそう言って軽くウィンクをし、いたずらっぽそうな目で霧島を見た。霧島は兜を脱いだといわんばかりに肩をすくめた。

「ご賢察の通りです。ジオテクの技術はやはり優秀ですからね。我々も見習えるところがあるかもしれません。それは室井さんの方で何とか入手していただけるんでしょうね」

「ええ、もちろん。と言っても、たやすい仕事ではありませんけどもね。ともかくT2、T3では、三菱さんにいいスペックをつくっていただかなくてはいけませんからね」

商社口銭の引き上げにかかっているなと、霧島は内心、室井の抜け目なさに嫌な思いをしかけたが、その一方で、このしたたかさでマジノの懐深くに入ってくれているのだと、有難くもあった。

技術にはそれを守るために特許制度があるが、ジオテクのTBM技術の多くは特許の形ではなく、企業秘密であるノウハウとして保有されている。つまり法的な縛りはない。そこを狙っているのだが、マジノがどこまで働いてくれるのか、期待はしていても確信はない。霧島は次の話題へ移った。

「ところでFRBと川崎の動きはどうなっていますか」

「相変わらず油断しきっています。しかし問題はT1の失注後です。T2、T3でどう出てくるか。相当なショックでしょうからね。必死になって巻き返してくるに違いありません」

「ＦＲＢは政治力が抜群だし、かなりの強敵だ」

「でも限界があります。何しろＴＭＣ内での支持者は今のところセベールのほか、せいぜい数名ですからね。それに比べ、ジオテクの方はモロウを頭に数で圧倒しています。やはり強力なのはジオテクでしょう」

「ところで我々の友人、マジノはどうですか」

三菱は彼とは運命を共にせねばならないのだ。この人物のことをもっと知っておきたいと霧島は思った。

「マジノは実に根性のある男です。すでに何人かの支持者を社内に集めています。それに彼の出向元のゼネコンはフランスでも最大の会社ですから、発言力は相当なものです」

「技術者たちはフランスの五大ゼネコンからの出向だと聞いていますが、ゼネコン同士の縄張り争いも、社内派閥に関係しているのでしょうね」

「もちろんです。どのゼネコン出身者がイニシアティブを握るか。マジノかモロウかセベールか。それはゼネコン同士の戦いでもあるわけです。彼等のその力学を、私は受注活動に最大限に利用したいと思っています」

「三菱は技術と実績では川崎に負けませんが、いかんせんローカルに協力メーカーがいないのが弱みです。いざという時は価格で勝負するしかないでしょう」

「心強いお言葉、有難うございます。しかし、取りあえず今回の入札では高めに出しておきましょう。T1が高い値段でジオテクに決まれば、それだけT2で楽になりますから。伝家の宝刀はT2のネゴが始まってから抜いても遅くはありません」

霧島は室井を頼もしく思った。五十代半ばの髪の薄い風采の上がらない男ではあるが、フランス語を母国語と同じくらい流暢（りゅうちょう）に操り、マジノとは深い関係を築いている。長い付き合いらしく、十五年ほど前にマジノがソ連に駐在していた頃からの仲だという。

当時から室井はソ連、東欧をテリトリーとして渡り歩き、数多くの国際プロジェクトでマジノと助け合ってきたらしい。ただ室井があまり詳細を語りたがらないので、霧島はちょっと水くさい思いを抱いたが、個人的な詮索に走ろうとする自分こそ反省すべきだと自戒した。

霧島にとって気にかかることがある。それは室井がこれだけのやり手でありながら、ローカル採用というハンディキャップのために出世できないでいる事実だ。

―せめて注文が決まった時には口銭を弾んでやろう。

そう心ひそかに決めていた。とはいうものの、たまに室井のエゴが表面に出すぎて癪に障ることもある。そんな時にはひょいと意地の悪さが顔を出し、口銭を値切ってやりたいと反発を覚えたが、幸いにも霧島の心の奥に根づく善良さがそれをすぐに打ち消した。ともかく霧島は室井の仕事ぶりには感謝している。

数日後、日本へ帰り、トンネル三本のプロポーザル作りに専念した。T1の方はあまり手間をかけず、できるだけ簡単に作成した。ただ機械は三菱の誇るダブル・スクリュー・シールドで押すことにし、PRを兼ねて詳細な図面を添付した。

再度渡仏し、太陽の熱い光線が照りつける七月の午後、室井の運転するルノーでTMCへ行き、プロポーザルを提出した。青く晴れ渡った空はどこまでも高く、夏の盛りであった。

## 2　失注

入札には世界中の多くの名だたる掘削機メーカーが参加したが、技術スクリーニングの結果、最終的にジオテク、三菱、ＦＲＢの三社が残った。各社はＴＭＣと技術会議をもち、すり合わせをしては改良技術に基づくスペックの出し直しを繰り返した。

ただT1についてはジオテクが独走する形でＴＭＣを引っ張り、ほぼ内定に近い優位な位置に立った。しかしこの情報を知っている者は限られた。当該会社のジオテクは当然として、丸紅を情報源とする三菱の二社で、ＦＲＢは相変わらず自分たちが受注すると慢心していた。ＴＭＣとの打ち合わせに川崎の技術者が同席することはなかった。

ＦＲＢのヴェルニは技術エバリュエーションが長引くこの状況をむしろ喜んだ。

「干天の慈雨とはまさにこのことだね。人員整理でただでさえ人手が少ないところへ、リール地下鉄が予想以上に手間がかかっている。ＴＭＣの作業が長引いてくれるのは有難い」

工務課長のジュレも同感だ。いかつい顔に久々の笑みが浮かぶようになった。

「日本から技術者を呼べば助かりますが、そうすれば又、高い技師派遣費を要求されますからな。ここは時間稼ぎに尽きますよ」

入札発表から早や五ヵ月が過ぎていた。あれほど入札を急がせたにもかかわらず、技術の確定にはなかなか至らなかった。ＴＭＣが怠けていたというのではない。それほど新技術は未知ともいえ、完璧なものはないからだ。ＴＭＣにとって失敗は許されず、ましてや工期は絶対厳守である。試行錯誤を繰り返しながらも、一歩一歩、技術の改良を重ねる日々だった。

一方、融資の方はほぼ目途がつきつつあった。東銀が先頭に立ち、次々と世界の銀行や融資団を引き入れている。

ヴェルニがちょうどポーランドへ出張で出かけようと、持参する書類を整理していた矢先、ＴＭＣセベールからの電話で呼び止められた。

「悲報です。驚かないで下さい。T1はジオテクに決まりました」

その一報に一瞬、声が出なかった。

「えっ、ジオテクが？　FRBではないのですか」

思わず腰を浮かしかけ、次には上体を崩すようにして椅子に沈みこませた。どうしてだ。どうしてFRBに来ないのだ。ヴェルニは喉の奥でうめいた。

「まさか、間違いじゃあないでしょうね。単にエバリュエーション順位が一位になったというだけで、まだ発注は決まっていないということではないのですか」

「いや、ほぼ間違いないでしょう。ただ陸上のT4、T5は急がないので決まっていません」

そう言い終わると、セベールは慌ただしく電話を切った。

ヴェルニはそれでもまだ信じられず、偽情報をつかまされたのではないかと疑った。どう考えてもジオテクがFRBの優位性を凌駕するとは考えられない。逆転の可能性は残されているはずだ。こういうことは北アフリカのビジネスでは何度も経験してきて珍しくもない。ヴェルニは改めてセベールに電話を入れた。が、返事は一縷の望みを砕いた。

「いや、残念ながらその可能性はないでしょうな。先程の大会議で決まったことですから」

「でも仮にですよ。仮にそうだとしても、納得がいきません。何がFRB失注の理由ですか」

「ポイントはテクニカルスペックの差です。まだ価格まで話は行っていませんからね」

やはり技術なのか。FRB―川崎の技術力が劣っていたのか。ヴェルニは報告せねばと、重い気持ちを引きずるようにして、直属上司の副社長ローラン・エッフェルの部屋に向かった。

飛行機は間に合わず、結局ポーランド出張は夕方の便に延ばした。社員食堂で工務課長のジュレと落ち合い、短い時間、昼食のハンバーグ定食を食べながら善後策を打ち合わせた。

「ジオテクがT1を受注したということはだね。T3までの全トンネル受注を保証されたということだろうか」

「そうかもしれません。径は違っても、岩盤対応は恐らく同じ機械スペックでいくでしょう」

「ああ、参ったよ。地元メーカーのFRBが失注するなんて、とても考えられん」

ヴェルニは失ったものの大きさに愕然とし、同時に悔しさで体を震わせた。失策を演じたセベールを怒鳴りつけたい衝動に駆られたが、それは自分の失敗でもあることに気がついた。完敗である。ジオテクにしてやられたのだ。

「ヴェルニ部長、川崎にはどうしますかね」

言われてヴェルニは滝井の角張った顔を瞼に浮かべた。失注するなど夢にも思っていないはずである。今か今かとフランスからの朗報を待っているに違いない。一体どうやって彼に説明すればいいのだろう。

しかし出てきた言葉はいつもの冷静さを取り戻していた。

「やはり事実を伝えるしかないかもしれませんな。いずれはわかることだ。隠しおおせるものではないから」

ジュレにも自分にもそう言い聞かせた。そして徐々にショックから立ち直るにつれ、今度はFRBの責任をどう逃れるかで頭を悩まし始めた。

「ライセンサーとして川崎はきっと詰問してくるでしょう。迂闊な答え方をすれば言質をとられ、FRBが責められる。常に不利な立場に置かれるのがライセンシーというものです」

「ミスタータキイはこの海底トンネルプロジェクトに賭けています。必死に追求してくるでしょうな」

「ええ、目に見えています。痛手は当社とても同じですが、もはや逆転のきかない今、責任追及をかわし切ることが肝要だ」

　そうすることで社内での自分の責任も逃れられるとヴェルニは思った。そのためにはしばらく時間稼ぎをして作戦を練る必要がある。

「まあ、失注のニュースは急いで知らせることもあるまい。むしろできるだけ長く伏せておくのがよいだろうね」

　そう方針を決めると、ヴェルニは時計を見て立ち上がった。あとは出張先で対策を練ればいい。

　部屋へ戻ると、秘書が顔をのぞかせ、そろそろですと出発時刻の念押しをした。


　一方、その頃日本にいる滝井勝宏はどうしていたか。入札の行方を気にしないといえば嘘になるが、ヴェルニの言葉を信じ、心情的には比較的余裕のある時間を送っていた。

　――果報は寝て待てというではないか。

　社内の嫌がらせや妬みも、いずれ受注が決まった時の喜びの刺激剤くらいに前向きにとらえ、日常の業務に励んでいた。

　土木機械事業部長の猿田俊全は気になるのか、神経質そうに鼻の脇をひくひくさせながら、時々滝井に状況を尋ねる。

「それにしても遅いなあ。ＴＭＣもＦＲＢも何をしてるのやろう。一度フランスへ様子を見に行ったらどうですか」

「はあ、しかし今はちょうど仙台、京都、福岡の大口径シールドが最終ネゴに入っていまして……」

「まあ、それはわかるけれども、田所専務に受注間違いなしと言ってしまっているしなあ。万が一ということもある」

「ご安心下さい。そのためにフランスにＦＲＢがいるのですから」

と、引き延ばしているうちに日一日と時間が過ぎてしまった。相変わらずの酒食とゴルフ接待で体は疲れていたが、精神的な張りは滝井にそんなことを気づかせない。夢はドーバーから次のデンマークの海底トンネルへと広がっていく。

京都のシールドは政治的な絡みもあって、結局、競合三社で一本ずつ分け合った。無駄な競争をしなくてすみ、好採算を維持できたことで猿田からねぎらいの言葉があり、彼が上京してきたとき、珍しく一夜、銀座の料亭で一席設けられた。

遅い帰宅だったが、翌朝は就業規則通り八時半には出社した。若い時分からの習慣で、酒を飲んだ翌朝は極力、遅刻しないように心掛けていた。

欠伸を押し殺し、机に向かった。先ず新聞にさっと目を通すのが習慣になっている。日経、日刊工業、日本工業と終わり、最後の建設新聞の一面にきたとき、滝井の顔色が変わった。

「米国ジオテク社、ドーバー海峡トンネル掘削機を受注　小松製作所が技術提供」

と、トップに踊るように大きく報じられている。

滝井は一気にむさぼり読んだ。目玉が飛び出たかと思われるほど白眼がむかれ、それから再び見出しのところに戻して釘付けになった。文字を読んでいるのではない。信じられない思いが激しく胸を駆け回り、その動揺に呆然と身を任せていたのだった。

が、やがて気をとり直したのは豊かな経験で培われたビジネス勘のお陰だろう。

—きっと裏の意味があるに違いない…。

それを読み取ろうとした。報道はいつも正しいとは限らない。これまでの人生経験でそれは真実だと思っているが、では今回の記事はどうなのか。どこまでが事実で、どこからが誇張なのか。

しかし答えはわかっている。どうせ小松側が新聞発表したのに違いない。都合のいいように書かせたとしてもおかしくはない。

先ず技術は小松が全面的に供与したような表現になっているが、これは軟弱地盤に関する一部の限られた技術だろう。東京湾横断道路を狙った宣伝攻勢の意図が見え見えだ。三菱、石川島播磨、日立造船、川崎の四社共同研究体制に自分も割り込もうと、時を置かず揺さぶりをかけてくるかもしれぬ。

また、受注が決まったのはサービストンネルのＴ１だけだ。冒頭部分にはっきりとそう書かれている。それなのに記述全体のトーンがそうなっていない。後のＴ２、Ｔ３もジオテクに決まっているかのような印象を与えている。巧妙な印象操作ではないか。確かにＴ１の受注者は残りを連続受注する可能性は高いが、決定されたわけではなかろう。ここの部分を大至急、確認しなければならない。

重い気分を振り払い、新聞から顔を上げた。ゆっくりとコーヒー自販機のところへ行って、紙コップにブラックを注いだ。

部下たちはまだ失注に気づいていない。彼等の動揺を抑えるためにも、自分なりに考えを整理しておく必要がある。ＦＲＢが失注した原因は何だろうかと考えた。

ナショナリズムとか雇用確保という政治的な優位性は通じなかった。かといって価格が原因だとも考えにくい。ヴェルニは用心深く、価格については代案を検討中ゆえ引き下げ得ると、わざわざ注記してあった。だがそれは無視された。価格ネゴは行われていないはずである。

―となると、技術評価が低かったということなのか…。

リール地下鉄で立派な実績をおさめ、しかもバックに川崎の技術がついているというのに敗北したのだ。それがどういうふうに劣っているかはわからないが、結局、技術が失注の原因だったと考えるのは的を射ているかもしれない。取り返しのつかないことになったものである。

それにしてもまさかジオテクが受注するなど夢にも思わなかった。ヴェルニの情報を頭から信じた自分が悔やまれる。猿田の助言に従って現地へ飛んでいたら、違った展開になっていたかもしれない。どうして自分の目で確かめようとしなかったのか。大事な局面で判断を誤った自分の愚かさが腹立たしかった。

世紀の国際商談にこんな形で敗れるのは何とも無念なことである。しかも日本ではまだ小学生にしか過ぎない小松に完全にしてやられたのだ。完敗というほかはない。せり上がってくる嫌悪と無念さで胸が詰まりそうになり、大きく息を吸い込んだ。

—そうだ、ヴェルニに電話をしなければ…。

先ずはここからだ。向こうは深夜であることは承知しているが、そんなことに構っていられない。こちらの怒りの程を知ればいい。

部下の杉本課長を手招きで呼び、黙って新聞記事を指さした。杉本は滝井の机の前に立ったまま新聞を手にとるや、驚きの表情で視線をくい込ませた。

「ま、ご覧の通りだ。事実だろうね」

と、読み終わった彼に滝井は言った。杉本の顔が苦渋でゆがんでいる。

「信じたくありませんが、まあこの通りだと思います。でも小松分際に負けるなんて、残念です」

「こちらの拙策もあるが、先方の知恵の方がはるかに優っていたということだろう」

滝井は杉本にというよりも、自分自身に向かってそう言った。

「それにしても部長。ヴェルニの野郎、どう責任をとってくれるんです。なぜもっと早く知らせてくれなかったんでしょうか」

「まったくだ。新聞に出てなけりゃ、このままずるずるいって、もっと大恥をかいていただろうな」

滝井は舌打ちした。ヴェルニの無責任さに改めて腹が立った。杉本が急に声をひそめた。

「部長、うまく事後処理をしないといけませんね。重機の小山田部長一派が、ここぞと責任問題をクローズアップしてくるんじゃないでしょうか」

「うむ。あり得ることだ。しかしそれは何とか切り抜けられるかもしれん」

「というと？」

「決まったのは径の細いT1だけだ。本命のT2、T3はまだ白紙だという論法で突っ走ろうと思う。そのためにもヴェルニに確認の電話を急がなくちゃいかん」

「でも、何だか後の二本もジオテクと小松が取るような気がします。小山田部長がすんなりと聞いてくれるとは思えません」

「大丈夫。小山田君のことは心配しなくてもいい。それよりも、今すぐヴェルニの自宅に電話を入れて、たたき起こしてくれんかね」

その頃には部内全員が失注のことに気づいたらしく、やけに静かになっている。

「出ました」

杉本が興奮気味に滝井に電話を渡した。滝井はぐっと一息吸い込んだ。

「ミスターヴェルニ、こちらは川崎の滝井です。今朝の日本の新聞に、ドーバーはジオテクが受注したと大きく出ています。これはいったいどういうことですか」

挨拶抜きにいきなり相手の耳にぶつけた。

「ああ、そのことですか、ミスタータキイ。リポートが遅れて申し訳ありません。T1はジオテクへ行きました」

当然のようにサラリと言ってのけたヴェルニに、滝井はムッとした。

「そんな大事なことをどうしてもっと早く知らせてくれなかったのですか。もう今さら手遅れになってしまって、何の手も打てないじゃありませんか」

「私も知ったのはごく最近です。それからすぐ東欧へ出張して、連絡が遅れてしまいました。気にはしていたのですが…」

ヴェルニはのらりくらりと言い訳を繰り返す。

「あなたの言葉を信じて待っていた結果がこれです。いったいどうしてくれますか」

「ミスタータキイ、あれはT1だけなのですよ。たかがサービストンネルに過ぎません。T2、T3はまだこれからの商談です」

「でも新聞では残りも全部、ジオテクが受注するみたいに書かれていますよ」

「私はそうは思いません。径が太くなると、一気に技術難度が上がるとTMCが強調しています。ジオテクの技術でうまくやれるかどうか、甚だ疑問です」

「それだったら、注文は彼らに行かなかったでしょう」

「だから私はTMCに根回しをして、一つの実験を行うように提案しました。マシンが掘削に成功するかどうかは、水分の混じった大量のチョーク、とりわけグレイチョークを如何にスムーズにトンネルの外へ排土するかにかかっています。トンネル内に溜まってしまったら、おしまいです。この点について、各社のプロポーザルのコンベアーを、実際にチョークを使って比較してほしいと申し入れたのです」

「で、その反応はどうですか」

「たぶん来週あたりに行われると思います。ＦＲＢ、ジオテク、三菱の三社が立会人として呼ばれることになりそうです」

「川崎の技術者も出席した方がよさそうですか」

「もちろんその方がベターです。三菱にせよジオテクにせよ、何事も技術の保有者が直接説明するのですから説得力があります。いくらＦＲＢが頑張っても、ライセンシーに過ぎませんからね」

滝井はヴェルニの言葉に何となく引っ掛かりを覚えた。それに、申し訳ないという謝りの言葉が出てこないことも不満である。ヴェルニの慇懃無礼な話し方の裏に何か意図を秘めているような気がし、これ以上非難めいた言葉は出さない方がいいと思った。Ｔ２、Ｔ３はまだ白紙だということも確認できたのだし、ひと先ず電話を切ることにした。

「Ｔ１は諦めるとしても、Ｔ２、Ｔ３は是が非でも取らねばなりません。テストの日程が決まり次第、連絡お願いします。それから陸上の二本も諦めていませんから」

ヴェルニに責任追及できなかったことは滝井の中に不満を残したが、まだ後続の機種で頑張ってもらわねばならない今、言い争いを避けたのは賢明だったかもしれないと思い直した。ＦＲＢもスクリューコンベアのテストを申し入れるなど、ぎりぎりのところで頑張っているようだ。

電話を終えると、さっそく猿田事業部長への報告書作りに取りかかった。面倒なことだが、小山田一派の攻勢に対しても予測した論法を組み立てねばならない。来週のコンベアテストで何か逆転の光明が得られるかもしれないと期待した。

その日は朝から滝井は猿田事業部長主催の営業会議でＴ１失注の釈明に追われた。準備したシナリオ通りの説明を繰り返し、もう小一時間が過ぎていた。

「ということでして、T1サービストンネルとは異なり、本命のトンネル二本は口径が太い分、技術的難度が段違いに高まります。それだけ受注する価値が大だということであります。だから私としましては、陸上とT1には今やそれほど興味がありません。後の二本に全力を注ぎたいと考えています」

「もういいよ、その話は聞き飽きた」

と、猿田は吐き捨てた。

「私が言いたいのは君のその傲慢な態度や。あれほどフランスへ様子を見に行けと言ったのに、ぐうたらぐうたら屁理屈を並べて逆らいおった。その挙句にジオテクと小松にさらわれしもうたやないですか」

いつものパターンだなと、滝井は思った。人格攻撃だ。これで今日は三度目である。こちらも、もう聞き飽きた。よほど猿田は悔しいのだろう。というより腹立たしくて仕方がないのだ。上司の自分に逆らっただけでも怪しからんのに、その上、田所専務に失注の報告をさせられる重荷まで背負わされた。もう土木の将来云々などはどうでもいいとさえ思っているのではないか。

そろそろ引き上げ時だ。ここはあっさりと非を認めることにした。時間が惜しいのだ。兜を脱ぎ、矛をおさめようと考えた。

「はあ、そのことについては弁解の余地がありません。FRBの力を過信していた私の失点です」

が、なかなか相手は解放してくれない。

「ほう、えらい殊勝ですな。私は今になって、君が計画していた田所専務のドーバー見学が変更されたこと、ほんまによかったと思うてる。あのとき行ってもらってたら、私は大恥をかいてしまうところやった」

そこへ小山田が提灯持ちを買って出た。

「事業部長は田所専務のもとで、イラクを始めとする砂漠で随分とご苦労されました。その生身の経験からアドバイスをされたと私は理解しています。トップの命令には服従するのが部下の努めだとは思われませんか。それにそんなに頼りにならないＦＲＢなら、この際、技術提携を打ち切ったらどうなんですか」

散々嫌味を浴びせられ二時間余りの釈明会議は終わった。二十数名の大会議であったが、得たものは何もない。結局は滝井が主張した通り、残りのトンネル二本に注力することで落ち着いた。

滝井がすぐに技術者を引き連れてフランスへ飛んだのは述べるまでもない。高い代償を払ったと後悔したが、後の祭りである。その悔しさを内に秘め、一からやり直す決意がふつふつと胸に沸き立った。

## 3　出直し

ジオテク受注の翌月、三社のスクリューコンベアの仕様が出そろった。ジオテクはピストンポンプとテールシールの組み合わせ、ＦＲＢはリール地下鉄と同じスラリータイプのスクリューコンベア、三菱はダブル・スクリュータイプである。それに伴い、価格も出し直している。

その一か月後の一九八七年十二月。サンガッテのテスト現場では、縮小された中古のコンベアの現物が仮組みされ、これから排土テストが行われようとしていた。滝井は設計係長の近本修を伴い、現場でヴェルニと待ち合わせた。雨雲が空一面を覆い、今にも降りそうで、体が震えるほど寒い。

三菱の霧島部長とばったり顔を合わせ、互いにきまり悪そうに、「やあ、どうもどうも」と意味のない挨拶を交わし、すぐに仲間のところへ戻った。

そうこうするうちにアメリカ人と別の日本人が現れ、それを機に無口で実直そうなＴＭＣ技師の紹介で、皆が名刺交換をした。二人はジオテクの技師ガンターと小松の若い設計マンである。やがてＴＭＣ技師が心配そうにちょっと空を見上げたあと、簡単な挨拶をした。

「まだ時間はありますが、きりのいいところで午後一時から始めましょう。各社の設計思想に基づいて、スクリューコンベアにチョークを取り込みます。如何に効率よく排土するか、見極めたいと思います」

コンベアを見比べていた滝井が近本に囁いた。

「あの三菱のスクリュー、驚いたよ。普通の二倍の長さだ。排土に時間がかかって問題ありだね」

「それよりも部長、ジオテクはピストンポンプ式できていますね。ポンプで押し出すアイディアは素晴らしいですが、機構が複雑すぎませんか」

小松の技師が図面を広げ、何やらしきりにガンターと打ち合わせている。スクリューで取り入れたチョークをピストンポンプで押し出すのだが、これも解決には遠いのではと滝井は思った。

そうこうするうち急に空が暗くなり、小雨が降り出した。午後には本降りに変わるという予報に、TMC技師があわてた。今から始めようということになり、スタートした。

最初に三菱から始まったが、やはり時間がかかりすぎ、排土がスムーズに進まない。滝井はしめしめと内心喜んでいたが、それも束の間。自分たちのFRBの機械も水分とチョークの分離がどうしてもうまくいかないのだ。

滝井と近本が懸命に操作するのだが、効果はなく、客先の技師はいら立った。

最後にジオテクの番になった。機械構造を見る限り機能的に思えるのだが、いざチョークを通してみると、ピストンの作動がうまくいかない。チョークの泥がピストンの内側にこびりつき、四苦八苦の体であった。泥まみれになりながらそれでも動かそうとしていた客先技師も、とうとう諦めた。不機嫌さを隠そうともせず、ぶっきらぼうな手つきで各社の実験データの取りまとめを急いだ。

まとまったコメントもないまま、雨脚が強くなってきたのを機に皆が帰り支度を始めた。

滝井はこの結果にある意味、安堵していた。ＦＲＢもジオテクも三菱も、みなドングリの背比べではないのか。帰りの車中、運転席のヴェルニに問いかけた。

「この分では、ジオテクの優位を崩せるかもしれませんな」

「さあ、どうですかな。彼等はＴＭＣ技術陣に食い込んでいますからね。ただピストンポンプでは失敗するでしょう」

失敗するという点では滝井と近本も同感であった。

翌日、近本は空港へ向かい、帰国の途についた。一方、滝井はドイツへ飛んだ。日本からやってくる大手ゼネコンの専務を迎えるためである。トンネルの内側に巻き付けるセグメントを、連続的に施工する技術がドイツのホフマン社で開発され、それを導入する交渉でデュッセルドルフに入ってくるのだ。滝井はシールド機メーカーの立場からアドバイスすると共に、夜の接待役も演じてゼネコンに東京湾横断道路に向けた恩義を売るつもりであった。

ドイツに出張しているあいだにテスト結果についての情報をＴＭＣから得ておくよう、ヴェルニに頼んである。Ｔ1の失注についてもまだ十分に議論できていなかったのと、いまだに彼に責任回避の様子さえ見えたので、ドイツから帰国後にＦＲＢ幹部も交えて徹底的に話し合うことにしていた。Ｔ2、Ｔ3の商談のためにもぜひともつけなければならないけじめであった。

ドイツでの仕事が終わると、その夜のフライトですぐにパリに戻った。

――パリはドイツとは違うな。

滝井はどことなく社会に漂う空気の違いを感じた。規律とか堅苦しいものはない。自由な雰囲気が漂っている。

地下鉄のマドレーヌ駅で降りると、人並みに押されるようにしてエスカレーターで地上に出た。

朝の空気の爽やかさとは対照的に、心は今一つ晴れない。自由な雰囲気も気持ちを寛がせるには程遠い。食欲が進まず、朝食のクロワッサンをカフェオレで喉に押し込んだだけである。

深酒のせいだろうか。ヴェルニの人を喰ったような責任逃れの態度には腹の虫が収まらないし、T2、T3を落札できないかもしれないという不安が絶えず胸から離れない。これから始まるFRBのローラン・エッフェル副社長との会談を思うと、気分が重くなる。

本社ビルに向かい、時間稼ぎをするようにゆっくり歩いた。この建物は現在進めている合理化策の一環で、近々、銀行に売却されることになっていると聞く。

枯れ葉の残った木々が行儀よく歩道に並び、その木々のあいだから、弱い太陽の光が細い線になって洩れ落ちている。無意識のうちに手のひらで受けた。道路という道路の両端沿いに水道の水がいっせいに流され、散らかった小さなごみの断片を勢いよく押し流している。朝の日常が始まったのである。

ふとFRBの秘書嬢シモーヌ・ダルクの顔が浮かび、少しばかり心が和(なご)んだ。

シモーヌと出会ったのはずいぶん以前のことだ。技術提携の交渉の時である。先ず機械設備のあるリール工場で交渉したあと、次はパリの本社内にあるヴェルニの部屋へ場所を変えたのだが、そこで彼女を初めて見たのだった。あの時の印象が今も心地よい動揺をもって深く脳裏に刻まれている。

ノックと共にコーヒーを持って彼女は部屋に入ってきた。長いブロンドの髪を肩で重たく波打たせ、艶やかな白い指で目の前に静かにカップを置いた。大きな青い瞳が深く澄み、神秘的ともいえる知的な雰囲気が周囲を圧しているが、その瞳の奥に動物的な激しい光を宿しているようにも見えた。

「サンキュー」

そう発した滝井の言葉に、シモーヌはみずみずしい厚めの唇をかすかにあけ、表情だけで応えた。チラっと白い歯がのぞいた。滝井はなぜかハッとして心に乱れを起こしたが、ヴェルニに気づかれないよう、そっと彼女から視線をはずした。

ヴェルニとの交渉が再開されてからも、しばらく彼女の余韻を壊すのが惜しかった。

その日以降も、シモーヌは時々コーヒーのサービスをしてくれた。しかし会話をする機会はなかった。シモーヌが部屋に入ってくる時はいつも滝井の心は豊かになった。ヴェルニと交渉していても、ふと彼女を心待ちにしている自分に気づくことがあった。

それから何度か日本との往復を繰り返したが、あるとき日本土産を持っていこうと思いつき、銀座の三越で女性用の扇子を買った。

パリに着いてから、毎朝ホテルを出る際、アタッシュケースに書類と一緒に綺麗に包装された扇子を入れているのだが、なかなか手渡す機会がない。ヴェルニの前で、娘のように若いシモーヌにプレゼントを渡すには恥ずかしすぎる。二人きりになるのを待った。

シモーヌは同じ三階の、廊下の反対側にある秘書室に他の秘書たちと一緒にいた。それはちょうど階段の脇に位置していて、滝井はエレベーターを使わずに、わざわざ階段で上り下りする。ひょっとしてシモーヌに出合わないかと、淡い期待を寄せながら部屋の前を通り過ぎるのであるが、うまくいかない。

が、とうとうその機会はやってきた。約束通りの時刻にヴェルニの部屋を訪れたのだが、誰もいず、仕方なく中で待っていた。するとシモーヌがコーヒーとビスケットを持って現れたのだ。

「ミスタータキイ。あいにくヴェルニは急用で出かけました。三十分ほどで戻りますので、お待ちいただけますか」

「ええ。ノープロブレム（問題ない）です」

むしろ有難いくらいである。滝井は少年のように胸を躍らせ、用件をすませて出ようとする彼女の背にあわてて声をかけた。

「マドモアゼル・シモーヌはどこで英語を勉強なさったのですか。イギリス式のきれいな発音ですね」

シモーヌは「とてもダメですよ」と、小さく首を振り、はにかんだ。

「でも中学生のころ、父の仕事の関係でしばらくロンドンにいました」

「なるほど。ところで、パリのお住まいはどこですか」

滝井はこの機会を逃してはならないと、準備していた質問をさりげない調子で投げかけ、二人の関係構築に努めた。そして頃合いを見て扇子を取り出した。シモーヌは迷っている素振りだったが、滝井に押されて遠慮気味に「メルシー」と言って受け取った。うれしそうな表情を返した。

それだけで終わったが、滝井は満足だった。シモーヌのやや鼻にかかった高音の声が耳の奥に心地よく残った。

それ以後、滝井はシモーヌの言動にいっそうの注意を払うようになった。仕事をてきぱきとこなし、無駄な時間を過ごしているようには見えない。しかしどんなに忙しくても滝井と話す時には笑顔で応じてくれる。そう滝井には思えた。

ちょっとした会話などからだが、どうもまだ結婚しているふうには見えない。それにあの若さだ。思い切って尋ねてみた。

「おや、どう思われます？」

とシモーヌは応じ、クククと笑った。

「実はね、小さな子供が一人いますの」

ベルサイユで一緒に暮らしているという。

「でも離婚したので、まあ、その意味では独身でしょうかね」

それから数日経ったある日、滝井はデートに誘ってみようと思いたった。恋人がいるかどうかまではわからない。五十を超えた男のやることではないと自覚していたが、勇気を出した。

「次の日曜日、休みなので、ベルサイユ宮殿を訪ねてみようと思っているんです。もしよければ、案内していただけませんか」

「あら、申し訳ありません。その日はちょうど友人と会う約束がありますの」

と、滝井の顔を覗き込むようにし、済まなさそうに断った。滝井は残念さと恥ずかしさを押し隠し、「じゃあ、いつかまた」とさらりと言って、その場を切り抜けた。

勘のいい女性だと思った。迷う素振りなど一切なく、丁重ではあるが、すぐさま拒絶した。恐らくこれまでの雰囲気から察し、いつかこういう誘いがあるかもしれないと予想していたのかもしれない。

それ以後、滝井は憶病になった。いまだに申し込む勇気は湧いてこない。それなのにシモーヌへの好意は静かにゆっくりと滝井の中で発酵していった。

二人の関係を発展させる機会はその後もなかったが、ただ一つ、滝井にとってうれしい発見があった。受付の待合室の向こうにがらんとした大広間がある。そこにグランドピアノが置いてあって、時たま会社が引けたあと弾いているという噂を聞いたのだ。滝井はそのことはシモーヌには言わず、自身で時間を合わせるようにし、広間をのぞいてみた。

何度かの試みの後、窓ガラスの向こうでピアノに向かっている彼女の後姿を見ることができた。明かりの下で、ただ一人、黒いピアノに向かって弾いている。

滝井は窓の端に体を寄せ、彼女からは見えないようにそっと見入った。軽快な曲だ。聴いたような気がするが、よくはわからない。斜め後ろから見える横顔に時間を忘れて見とれた。

誰か通りかかる気配がし、あわててその場を離れた。一方的に眺めただけに過ぎなかったが、滝井の心は熱く濃く波打っていた。

その後も何度かその場所に行き、秘密の時間を持った。シモーヌのことを考えている時が、彼にとって束の間の安らぎの時間であった。だがそれ以上に発展させることはなかった。

遠くにＦＲＢの古い建物が見えてきた。今からエッフェル副社長に会わねばならない。滝井はシモーヌの世界から現実に戻った。ＦＲＢに反省を迫り、やる気を起こさせねばならないのである。

もう来ているだろうか。八時半のアポイントまでまだ少し早い。受注できるか否かはこの会談にかかっている。エッフェルはフランス財界の実力者の一人と言われている人物で、六十歳を超えているというのに実にエネルギッシュだ。巨体の上に載った猪首を左右に振りながら、ダイナミックなジェスチャーでまくしたてる。

そこへ狡猾なヴェルニが加わるのだから、相当用心してかかる必要があるだろう。責任逃れの言葉を巧みに準備しているに違いない。しかし所詮、彼らはライセンシーではないか。立場は弱い。無理を通すことに限界があるのは承知しているはずである。

（だが…）と滝井は考えた。とことん彼等を追い詰めることはたやすいが、そうしてはならないことも知っていた。

作戦としては先ず過度にならない程度に痛めつける。彼らが自分たちの責任を認め、悔い改めたところで、すかさずその感情を前向きに転換させて、Ｔ２、Ｔ３の受注に向かって昇華させるのだ。この二本を確実に受注し、ドーバー海峡プロジェクトの勝利者にならねばならない。

きっとジオテクはT1の勢いに乗って、残り全部をかっさらうつもりでいるはずだ。事実、その可能性が大きいことは否定できない。ＦＲＢにはよほど頑張ってもらう必要がある。川崎サイドももっと積極的に参入せねばならないだろう。

だがその結果、見積コストが上がることになる。川崎のマンパワー動員はスペシャル・エンジニアリング・フィーの増大を意味し、直接、見積コストのアップにつながるのだ。そのあたりの兼ね合いが難しい。しかしヴェルニは間違いなくフィーを値切ってくるはずである。ある程度の妥協はやむをえまい、と思った。

エルメス本店の角を通り抜け、ＦＲＢの正門前に立った。黒い鉄製扉の横のボタンを押すと、カシャッという音がして錠がはずれた。エレベーターの前を通り過ぎ、階段に足をかけた。シモーヌはいるだろうか。

秘書室のドアは閉められている。淡い落胆を味わいながら廊下を進んだ。

ヴェルニの出社は早い。ドアを開け放したまま、電灯をつけずに朝日の光ですでに仕事をしていた。机上にテレックスやファックスが乱雑に山積みされ、分刻みで行動している男の朝が始まっている。

「グッドモーニング、ミスタータキイ。ハウアーユー」

いつものように顔面に笑顔を張りつけながら、大げさな身振りで握手を求めてきた。

「ほら、読んで下さい、このテレックス。イギリスのリバプールのシールド案件がほぼ決まりそうです」

「ほう、それはグッドニュースですな」

「パリ郊外の下水道プロジェクトも、数件ワーク中ですが、そのうちクレテイユ地区の方は有望です」

「そうですか」と滝井は答えたものの、それ以上話す気になれなかった。肝心のドーバーをなおざりにして、どうでもいいようなプロジェクトに奔走するなんて、いったいこの男は何を考えているのだ。この甘さがT1の失注を招いたのかもしれぬ。今はドーバーだけに専念して当たり前ではないか。滝井はひと呼吸置き、話題を変えた。

「ところで、サンガッテでのコンベアテストの結果はどうでしたが」

一刻も早く知りたい事柄である。本来なら真っ先に報告があるべきではないか。

「それはエッフェルとのミーティングの時にお話しします」

ヴェルニは人が変わったように表情を引き締め、用心深く目を光らせた。滝井は何かあるなと思った。

そのときシモーヌが顔を見せた。

「会議の準備ができました」

「ウイ」

ヴェルニは微笑でうなずき返し、そのまま横を振り向いて目で滝井に促した。滝井はヴェルニのめまぐるしい変わり方に戸惑いながらも、すでに駆け引きは始まっているのだと自覚した。

滝井の作戦は冒頭から打ち砕かれた。エッフェルは一かけらの笑みも見せず、おざなりな握手を終えると、野太い声でいきなり切り出した。

「ミスタータキイ。ドーバーは完敗です。戦いは終わりました」

「えっ、終わったですって？　まだT2からT5まで四本も残っているじゃありませんか」

意味がわかりかね、思わず強い語調になった。

「あなたは考えが甘いですね。我々の可能性はもうゼロですよ」

「ゼロ？　まさかジオテクが独占するとでも…」

「たぶん、ジオテクと三菱の分け合いになるでしょう」

「三菱と？」

滝井は信じられない名前を聞いて耳を疑った。三菱がこの場に出てくることなど想像さえできない。あり得ないことである。

恐らくＦＲＢは間違った情報をつかまされたのではないか。T1だって結局、誤った情報がもとで落としてしまった。正しい情報を的確に得ていたら、別の有効な手が打てたはずだ。相変わらず偽情報に踊らされて、何という男だろう。フランス財界の実力者だなんて聞いて呆れる。滝井は一気に不満を爆発させた。

「三菱が受注するなんて、的外れなことをおっしゃらないで下さい。いったいどんな情報に基づいておられるのか疑問です。ついこの前まで、T1は必ずＦＲＢにくるとあなた方は言っていた。それが突然ジオテクに取られてしまった。その舌の根が乾かないうちに、今度は三菱が受注するという。あまりにも無責任だと思われませんか」

「川崎は正しい情報を受け入れる度量をお持ちですか。三菱は立派ですよ。受注に賭ける意気込みは実に尊敬に値します」

滝井は勢いをはぐらかされ、面食らった。

「それはどういう意味ですか」

そんな質問をすること自体、相手の術中にはまるかもしれないと、そう思いながらもつい口が先に滑っていた。これに対し、エッフェルは余裕で受け止めた。

「三菱はこの一年間、どれほどの人間をフランスに出張させてきたかご存じですか。何かチャンスをつかまえる毎に技術者を寄越し、頻繁に客先との打ち合わせを持ってきました」

と言って、肝の据わったぎょろ目を滝井に据えた。

「それに引き換え、我々の場合はどうです。川崎は日本にいるばかりじゃないですか。滅多に技術者を寄越さない。たまに寄越せば、スペシャル・エンジニアリング・フィーだとか何とか言って、膨大な金を要求してくる。

我々としても、技術面で随分川崎に助けてもらいたい場面があったのですが、諦めざるを得ませんでした」

「言い方もあるものですね。三菱が来るのは当然でしょう。こちらにライセンシーがいないのですからね。しかし我々にはフランスのトップ企業、ＦＲＢがいるじゃありませんか。しかもフランスはお宅の独占地域なのですよ。それに今回の受注活動ですが、川崎はライセンス契約に基づいてＦＲＢに任せました。川崎が直接、前面に出なかったからといって、非難される覚えはありませんね」

「別に非難はしていません。川崎も契約通りの行動をしてきたし、ＦＲＢもライセンシーなりにベストを尽くしたつもりです」

そうか、これが言いたかったのか。滝井はようやくエッフェルの意図がわかった。ＦＲＢに責任がないという結論を導きたかったのだ。滝井は自分でも感情的になっているのを知りながら、なおも固執した。

「フィーがかかるのが嫌だからといって、手抜きをしてもよいということにはならないでしょう。ＦＲＢと川崎の将来戦略にとって、ドーバーほど重要なプロジェクトはありません。このことはよくご存じのはずです」

「それほど重要だと認識しておられるのなら、なぜフィーにばかりこだわって、技術者を送ってくれなかったのですか。ライセンシーがいくら熱心に技術説明をしてみたところで、限界があるのは当然ですよ。率直に言って、川崎はフランスでも日本でも動きが鈍かった。それが最大の敗因です」

「待って下さい。川崎が日本でも鈍かったというのはどういう意味ですか。客先ミッションが来日した時など、現場案内をして川崎の技術を十分説明してきましたよ」

「ミスタータキイ。ミッションが日本を訪れたとき、現場見学以外にゼネコンやジャーーツ（海外鉄道技術協会）、国鉄（後の一九八七年にＪＲに改名）、土木学会等のエンジニアにも会っています。そのときミッションに彼等がどう言ったかご存じですか。土圧シールドの技術では三菱が一番だと推薦しているんですよ。川崎の名など出てきやしません。ドーバープロジェクトであなたはどれほど足繁く彼等のもとに通いましたか。皆、日本のトンネル技術のオーソリティです。彼等のほんのちょっとしたコメントが、ユーロトンネルやＴＭＣのトップにどれほど大きな影響を及ぼすか、誰が考えてもわかりそうなものです」

滝井は言葉に詰まった。ゼネコン、ジャーツ、国鉄…。言われてみれば、確かに彼等へのＰＲが不足していた。というよりも、ほとんどしてこなかった。三菱はこんなところにまで手を伸ばしていたのか。しかし反論しないわけにはいかない。

「お言葉を返すようですが、たとえばゼネコンにも三菱派もいれば川崎派もいます。全員が全員そう言ったとは思えませんね。特に中立的な要素が強いジャーツや国鉄が、特定のメーカーを推薦するとはちょっと考えにくいですな」

一応は否定してみたものの、滝井は苦い後悔を噛みしめていた。迂闊だった。ＦＲＢの力を過信し、あまりにも手を打たなさ過ぎた。ゼネコンは別として、ジャーツ、国鉄には三菱に負けないくらいのコネもある。どうしてそのことに気づかなかったのか。

「ＦＲＢに理解してほしいことがあります。シールド工事の実績数では三菱に劣っても、技術ではひけをとりません。むしろ優っていると思っています。例えばドーバーの仏側海底工区では…」

と前置きし、説明を始めた。

三菱と違い、川崎には実績に裏付けられた信頼がある。硬い岩盤の中に湧水が混じったこの地質では、切羽（きりは）の土砂をそのままカッターチャンバー内に取り入れて、スクリューコンベアで圧力調整をしながら次々と効率よく排土していかねばならない。土砂のみならず、こぶし大程度の砂礫（されき）でさえも難なくカッターヘッドの開口部から取り入れることができ、ここにこそ川崎の技術の秘密がある。掘削機の前進に合わせ、トンネル内壁にセグメントを張りつけていく自動エレクターも、他者の追随を許さない。これらの技術が三菱に劣っているなんて、どこかが間違っている。

滝井の力説と対照的に二人は何の反応も示さない。ただ時をやり過ごしているというふうに黙って聞いている。滝井は感情に任せてこんなことをしている自分が腹立たしくなった。適当なところで区切りをつけた。

「それにしてもミスターエッフェル。なぜ三菱が受注すると思われるのですか」

エッフェルはどこまで話すか迷ったらしく、少し間を置き、

「ヴェルニから聞いたかもしれませんが、TMC内に派閥争いがあって、それが絡んでいましてね。技師たちの中で三菱を応援しているマジノという男。これが実に強力なリーダーシップを持った人物なのです。三菱のダブルスクリューを熱心に支持する一方、川崎のスラリータイプを一蹴しています。他の技師たちもそれにはあまり反論していません」

「ほう。川崎を落として三菱を取るというのですか」

「正確にはジオテクと三菱を選んだということでしょうな。というのはモロウを始め多くの技師たちはジオテクのピストンポンプに票を投じています。アーティキュレーションやテールシール装置など、全般にわたってジオテクを高く評価しているのです。しかし数は多くても個々にはそれほど力がありません」

そう言って、エッフェルはここが肝心だというふうに滝井の目を見据えながら続けた。

「マジノはそれを見透かしていましてね。T1はジオテクに渡すと妥協することで、次のマシンは三菱だという取引に強引に出ているのです。ジオテク派も独占は無理とみて、残りのマシンを三菱と分け合う作戦をとっています。こんな具合で、もはやFRB・川崎の入る余地はありません」

「ミスターヴェルニのこの前の話では、T2以降はまだ白紙だということでしたが…」

と、滝井の声がやや弱くなり、それを待ち受けたようにエッフェルがぐいと顎を反らせた。

「三菱にせよジオテクにせよ、技術の保持者が直接乗り込んできて頑張っているのですよ。それも死に物狂いでね」

川崎のように眠っていなかったというわけか。滝井は吐き捨てるように心の奥でつぶやいた。後悔してすむものではないが、自分の犯した判断ミスの大きさに持っていき場のない自己嫌悪に襲われた。だがこの二人の前で弱気を見せてはならぬ。滝井は自らを鼓舞した。

「モロウにしてもマジノにしても、自分の意見を述べるのは自由ですが、いったいスクリューコンベアのテスト結果はどうなったのですか」

エッフェルは顎でヴェルニに返答を促した。それを受け、ヴェルニがさじを投げたように、

「考えるだけでもヘドが出ちゃいます。実際、三菱のダブルスクリューもジオテクのピストンポンプも、どちらも落第ですよ。それなのにＴＭＣの結論は何ら変わっちゃいません。両方とも改善の余地はあるが、使用できるということになっています」

「そこがポイントですよ、ミスタータキイ。何度も言っているように、客先の技術陣とのコミュニケーションの積み重ねが物を言ったのです」

と、又もやエッフェルがむし返した。

滝井は反論しかかる言葉を喉の奥に押し戻した。こんな言い争いをして責任をなすりつけ合う自分が馬鹿らしくなった。今は両社とも前を向かねばならない時なのだ。

コンベア技術が劣っているというのに、実力者の後ろ盾で強引に一本かっさらっていく三菱を、指をくわえて見ていていいのか。いや、いいはずがない。何があっても彼等を引きずり降ろさねばならないと、理屈を超えた

感情のほてりが脳内を圧倒した。

　それに想像もしなかった小松がT1で前面に躍り出て、そこへ三菱が受注者として加わったとなれば、いったい川崎はどうなるのだ。いやいや、川崎だけの問題ではない。この世紀の海底トンネルに情熱を傾けてきた自分自身も敗北することになる。そんなことは許すわけにはいかない。

「三菱には絶対に渡したくありません。それならむしろ、ジオテクの方がましなくらいです」

「そうはうまくいきますかな。残念ながら可能性としては、三菱がT2、T3の両方とも受注するか、それともジオテクと一本ずつ分け合うか。そのどちらかになるでしょう」

「三菱がそれほど有利とは…。まさかガサネタじゃないでしょうね」

「そうなら私もうれしいですよ」

　エッフェルの突き放したような物言いは、滝井に敗北の覚悟を迫るのに十分だった。しかしその窮地は逆に光明を見出させるきっかけになった。突飛な考えが浮かんだ。咄嗟にジオテクと川崎・FRBが組んだらどうだろうとひらめいたのである。両社で二本とも独占して分ければよい。

「一つ提案があります。ジオテクとFRBが手を結んだらどうでしょう。何とか三菱を追い出せるかもしれません」

「ミスタータキイ。あなたの考えはあまりにも日本的過ぎます。可能性がないとわかっていながら、どうしてライバルにわざわざ頭を下げて、屈辱的な真似をしなければならないのですか」

「ともかく、ともかく一本でもいい。海底トンネルが欲しいのです」

「私は川崎の技術が今でもベストだと信じています。TMCは間違った決定をしました。ジオテクのピストンポンプでは絶対にうまくいきません。三菱のダブルスクリューではなおさらです。ドーバートンネルは必ず失敗するでしょう。面白いじゃないですか。世紀のプロジェクトが失敗するのをこの目で見届けようじゃありませんか」

エッフェルのあまりにも不敵な発言に、滝井はどう答えればよいのか言葉が見つからない。黙って睨み返すのがやっとである。

エッフェルも目でそれに応じた。瞬時、余裕を誇示したあと、言葉を継いだ。

「受注するのも一つの方策だし、相手がつぶれるのを待つのも立派な方策だと思われませんか。わざわざ川崎の技術を提供して敵を助けることもありますまい。フランスにはフランスのやり方があるのです」

「多分それも一つの見識でしょう。しかし私にはそんなふうに割り切れません。日本人的と言われようと、最後まで受注の可能性を求めて頑張りたいのです」

「そうでしょうか。経営者には決断を下す勇気が必要です」

とぴしゃりと言い放ち、

「でも、今あなたにそれを求めるのは酷かもしれませんね。わかりました。ライセンサーの川崎がそこまでおっしゃるのなら仕方ありません。これまで通り、ドーバープロジェクトでの協力は続けることにしましょう」

このとき、それまで黙っていたヴェルニが、「ミスタータキイ」と呼びかけた。

「受注が成功するかどうかは別として、川崎から技術者を二、三名、フランスに常駐させていただけませんか。それも経験豊富な人物でなくちゃいけません。ある程度の英語力も必要でしょうし、私からあえてミスターチカモトとヨシムラの両氏を指名します」

それも仕方あるまい。いや、むしろ今となったらむしろそうすべきだろう。滝井は繰り返しうなずき、応諾の意思表示をした。

「加えて見積もりの人間も一人寄越します。大至急こちらで修正プロポーザルを作りましょう」

猿田事業部長はコスト、コストと騒ぐだろうが、説明はあとでいい。見切り発車した。

シモーヌが「エクスキューズミー」と言って、皆にコーヒーを注いでくれ、しばし休憩に入った。その間、エッフェルは一時的に席をはずし、急務を片付けに部屋へ戻った。

滝井は沈思した。三菱が受注するなんて考えたくはない。だが今、それが現実に起ころうとしている。技術の優秀性はどこへ行ったのか。

なぜだ、なぜなのだ。その絵を描いたジャン・マジノという男。いったいどういう人物なのだろう。この男が何もかもをぶっ壊してしまったのだ。そこまできて、滝井に不意にある考えが浮かんだ。

―ひょっとしてマジノを味方に引き込むことはできないのだろうか。

三菱から我々側に引き込むことができたなら、どんなに心強いだろう。一同がそろったところで、無謀だとは知りつつそのことを口にした。

エッフェルは反射的に猪首を横に振りながら否定した。

「それは無理です、無理ですよ」

滝井はムッとした。やりもしないうちから否定するとは何事か。この消極性が今日の事態を招いているのではないか。

「どうせ金で動いている人物でしょう。金には金で向かっていけばいい。とにかくひっくり返す以外にありません。三菱の二倍、三倍出しても構わなじゃないですか」

「何度言ったらわかるんです？　無理だと言っているでしょう。もはや彼は金では動きませんよ。それに三菱から金をもらったという証拠はありません」

と、エッフェルが顔色を変えて応じる。滝井も負けていない。声を荒げた。

「客先の組織の内部に味方をつくるのはいったい誰の仕事です？　ＦＲＢじゃないのですか。セベールのような役立たずの男を抱え込んで安心していたなんて、言えたもんじゃありませんよ。三菱にしてやられたってわけですか」

「ミスタータキイ。冷静になってくれませんか。私たちの知恵が劣っていたとは決して思っていません。やれるだけのことはやっているつもりです」

「ほう、面白いですな。一つ、そのつもりとやらを聞かせていただきたいものですね」

売り言葉に買い言葉の成り行きに大人気ない思いを滝井は抱いた。が、エッフェルの謙虚さに欠ける態度に感情の方が反発した。

滝井の思わぬ強い言葉を浴び、エッフェルは一瞬、沈黙した。ヴェルニに目で無言の合図を送ったあと、短いながらも、熟慮を終えた直後に見せる決断の色をその目に表しながら、重々しく口を開いた。

「実はマジノは危険な人物なのです」

そう言って、一段と声をひそめた。

「ある時期、私もあなたと同じことを考えましてね。彼の身辺調査をやってみたのです。そしたら驚くべき事実がわかりました。ソ連の産業スパイではないかという疑惑が出てきたのです」

「産業スパイ？」

滝井は絶句した。

エッフェルはそんな滝井の動揺を無視し、あとを急いだ。

「ＦＲＢはご存じのように軍需会社です。軍との関係には深いものがあります。関係筋に改めて秘密の調査を依頼したところ、しばらく経って、詳しい事実は教えられませんでしたが、産業スパイの疑惑があるとの同じ回答が寄せられました」

　にわかには信じられない。スパイ映画はこれまで何度も見たことはあるが、ソ連はこんなところにまで送り込んできているのか。滝井は咄嗟のことにどう反応してよいかわからず、言葉が出なかった。が脳内はすぐに反応し、ひと先ずスパイ説に疑問をはさんでエッフェルの真偽を揺さぶってみようと思いついた。

「産業スパイなら、単純でしょう？　情報さえとれれば相手はどこでも構わないのではないですか。三菱だろうとFRBだろうと…」

「私的なスパイならそうかもしれませんが、国家的なスパイの場合はそうはいきません。どんな仕掛けが隠されているか、とても怖くて触れませんよ」

　エッフェルはさじを投げたように両手を広げて見せた。たぶん彼は嘘をついていないだろうと滝井は思ったが、まだ信じられない思いが残っている。

「いくらスパイだと言われても、まだピンときません。日本の社会ではちょっと考えられないことです」

「それはあなたが甘すぎるんですよ。日本の企業にだって、結構、潜り込んでいると思いますがね。特にこのドーバーの場合、まさに世界の最先端技術が競われるのです。秘密大国のソ連がスパイを放っているからといって、このフランスでは誰一人驚く者はいませんよ」

　滝井は自分の無知をバカにされたように思った。人を信じてどこが悪いのだ。ともかくエッフェルの態度はいちいち癇に障る。

「スパイ、スパイと言われますが、いったいマジノのどんな疑惑を握ったのです？」

「それは言えません。言えませんな」

「どうしてですか。FRBも川崎も同じ仲間じゃないですか」

「あなたには関係のないことですから」

そう言って、エッフェルは唇を固く閉じた。フランスとソ連のあいだの微妙な事柄に他国の人間が口を挟むなとでも言いたげである。

—仕方がない…。

滝井はそれ以上食い下がるのを諦めた。納得したわけではないが、エッフェルに嘘をついているという様子が感じられないのと、彼の合理的な性格からして、関係がないというただそれだけの理由で、単純に断っているのかもしれないからである。

「まあ、寝返りは諦めるとしてもですね。なぜマジノが三菱につくのか。ここのところが甚だ疑問です」

「さあ、私たちにも理由はわかりません。でも、もういいじゃありませんか、その話は…」

さも幕引きをするとでもいわんばかりに言い放ち、パタンと目の前のノートを閉じた。

滝井は言葉を返さなかったが、最後に見せた強引とも思える一方的な幕引きに割り切れなさを感じた。やはりエッフェルは外国人には知られたくないマジノについての何かを握っている。そんな印象を強くした。

不満だが、マジノへの工作は諦めるしかあるまい。そんな男を敵に回したのは不運の一語に尽きる。

いや、そうなのだろうか。果たしてそう言いきれるのか。受注に向け、皆が英知の限りを尽くし、必至に戦っているのだ。強力な助っ人を発掘することも、能力の一つではないのか。受注活動のページをめくる最初から、三菱は川崎の一歩先を行っていた。無念ではあるが、そう考えるべきなのかもしれない。

しかしその一方で、三菱はマジノの正体をどこまで知っているのだろうかと、ふとそんな疑問を抱いた。

会談は終わった。会議室を出てヴェルニの部屋へ戻り、コンベアについてさらに意見交換をした。別れ際、翌日の帰国を前に、もう一度ＴＭＣの意向を確かめておきたいと思った。

「ミスターエッフェルの情報ですが、念のためあなたからもＴＭＣの友達に確認をしていただけませんか。川崎の意思決定にとって、あまりにも重要なことですから。もちろんマジノのことではありませんよ」

「了解です。今度はモロウのようなトップではなく、技術者レベルの友人に当たってみましょう。明日の出発に間に合うよう、今夜、ホテルに連絡します」


その夜、滝井は表通りにあるカフェテラスで軽い食事をしたあと、ホテルのバーに戻ってカウンター席に腰かけた。客はまばらである。ここへ来る前にヴェルニから部屋へ電話があった。やはりエッフェルの情報は正確だった。

明日、日本に帰るというのにエッフェルやヴェルニからディナーの誘いはない。滝井の方からも声をかける気にはならなかった。寂しかったが、一人でじっくり考えたいと思っていたので、かえってその方が有難かった。しばらくウィスキーの水割りを飲んでからバーボンに切り替えた。バーテンダーは滝井の気持ちが読めるのか、静かな微笑を返すだけで無駄口をきかない。滝井は午前中の模様を思い出していた。

会談は無残な結果に終わった。泡沫だと疑わなかった三菱がＴ２、Ｔ３の本命に躍り出たという事実は、小松の新聞報道を知ったとき以上の衝撃だった。

影響は直ちに東京湾横断道路にも現れるだろう。ライバル三菱の独走が始まる。それは土木機械事業部の衰退を意味するだけでなく、社内での自分の失脚にもつながるのだ。おめおめとこのまま敗れ去るわけにはいかない。

フランスでのライセンシー作りから始まり、ドーバー受注に向けて注いできたこれまでの努力はいったい何だったのか。自分の判断ミスだったとは認めたくない。猿田事業部長や小山田らの嫌味、反撃が怖いからではない。自分のこれまでの経験と自信への揺らぎが寂しく、悔しいのだ。

しかし心の一方では、なぜそれを正面から認める勇気を持たないのかと、己を叱咤する声が聞こえてくるのである。心にはびこる高慢な逃げの甘えに、覚醒の強烈な痛撃を与えてほしいとさえ念願した。

そしてこの葛藤はそれほど時間を与えずに彼に戦う選択をさせ、前を向く勇気を鼓舞した。（今からでもいい、一から出直すのだ）と、ある意味、捨て鉢に通じる心地よい新鮮な息吹を心中に湧き出させたのである。たとえ不可能だと言われようと、やれる限りのことをやらねばならぬ。それしか自分に残された道はない。三菱がマジノをかついでも、それはそれでやらせておけばいい。ひと先ず日本に帰り、技術者を連れて至急、戻ってこよう。結果は努力のあとで考えればよい。どうせ負けた戦いではないか。今こそ滝井勝宏の真骨頂を見せるのだと、闘志を燃やした。

ふと日本的な考えだと言ったエッフェルの言葉を思い出した。負け戦を承知で敵艦に突っ込むところなど、まさにカミカゼ的ではないか。滝井は思わず苦笑した。カミカゼも時には勝つことがある。そのことをエッフェルに見せてやらねばならないと、心に誓った。

エッフェルとの対決で緊張したためか、体全体にだるい疲れが蔓延している。首が重い。あれしきのことで参ると思いたくはないが、寄る年波だろうか。

それにしても、まだ五十を超えたばかりではないか。自分ではまだまだ肉体は若いと思っている。精神だってそうだ。シモーヌのことを思う時は自分でも恥ずかしいほど若々しい。

それとも、ひょっとしてこのバーボンのせいかもしれない。滝井は器の中の液体に見入った。もう何杯か覚えていないほど飲んでいる。幸い明日は午後遅くのフライトだ。今夜はとことん飲んでもいいのだと自分を弁護した。

## 4 邂逅

帰国した滝井は忙しかった。国内のシールド案件の処理で忙殺される中、機械プラント事業本部会議での失注釈明も、大風は吹いたがどうにかこなした。フランスへの出発日があと二日後に迫っていた。

ゼネコン参りで遅くなり、もう日は傾きかけている。このまま自宅へ直帰しようかどうか思案しながら新橋田村町の交差点を歩いていると、懐かしい顔が目に入った。丸紅の津山泰司である。大学の同級生だったが、もう十年は会っていない。

「やあ、津山君じゃないか。どうしてる?」

「おう、滝井か。相変わらずさ。君はどうだい」

まだ少し早いが、近くの赤ちょうちんに入り、名刺を交換した。

「へえ、石炭をやっているのか」

「大商社丸紅のうだつの上がらない石炭課長だよ。このまま定年までおられるかどうか、危ういね」

「まあまあ、そんなもんでもないだろう」

熱燗のあと焼酎のお湯割りに変え、昔話に花が咲いた。次第に警戒の鎧が脱ぎ捨てられ、学生の頃の気分に戻っていく。小一時間は語っただろうか。再び今の仕事の話に戻った。本人も言うように、五十を超えてまだ課長というと、確かに出世街道から外れている。それに石炭は今では花形からほど遠い。

「このところ人事部からそれとなく肩たたきをされているんだ。弱ったよ」

「川崎重工だって変わらないさ」

定年そのものは六十歳である。だがほんの一部のエリートを除き、その数年前に肩をたたかれて子会社へ出されるか、中には自力で転職先を見つけるなりして、何らかのけじめを迫られる。子会社を斡旋してもらえる者はラッキーと言うべきだろう。給料の大幅ダウンはあっても、職場の確保は保証されるからである。

滝井はふと田所専務を思い浮かべた。続けて猿田や小山田ら、彼に連なる顔が現れ、胸が曇った。

「今、経済雑誌を賑わせている川重の社長争い、まるで子供の喧嘩だよ。二人の専務がいてね。そのうちの一人が田所といって、うちの事業部の上に座っているのさ。人望もないのに、やたら出世欲をぎらつかせて困る」

「まあ、そうかっかするな。どこの会社も同じだ。社長争いともなると、相手を倒すか自分が死ぬかの真剣勝負だからね。いちがいには責められないよ。人間の性(さが)だな」

「子分の一人に俺の上司がいてさ。プラント事業部長の平取なんだけど、ひたすらこの専務にゴマをすっている」

「ハハハ。どこの会社でもだいたい課長くらいまでは皆、一生懸命に働くもんだ。でも部長になったとたん人間が変わる。もっと出世したいと欲が出て上の顔色を窺い出すんだよ」

「まさに真理だね。仕事よりも社内権力の流れの解明に精力を消耗させている」

「つまりこういうことだ。丸紅も川重もどこもかしこも、課長以下の社員が会社を支え、利益を稼いでいるってことさ」

「それも上へ行けば行くほど、ますます風見鶏に変身していくよね」

滝井はそう言って、ハハハと相手に合わせて笑い飛ばしたが、自分一人がそんな淀んだ空気を非難し、否定してみたところで始まらない。大勢は変わらないのを知っている。ただ、もし自分が定年まで会社に生き残れるなら、決してあんなふうにはなりたくないと思う。

しかしそれは贅沢な心配というものだ。果たして残れる可能性はどこまであるのだろうと考えた。もしドーバーがこのまま受注できなければその回答は目に見えている。肩たたきのベルトコンベアで自動的に子会社へ押し出されて結末がくる。

　では受注できれば残れるというのだろうか。それはわからない。やってみるだけだ。ここまで漕ぎ出したドーバーの船をとことん漕いでみる以外に道はない。津山の話を聞きながら、滝井はいつの間にかドーバーのことを考えている自分に苦笑した。

　津山の仕事についての長広舌が終わったのを機に、今度は滝井がドーバープロジェクトの話をした。機微な部分は避けながら話したのだが、

「いやはや、三菱重工と丸紅の連合軍にはさんざん痛めつけられているよ」

と言ったとき、急に津山が声を落とした。

「それそれ。何だか丸紅社内だけだがね。もう受注が決まったみたいな噂が流れているよ」

　滝井はギクッとした。気づかれないようにわざと軽く流した。

「ほう、そうなんだ。でも営業の担当者というのは皆同じで、得てしていいことばかりを報告しがちだからね。割り引かなくっちゃ」

「なるほどそう言われれば、フランス丸紅にいるうちの日本人、フランス語が堪能で相当なハッタリ屋でしてな」

「フランス丸紅？」

　一瞬、滝井は緊張した。フランス語を操る室井昭介がいるのは知っている。きっとこの男のことだろう。マジノとのつながりについて何かきけるかもしれない。積極的につつく気になった。

「きっと室井さんでしょう。彼は大したもんだ。客先の重要人物をしっかりつかんでいるらしい。マジノという男だけどね」

「マジノ？　知らないね。でも室井のことは覚えている」

「ほう。それで？」

「数年前パリ店で会ったことがある。何だか得体のしれない暗い感じの男だったような気がしたな。ソ連、東欧には滅法強く、相当な自信家だと見受けた。個人的な付き合いは嫌いらしく、いい印象はしなかったね」

それからまた話題は学生時代に飛び、ビールを軽く口にしたのち、近くの再会を約して二人は別れた。

滝井は帰りの電車の中で、帰国前のエッフェル副社長とのやりとりを思い出していた。室井とマジノが一線でつながったと思った。

―やはりマジノの産業スパイ説は本当かもしれない。

見方によっては、トンネル掘削機は一種の兵器といえなくもない。ヨーロッパは大陸である。敵陣に向けて地中深く掘り進む、そんな秘密の地下道をつくる技術をソ連が欲したとしても不思議ではない。

ここまできて滝井は不意に七年前のモスクワ地下鉄プロジェクトのことを思い出し、自分の迂闊さ加減に舌打ちした。

―そうだったのか…。

当時、シールド掘削機の入札には川崎も軽い気持ちで参加していたが、最終的には三菱が受注している。その時も確かフランス丸紅がワークしていたはずである。モスクワ―丸紅―三菱。まさに縦の線でつながっているではないか。滝井はエッフェルの断定的とも思える言い方に、もはや疑問の余地はないと思った。

それにしても天下の軍需産業、三菱重工の力は恐るべきだ。日本はおろか、ベールに包まれた赤い国、ソ連にまで網の目を張り巡らせているのか。マジノという強力な内通者、そしてたぶん大金を運ぶであろう室井という男…。

だが、まだ勝負はついていない。いや、つけさせてはならないのだ。ＴＭＣには良識豊かな技術者たちがいるはずだ。勝負はこれからではないか。滝井は気を引き締めた。

# 第三章　反撃

## 1　倒産

T1受注に前後して、アメリカに帰っていたクロスは技術供与していたイギリスのマッコームからも朗報を受け取った。英側海底トンネル三本のうち、二本の受注が決まったのである。もう一社のホウデンからも技術援助を求める話が届くだろうとの情報も併せて得た。

クロスはその生真面目な性格から喜ぶ前に先ず心配した。というより気を引き締めた。ほぼ独占するであろうフランスの工区も含め、ジオテクの限られた技術者を如何に効率的に配分するか。今のままいくと、オーバーロードになるのは確実だ。

イギリスはマッコーム、フランスはソムデラに製作させるとはいうものの、基本設計はすべてこちらがやらねばならない。加えて製作と工事施工にも綿密な管理監督が要求され、あらゆる段階で手をとられる。

—これからの数年間は忙しいぞ。

そう心に決めていた。社長業務と一技術者の一人二役を死に物狂いでこなさねばならないだろう。体力的には自信がある。気力の方も、これが世界のジオテクの跳躍点になるのだと思うと張りが出てくる。

さらにこの機会に、収益的に落ち込みつつある会社業績を立て直すため、まとまった利益を稼ぎ出さねばならないと思うのだ。このところ累積赤字が増加傾向にある。未上場企業とはいえ、財務体質が弱化している。いつ何時、外部から買収の手が伸びてくるかわからない。ジオテクにとって、ドーバープロジェクトは長すぎた冬のあとの待ちに待った春なのである。その春の果実をぜひもぎ取らねばならないと、心に誓った。

T1の設計は順調に進んだ。クロスは短時日でのシアトル・パリ間の往復を繰り返した。オルリオの気配りも功を奏し、TMC技術者たちは協力的でジオテクに全幅の信頼を置いてくれている。

「あのマジノの変わりようはどうです。あれだけ三菱に肩入れしているのに、T1には積極的に協力してくれていますよ」

と、オーガナイザーを自負するオルリオはご満悦である。だがクロスには読めていた。

「T1の技術を盗みたいだけでしょう。マジノの三菱支持は変わらないだろうね。私としては時期が来たらこう言うつもりだ。海側はうちがもらう代わりに、陸のT4、T5は三菱に渡すとね」

「それで一気にけりをつけようというわけですな」

「そのつもりです。ところで新会社のSNCはうまくいっていますか」

「上々ですよ」

ゼネラルマネジャーのオルリオとPHH弁護士のデュオルスとの息がぴったりと合い、知識、経験、駆け引きを武器に、世渡りのうまい商人を思わせる抜け目なさで契約の諸条件を次々とクリアした。

クロスは疲れも見せず、急に張りのある元気な声で言った。

「しかしジョセフ。TMCからの第一回入金、あれは有難かったね。ホッとしたよ。契約額の十五パーセントの頭金が期日通りに支払われたのだから」

「何しろ、頭金支払いは最重要事項でしたからね」

「この入金でプロジェクトの実現性に自信を得ましたよ」

「同感です。巷には相変わらず十分な銀行融資が集まらないのではないかと、そんな噂が流布していますからね」

「マスコミには困ったものだ。興味本位の三文記事に仕立てて不安を煽ってばかりいる」

オルリオはうなずきながらも、先行きの明るさには確信があるらしく、

「まあ、ユーロトンネルがまだ揺れているのは事実でしょう。でも、ＴＭＣは本気だと友人が言っていました。私は信じますな」

さて、スクリューコンベアのテストではピストンポンプに不具合が見つかったが、翌週クロスはＴＭＣを訪れ、素直にそれを認めた。ＦＲＢと川崎のように小理屈で弁解するような真似はせず、逆に客先の技術陣をも巻き込んで、一緒に知恵の汗を流す戦法に出たのである。しかし三社のスクリュー技術は相変わらず一進一退の感じだった。

T1の基本設計が進むに従い、客先と打ち合わせる機会がますます増えたが、そのたびにT2、T3スペックにも言及し、自信のほどを印象づけると共に、受注への意欲を強調することを忘れなかった。

「T1で改良されたよりベターな技術を、後続の掘削機にも適用しましょう」

クロスのその言葉を受けたモロウも固くそう信じ、自ら味方の技師たちを説いて回った。

ところがここにきて、マジノの動きが急に活発になった。クロスの判断では三菱のダブルスクリューはやたら長いだけで、チョークで詰まってしまう可能性は大きいと思われたのに、マジノは最も高い評価を与えたのだ。

ＴＭＣの社内会議は紛糾した。モロウ派は数の上では優勢だが、押しの強さではマジノ派にかなわない。しばらく綱引き状態の日々が続いたのち、ある会議の席でのことだ。マジノがテーブルに両のこぶしをどんと置き、

「皆さん」と言って、一同を見回した。

「ご承知のように三菱もジオテクも国をバックにした能力の高いメーカーです。引き下がることはないでしょう。このままでは我々は貴重な時間を失うだけです」

と前置きし、自分としてはＴ２とＴ３を三菱に発注したいところだが、この際、二社で一本ずつ分け合ったらどうかと提案した。

「そうすることで日本の銀行も欧米の銀行も、安心して融資に参加してくれるのではないでしょうか」

それは提案というよりも強引な分捕りの気配をうかがわせた。銀行融資の危うさへと巧みに導き、会議の雰囲気としてはそのもっともさゆえに、分割案に反対意見は出しにくい。この案はすでに非公式に匂わせられていたところであり、誰もが知らなかったわけではない。

—とうとうマジノは切り札を切ったか…。

皆がそう思った。三菱とジオテクの名が独走し、ＦＲＢは出ていない。埋没している。セベールも他の仲間も、一言も異議を発せられない圧迫感に縛られて、身動きができないでいた。その場で結論は出なかったが、成り行きから、ほぼこの線で決まりそうな気配であった。

この情報をオルリオエンジニアリングで知ったクロスは反発を覚えた。かねてからマジノの舞台裏での動きは警戒していたが、それにしても強引すぎると思った。しかし感情を制御して情勢分析する冷静さは失っていない。

「だけどね、ジョセフ。君はどう思う？　気性の激しいあのマジノだ。私は真っ向から反対するのは得策じゃないような気がしてきましたよ」

「悔しいけれども、当たってますな」

「それにジオテクの技術者の仕事もオーバーフロー気味です。一本ずつ分け合うのも悪くないかなと…」

「でも三菱に名誉の一部を渡すのは惜しいですな」

「いや、そうとも言い切れまい。あのスクリューではとても海底トンネルは掘れそうにない。シールの圧力もまだまだ低い。五、六気圧でさえ実験段階においてですら達成できていないらしいじゃないか」

「これじゃあ三十気圧はとうてい無理ですね。ということは、仮に受注しても失敗するということですか」

不敵な笑みがクロスの顔をうずめた。

「それも大いなる失敗をね。そうなると、そのトンネルはジオテクに来るということになる。三菱の挫折を横に、ジオテクの掘削機二基が快調に掘進していくのも悪くない」

「かえってジオテクの名声に拍車がかかるというものですな」

「そうなると問題は、T2かT3のどちらを選ぶかの選択になる」

「そりゃあT2でしょう。結論は自明ですよ」

「ご名答」

前回、T1からT5までのプロポーザルを提出した時に、価格に差をつけたのが今になって生きてきたのだ。T1の直径はT2、T3に比べて約四割小さく、その分、重量が軽い。それなのに価格はT2の一割しか下げていない。利益はT1でたっぷり生み出せる勘定である。

しかもT2の価格はT1の一割アップとしているが、それでも利益を含んでいる。ただT3は同じスペックということもあり、T2の六パーセント引きとした。クロスは価格の傾斜配分をした先見の明に悪い気がしなかった。

ＴＭＣ幹部らの出張があったりして、二社で分けあう話はその後、あまり進んでいない。そんな中、はや十二月に入り、T1の基本設計も終盤に近づいていた。ギアとかジャッキ、電気計装品、鋼材等の発注仕様書もでき上がり、ＰＨＨの協力を得て、ＳＮＣ名で各メーカーに引合書を出そうとしていた。

その矢先のことである。ＳＮＣ株式の五十パーセントを持つソムデラが突然、倒産したのである。

経営が苦しいというのは以前から聞いていたし、フランスの一流企業であるＦＲＢでさえ赤字決算に陥っていたので、クロス自身ソムデラのことはそれほど気にせず、財務内容にはまったくと言っていいほど注意を払っていなかった。

倒産のことは夕方遅く、出張先のスイスのホテルでオルリオからの電話連絡で知った。急ぎその夜遅くパリへ戻った。あまりのタイミングの悪さにさすがに冷静なクロスも気分が滅入り、不運を呪った。調子のいい言葉を並べたてていたソムデラ社長の顔を思い出し、面罵したい気持ちでいっぱいだった。

翌朝、オルリオとデュオルスは事務所で待っていた。オルリオはクロスを見るなり、

「弱りましたな」

と言って握手してきたが、手に力が入っていない。脂ぎった艶のよい顔が苦渋でゆがんでいる。

一方、デュオルスは感情を表わさず、まるで第三者のような落ち着きを保っていたので、クロスはちょっと嫌な気がした。が危機に陥った時こそ冷静にならねばならないことに気づき、この男は頼れるかもと、前向きになりそうな自分に少しはホッとした。

早速デュオルスが帳簿を広げ、手際よく説明を始めた。ソムデラの倒産状況を正確に調べ上げていた。数値は信用できそうだ。デュオルスは迷いのない強い口調でひと先ず考えを締めくくった。

「ミスタークロス、ご覧のように、もはやソムデラは立ち直れる見込みがありません。一刻も早く手を切るべきでしょう」

オルリオが自分も賛成だと言って、さっと後を引き取り、クロスに促した。クロスにも異論はない。時間は残されていないのだ。

「お二人のご意見に私も同意します。それしかないでしょう。しかし問題は果たしてソムデラがすんなりとSNCの株を手放してくれるかどうかです」

「そこですな」

と他の二人も同じ疑問を呈した。デュオルスは眼鏡の曇りをゆっくり拭き取りながら、

「ＳＮＣ設立時の基本的合意事項の一つとして、パートナーが倒産した時はＳＮＣのメンバー資格を失うと書かれています。この点は問題ないのですが、厄介なのは地方自治体が介入してきた時です。ソムデラ倒産でかなりの失業者が予想されますので、たぶん市長は倒産していても仕事だけは回すようにと、無理難題を押しつけてくるかもしれません」

オルリオは口をゆがめ、とんでもないという顔をした。

「そんなことになれば納期は滅茶苦茶だ。早めに手を回してつぶしておかなければ…」

それを受け、クロスが決然と立ち上がった。

「わかりました。これからさっそくソムデラの社長に会いに行きましょう。対策はそれから練ればいい」

列車の時刻を調べてみたが、午前中の一本はもう出てしまっている。三人はオルリオの大型ルノーに乗り込み、ノルマンディーに向かった。オルリオは老齢だというのに、制限時速百三十キロを超える猛スピードで高速道路を突っ走る。途中でデュオルスが交代した。


ソムデラ社長との話は結論が出なかった。下手をすれば債権者がＳＮＣの権益を押さえるかもしれないという恐れさえ出てきた。万事休すだ。

クロスはもはや自分の手に負えないと判断。デュオルスに全権を委任して善処するように依頼した。その代償として、成功報酬ベースでボーナスを支払うこと、加えてＰＨＨに話をつけた上で、高給でジオテク側の弁護人に切り替える旨の約束をした。

そしてとんぼ返りで、クロスとオルリオは夜更けなのを承知でパリ郊外にあるモロウの自宅を訪ねた。すでに電話で事情を伝えてあったので、モロウは対策を検討し具体的な案を準備していた。夫人が「どうぞ」と言って、眠気覚ましのコーヒーとビスケットを運んできた。モロウは二人から最新の状況を聞いたあと、提言した。

「起こってしまったことは悔やんでも仕方ありません。それよりも早急に手を打たないと、T2以降を全部失うだけでなく、T1さえ危ないです。ぜんぶ三菱にさらわれるでしょう。一刻も早くソムデラを切り捨て、それに代ってFRBを抱き込むことです」

「FRBですって？　まさか…。無理ですよ。川崎がいますからね」

反射的にクロスは聞き返し、真っ向から否定した。だがモロウは「さあ、どうですかな」と、動じた様子はない。

「可能性がないとは言えないと思いますね。FRBはT1を失注したとき相当なショックだったようですよ。メインバンクの話では、会社再建のシナリオが狂ったとエッフェル副社長が嘆いていたそうです。リール工場は腹ペコだと言っていました。本心では今でも喉から手が出るほど欲しいのだと、私は睨んでいます」

「なるほど、そういうことですか。当たってみる価値はあるかもしれませんな。T1はすでに勝負のついた確実な案件ですからね。フランス国内の単なる下請け生産という考え方で迫れば、FRBだって多少は動きやすくなるかもしれません。たとえ技術提携の足かせがあってもです」

「それでも川崎がノーと言えば、ジオテクが川崎にインベイジョンフィー（侵害料）を支払ってもいいじゃないですか。今やFRBを組み込む意義は絶大です。とりわけT2、T3では必要不可欠とさえ言えるでしょう」

クロスは深くうなずき、勢いよく反応した。

「そうなれば、マジノはここぞとばかりに牙をむいて飛びかかってくるに違いありませんね。T1までさらうかどうかは別として、残る工区は全部、三菱に回そうとするでしょう。それを食い止めるためにも、先ずT1でFRBを組み込み、うまくその形をT2にもシフトすればいい。但し必要なのはFRBであって、川崎は除外する。これは必須条件です」

「ミスタークロス、もしあなたの方からFRBに言いにくければ、私からもちかけてもいいですよ」

「そんなことをすれば、TMCの人たちの手前、問題ありませんか」

「それはお任せ下さい。うちのセベールはFRBのエッフェル副社長とは古い付き合いがあります。マジノだって三菱の技術に確信が持てず、本心ではT1はジオテク技術で成功してほしいと思っているのかもしれません」

「ジオテクの改良技術を狙っていますな」

翌日、セベールはモロウから相談を受けた。FRBのためになるのであればと、セベールはすぐにエッフェル副社長に電話を入れたが、あいにく不在で、ヴェルニに用件を伝えた。

ヴェルニはその場での回答を控えたが、数時間後にエッフェルからセベールに、その話は受け入れられないと断ってきた。

川崎との契約条件で、いかなる場合でもライセンサーの事前許可なしにライセンシーは他者と契約する権利を有しないと明記されていて、これは覆らないということであった。その代わり、こんな提案をしてきたという。

「近々、TMCさんとの技術会議のチャンスをもらえませんか。FRB・川崎の技術力の優秀性をしっかり説明したいのです。私たちはまだ諦めたわけではありません。今からでも挽回したいと念じています」

このことをあとでセベールから聞いたモロウは露骨に苦言を呈した。

「エッフェルの石頭には参るよ。財界の御意見番という人もいるが、あんなことでは目下の会社再建が軌道に乗るのか疑問だねえ」

「ともかく一度、技術会議を開いて、直接川崎に当たってみましょうよ」

と、セベールは押し切った。彼は彼なりに計算していた。技術会議の開催はヴェルニからも頼まれていたことである。これが実現するだけでもＦＲＢ・川崎コンビは一歩前進するかもしれないと、漠然とした期待を抱いた。

## 2 混沌

ＴＭＣとの技術打ち合わせには滝井と近本、吉村、それからＦＲＢの技術者一名が参加した。ホテルを出る前にヴェルニが急用で来られないと知ったとき、滝井は怒りこそ抑えたものの、憤懣やるかたない。セメントプラント建設の現場で人身事故が起こり、急遽、関係者との打ち合わせが入ったのだという。

ＴＭＣの会議室の壁にはジオテクのT1のコンセプト図面が数枚張り出されている。以前から張られたままのようだ。プロジェクトが順調に進捗している様子をうかがわせた。三菱の図面がないかどうか注意を払ったが、どこにも見えない。滝井は心なし安堵した。

五分ほど待ったころ客先のエンジニアが現れた。あまりの多さに驚いた。モロウ、マジノ、セベールの重鎮を頭に、総勢十四、五名のメンバーである。

滝井は緊張した。実質的には初めてのプレゼンテーションだ。近本に加え、吉村も連れてきてよかったと思った。この会議で川崎の技術力を出し切らねばならない。後はないのだ。ジオテクを倒し、三菱を引っ込めさせる。そんな離れ業が成功する確率は極めて小さいだろう。

だが結果は考えまい。川崎のありのままの技術をさらけ出し、認めてもらう以外にない。

「先ずビデオで、川崎の掘削機で施工した日本のトンネル工事の実例を紹介したいと思います」と言って、数例、わかりやすく説明した。次に近本に命じ、それらの工事を通じて問題となった技術上の点をオーバーヘッドプロジェクターで映し出させた。

その間に吉村が素早く皆の手元に技術資料を配り、川崎のノウハウに基づく解決策を簡潔に説明した。近本、吉村、両名とも英語は流暢ではないが、ゆっくりであっても正しい文法で正確に話せる。

事前に滝井は彼らに心構えを次のように伝えていた。

「あえて三菱とジオテクのことには触れるな。あくまでも川崎の技術だけに絞り、フェアな態度を貫こうではないか」

二人はその指示を忠実に守り、進めていく。

掘削中に問題を起こした土質については特に留意した。鮮明なカラー写真を回覧し、包み隠さずにさらけ出した。

「どうもおかしいな」

滝井は隣の吉村に囁いた。熱心な説明にもかかわらず、客側の反応が鈍いのだ。黙りこくり、午前だというのに居眠りする者もいる。時々セベールが質問するが、残りの者は皆、ただ時間をやり過ごすだけという感じで、黙って資料に見入っている。

この時点で滝井はまだソムデラが倒産した事実を知らなかった。セベールがＦＲＢにジオテクと組むように勧めたことも、ヴェルニから聞かされていない。終始、相手の反応の鈍さに戸惑っていた。

トイレ休憩のあいだ滝井ら三人は、ＦＲＢ技術者に聞こえないよう小声で話し合った。日本語がしゃべれるのを隠している誰かが、ＴＭＣ内にいるかもしれないからだ。

「それにしても反応が鈍い。おかしいとは思わないかね」

「同感です。ひょっとしてT2以降の決着がついているからでしょうか」

「だとしたら、なおさらおかしい。これほど大勢のエンジニアが出席しているのは不思議です」と、吉村も首を傾げた。

二時間はあっという間に過ぎた。中途半端に終わろうとする会議の結末に、滝井は焦りと落胆で次第に口が重くなっていた。いよいよ三菱に負けるのだろうか。

だが、それもあり得るかもしれないと、自嘲気味に心の奥でつぶやいた。コンペティターがもう受注しかかっている時に、川崎は初めての技術説明をしているのだ。何というのろまさだろう。FRBに任せきった己の怠慢を嫌というほど痛感させられた。

正午のチャイムがきっかけとなり、会議は終わった。負け戦の無念さをはらわたに感じながら滝井が立ち上がったとき、セベールがとってつけたような笑顔で近づいてきた。滝井ら全員を近くのフランス料理店へランチ招待したいという。

—どうしてだろう?

敗残の兵をいたわろうという親切心からなのか。まだ針の穴ほどの糸がつながっているのだろうか。いやいや、そんな甘い期待はしない方がいい。この甘さが今日の惨敗をもたらしたのを忘れるな、と自戒した。

赤ワインがほんのりと体に回りかけたころ、セベールが急に真面目な顔になり、話を切り出した。

「ご承知のようにサービストンネルはジオテクに決まりました。言いにくいことですが、今の情勢ではT2、T3も彼等に行くか、それとも三菱と分け合うか、どちらかになるでしょう。結局FRBには何も来ません。リール地下鉄の実績がありながら、実に残念なことです」

そう言って一呼吸置き、滝井の目を探るかのように見つめた。滝井は内心、身構えた。

「そこで私はＦＲＢのためにも一つ重大な提案をしたいと考えています。まだ私自身の非公式な意見としてですが、ジオテクと組んでいただけませんか」

「は？　ジオテクと組む？」

予想外の言葉に滝井は唖然とした。まさか、聞き間違いではるまい。以前、そんなことを思いついたことがあったが、今それが現実に客先から提案されたのだ。

セベールは慎重に言葉を続けた。

「その通り、ジオテクとです。フランスでのサブコントラクター（下請け）として、ＦＲＢにこのトンネルプロジェクトに参加してもらってはどうでしょう」

「それはまた、どうしてですか。Ｔ２、Ｔ３も失注するとおっしゃいましたよね。だのに、今になってＦＲＢが参画しなければならない理由が何かあるのですか」

滝井は率直に疑問をぶつけた。

「実はジオテクのパートナーであるソムデラが突然、倒産したんです」

「えっ、ソムデラが？」

「ええ。そこでジオテクとしても急遽、代わりのサブコンをフランスに見つけなくてはなりません。何社か候補はあるのですが、ＦＲＢが最適任のような気がしまして、こうして推薦する次第です。ご承知かと思いますが、エッフェルは私の古い友人ですからね」

―なるほど、ソムデラが倒産したのか…。

滝井は体中に電流が走ったように蘇生の力を感じた。あまりにも急でまだ作戦は思いつかないが、ほのかに道が開けたと思った。

―ひょっとしたら、いけるのではないか。

喜びを胸の奥に押し込みながら、冒険を承知の上で、ここはひと先ず断る作戦に出た。そう、断るのである。

「ＦＲＢを評価していただけるのは有難いことですが、ライセンス契約上、彼等は川崎以外のメーカーと協力できません」

セベールは心なし目を曇らせ、ちょっと困ったという表情をした。

「ライセンスに縛られるのはわかりますが、何もジオテクと共同の立場に立てというわけじゃないんですよ。フランス国内での単なる下請メーカーになってほしいだけです」

滝井の頭の中で徐々に状況が整理されてきた。ジオテクはよほど困っている。Ｔ１の遂行だけではなく、Ｔ２以降の受注活動にとってもＦＲＢが必要なのだ。セベールの目の奥の企みを吟味した。

―この男はＦＲＢを救おうと頑張っているのかもしれぬ。

川崎ではなくて、ＦＲＢなのである。これが川崎にとっていいことなのか、悪いことなのか。

セベールは滝井の返事の遅れに苛立った。

「ミスタータキイ。たぶん、たぶんですよ。ジオテクは必要なら、川崎にインベージョンフィーを支払うかもしれません。当然ながらＦＲＢと秘密保持協定も結ぶでしょう」

「お言葉を返すようですが、私としてはライセンスの基本を変えたくありません。堅苦しいとお思いでしょう。でも、ＦＲＢがコンペティターに協力することは、ライセンサーとして認めるわけにはいかないのです」

「ふむ」とセベールは言葉に詰まった。落ち着かなさそうに膝を揺すっている。ちなみにセベールは事前にヴェルニから、まだ情報を川崎に伝えていないと聞いていた。

滝井はもうひと踏ん張りだと思った。こちらから言い出すのではなく、相手から言わせなければならないのだ。決裂の不安を抱きながらも、なおも強気を維持した。

「T1はすでにジオテクに決まった案件です。それに径の小さなサービストンネルですしね。まったく関心がありません。FRBだって同じでしょう。それよりはT2、T3の方に興味があります。但し、条件次第ですが。ですから、今おっしゃっているFRBがサブコンになるという考え方は諦めていただきたい。この形にこだわる限り、残念ですが協力できません」

立場は逆転した。滝井は少なくともセベールに対しては優位に立っていると判断した。ジオテクはFRBという強力な武器をほしがっている。ここは単なる下請けとしてのFRBではなく、その下に川崎も点線でつながった形にもっていけないものか。いや、そうする必要がある。切られては困るのだ。

「ミスタータキイ」と、セベールが呼びかけた。しばしの考える時間を得たことで、何か踏ん切りをつけたのか。額に苦渋の皺を寄せながら、噛みしめるような重々しさで言葉を吐いた。

「ジオテク社長のミスタークロスがどう考えているか私にはわかりませんが、思い切って私見ということで、重要な提案をさせていただきたい。単なるサブコンではなく、FRBを契約者にした川崎グループがジオテクと組むという考えは如何でしょうか」

「ジオテク、FRB連合の後ろに川崎がいるという構図ですね」

願ったり叶ったりの提案だ。滝井はここぞとばかりに畳みかけた。

「これなら私も大いに興味があるところです。実際、今のままでは川崎の出番はほとんど考えられませんのでね」

本音を吐いてしまい、しまったと思った。しかしセベールの顔色が変わらないのを見て、逆に突っ込んでみる気になった。

「先ほどT2、T3はジオテクの独占受注か三菱と分け合うかのどちらかだとおっしゃいましたよね。でも私の見るところ、どうも三菱が優位のような気がします」

滝井のカマをかけたのが当たった。セベールは一瞬、目をむいた。が言葉は慎重に選んでいた。

「私どもはどちらにもまだ決めたわけではありません。現在、エバリュエーション（評価）中ですから。ただ非公式ですが、ジオテクと話し合ってみてはどうかとお勧めしたのです」

それで十分である。セベールの意図は読めた。焦っているのだ。T2、T3マシンの二基ともマジノが推す三菱に奪われかけているのに違いない。それを防ぐため、どうしても工場を持つFRBの助けがほしいのだ。

あるいはひょっとして、ジオテクを推すモロウや三菱派のマジノらとも相談した上での今朝の会議だったのか。だからこそあれほどまで大勢のエンジニアたちが参加した。その可能性はなきにしもあらずだろう。

料理のあとのデザートも食べ終え、そろそろ退出の時間が迫った。滝井が前向きに検討したいと答えたのは言うまでもない。散会してからも、安堵を浮かべたセベールの顔が滝井の瞼に残っていた。

―ようやく突破口が開かれたぞ。

思いもしなかったチャンス到来に滝井は気分が高揚した。川崎にもチャンスが回ってきた。単独受注こそならなかったが、ジオテクと組み、三菱を駆逐できればこれ以上の勝利はない。難関工区に川崎の技術が世界で採用されるのだ。早急にジオテク社長のクロスに会わねばならないと思った。

それから二日後、ジオテク、FRB、川崎の第一回三者会談がFRBの大会議室で開かれた。出席者はジオテク側からはクロス、オルリオ、デュオルスの三名、FRB側はエッフェル、ヴェルニ、それに法務担当者、川崎は滝井、近本、吉村と、偶然、各社とも三名ずつからなる九名の大会議となった。

会議が始まって早い時期に滝井は発言を求めた。

「最初に私たちの原則を申しあげたいのですが、ＦＲＢがジオテクのサブコンとなる形は絶対に受け入れられません。これは譲れない線です。ＦＲＢ、ジオテクの二者によるコンソーシアムという形態で議論を進めたいと考えます」

エッフェルは大きくうなずいた。それを見て、クロスが片手を前に突き出し、

「待って下さい。私はまだコンソーシアムと決めたわけではありません。確かにソムデラは倒産しましたが、私どもには幾つかの選択肢があります。そのうち、どれがベストかの検討をしたいと思っているのです」

クロスは訛りのないきれいな英語でゆっくりと続ける。

「T1は工程通り順調に進捗していまして、フランスで製作にかかるまでには、まだまだ時間があります。ＦＲＢはその現地製作者の有力な候補ではありますが、一緒に組めるかどうかはあくまでも条件次第だということにご留意下さい」

クロスの自信のある落ち着いた話しぶりは一同の出鼻をくじくのに効果があった。エッフェルはチラっと滝井の方を見て、「それ、言わんこっちゃない」というふうにサジを投げたような目つきをした。

もともとエッフェルはジオテクと組むのには反対で、今回も三菱にせよジオテクにせよ、やるだけやらせて失敗させればいいではないかという割り切った考えだった。それを滝井が説得して会談の場に座らせた経緯がある。もちろんセベールの説得も効いたのには違いない。

滝井は首をかしげた。セベールとクロスの話の食い違いが気になる。大きすぎるのに、クロスはまったく焦っていないではないか。

―いったいクロスはＦＲＢをどの程度評価しているのだろうか。

もう少し相手の出方を待ってみようという気になった。少し誘い水をかけてみた。

「ＴＭＣは工程のことをひどく気にしているようですが、その点、如何ですか。これだけの掘削機をフランスで製作できるメーカーとなると、そう簡単には見つからないでしょう。それに、ある程度の設備投資をするとなれば、時間がいると思いますが…」

クロスは落ち着いていた。

「ご存じのようにＴ1はマシン直径四・五メートルのサービストンネルです。海底側二本のＴ2、Ｔ3の八・七八メートルに比べてずっと小口径ですし、設計さえジオテクがやれば、製作と組み立てそのものはそれほど困難ではありません。現にイギリス側はマッコームでうまく進んでいます」

それならばどうして今日、ジオテクはこの席に座ったのだろう。弁護士まで揃えた万全の体制ではないか。

「では具体的に伺いますが、ミスタークロス。それらの鉄の巨体を吊り上げるクレーンですが、そんなキャパの物はおいそれと見つからないと思いますよ」

「確かにクレーン設備はリール工場に備わっています。しかしよそから移動式のものを何台かレンタルしてくれば済む話でしょう」

それは現実的ではないと滝井は思ったが、これ以上追求するのをやめた。何を言いたいのか心の奥を読み取ろうと、青い瞳を凝視した。

終始黙っていたエッフェルだったが、用事があると言い残して途中退出した。しばらくして彼と入れ代わりにシモーヌともう一人の秘書が飲み物をもって入ってきた。手際よくテーブルの上に並べていく。クロスは少し目線を上げ、穏やかにメルシーと言って軽い微笑で応えた。

その静かで自然な振る舞いに、緊張で固く身構えていた滝井は一瞬、気を呑まれた。この男がわからない。この余裕は何なのだ。何か深い戦略でもあるのか。

ＦＲＢを擁する川崎ではあるが、優位に立っていると断定するのは危険かもしれぬ。そんな不安が脳裏をかすめた。ソムデラが倒産したというのに焦りがない。それともこれは交渉を有利に導くための演出なのか。滝井はますますわからなくなってきた。

コーヒー、紅茶が行き渡り、暫時訪れた沈黙が終わろうとしている。今度は川崎側から何か言う番だ。

滝井はどう交渉が展開していくのか予測できなかったが、ここで川崎の技術ＰＲをしておくのが得策だと考えた。小松と組むより川崎の方がはるかにメリットの大きいことを、相手の頭の中に叩き込んでおくことは重要だ。今ジオテクはＦＲＢにこそ興味はあるものの、川崎などはどうでもいいと思っているに違いない。その考えを変えさせるためにも必要な作業である。

滝井は最初からその作戦で行くべきだったと思った。が、そんな素振りは見せず、まるで予定された議題の一つといった事務的な口調で話し始めた。

「世界のジオテクとフランス有数の重工メーカーＦＲＢ、そして日本の掘削機リーダーとしての川崎が、本日こうして一堂に会してお話しできますことは、大変意義深いことであります」

と前置きし、ゆっくりと一同の顔を見渡した。

「さてそのＦＲＢですが、シールド実績としてはまだリール地下鉄だけです。しかし技術的にはすべて川崎がバックアップしていますので、ご安心していただいてよろしいかと思います。そこで早速ですが、ライセンサーである川崎の技術内容について、今からビデオを使いながら簡潔にご説明いたします」

それまでクロスは滝井の話に特別興味を示さず、惰性的にコーヒーをすすっている様子だったが、技術という言葉を聞いて一瞬、顔を引き締めた。川崎の技術内容を知っておくのも悪くないと思ったのだろう。

その現金な損得勘定に滝井はムッとした。が今は川崎のＰＲを優先させねばと、近本に命じ、ＴＭＣで使ったビデオを鞄から取り出させた。近本が説明するあいだ滝井は気づかれないようクロスの表情の変化に注目した。

水分の多い軟弱地盤への対応の部分に移ると、クロスは異様な関心を示した。

「これは川崎の得意とする大口径シールドです」

そう近本は言って、あらかじめ滝井から指示されたようにかなり詳しく説明した。これは小松ではできない技術である。クロスが関心を抱くのも無理はない。滝井は読み通りの展開に意を強くした。

「以上で放映は終わりますが、ご質問があれば承りたいと思います」

と滝井が締め、一同を見回した。多少ノウハウにかかっても答えるつもりでいる。小松との優劣を認識させるだけでなく、川崎と組めば三菱を敗退させうるのだという理解をも植えつけねばならない。今からが出発なのだと滝井は気を引き締めた。

質疑応答が終わり、いよいよこれから本題に入ろうとしたとき、電話が鳴った。ヴェルニは手にした受話器をクロスに渡した。

クロスが口にする言葉の断片から、どうやらソムデラと緊急に会う必要が生じたらしい。いったい何が起こったのだろう。滝井はタイミングの悪さに内心、舌打ちした。

「ジェントルマン」

クロスは受話器を戻すと、そう言い、両手を少し上げながらすまなさそうな顔で続けた。

「実は急用が発生しました。まことに申し訳ありませんが、今日の会議はこれで終わらせていただけませんでしょうか」

滝井はヴェルニの方を見た。仕方がないというふうにうなずいている。クロスはすでに書類をしまいかけており、時間稼ぎをしても意味がない。滝井はオーケーと意識的に軽やかな声で応じた。

次の会議の開催が気になった。次回の約束なしに別れるのは危険だと思った。話が壊れる可能性が大である。ここは糸をつないでおかねばならない。わざわざこちらから願い出るのは足元を見透かされることになり、愚策だということは承知しているが、仕方がない。

滝井は立ち上がりかけたクロスに近づいた。握手の手を差し出しながら屈託のない声をかけた。

「ミスタークロス。今日は川崎の技術説明をさせていただきましたが、次回はＦＲＢの工場見学とリール地下鉄の現場を見ていただきたいですね。ご都合は如何ですか」

「そうですね。ＦＲＢの工場は前々から見学したいと思っていました。私の都合がつき次第、オルリオからミスターヴェルニに連絡させましょう」

とうとう日程は決まらなかった。滝井はそれ以上、迫るわけにもいかず、苦い思いを抱きながらクロス一行をエレベーターのところまで見送った。

そのあとヴェルニは滝井と部屋へ戻るとき、Ｔ２、Ｔ３スペック検討のため、近本と吉村をリール工場へ寄越してほしいと申し出、滝井も同意した。ヴェルニにやる気があるのを見て、滝井は安堵した。

## 3　焦燥

それから三日が過ぎた。オルリオからは連絡がない。滝井はリール工場へ出かけたり、ＦＲＢの本社に顔を出したりして時間を過ごしているが、こちらからコンタクトするわけにもいかない。どうしたものかとやきもきしていた。

「あの日、確かにクロスはソムデラに出向いたはずだよな」

そう近本に愚痴めいた問いかけをし、近本もこう答えている。

「それは間違いないでしょう。ただ、ソムデラは倒産していても工場と人は残っていますからね。単純に人手と設備だけをジオテクに賃貸しするという手もあります。そんな付け焼き刃的な形であっても、どうにか継続の目途をつけたかもしれません」

「ふうむ。そう言えばきのうヴェルニが気になることを言っていたな。地元市長が失業者救済の名目で、何らかの資金援助をソムデラの管財人に申し出ているらしいと」

「まずいですね。ひょっとしたらジオテクはもはやＦＲＢを必要としないのかしら。だからオルリオは連絡してこない」

「でもそれはどうだろう。ヴェルニの情報と矛盾するんじゃない？　彼は三菱がますます優勢になっているとぼやいていた。もしそれが事実だとすれば、クロスは安心などできないはずだ。死に体のソムデラとだらだらといつまでも組み続けることは命取りになる。さっさと見切りをつけてＦＲＢに戻ってくるのが順当じゃないのかな」

「それとも部長、どこかＦＲＢ以外のローカルメーカーを発掘したのでしょうか」

「あり得るね。しかしそうなると厄介だ」

だがその舌も根も乾かないうちに、「いやいや」と否定した。

「実はまだＦＲＢの芽は残っているという感じを捨てきれんのだ。もしあの電話が川崎とＦＲＢをじらすための芝居だったとしたら、クロスという男はよほどの策士ということになる」

今の滝井にとってはむしろその方が望ましかった。

―やはりＦＲＢと組みたがっている。

そう思おうとするのだったが、しばらくするとまた弱気になって、結局、堂々巡りを繰り返した。

そんなある日の午後だった。近本と吉村はリール工場へ出かけていない。滝井は何をすることもなくホテルの自室のベッドにごろんと横になっていたが、ふと思い立ったというふうにオルリオの名刺を取り出した。オルリオエンジニアリングの住所を確かめると、背広に着かえて外に出た。

冬にしては珍しく暖かい。コートは不要だ。脱いで手に持った。昔、画家たちが徘徊していたモンパルナスの下町を通り抜け、地下鉄の駅に出た。

改札へ続く陰気な感じの地下道の端で、目の不自由な青年がバイオリンを弾いている。シャンソンの枯れ葉だ。前に小さな金属製の器が置かれ、コインが五、六枚入っていた。その数メートル先で若い男女が抱き合って、人の目も構わず濃厚なキスをしている。女性の白い面長の顔がふとシモーヌの顔と重なった。

サンラザール駅で降りて地上に出た。目前に国鉄サンラザール駅のだだっ広い構内が横たわり、大勢の人々が混雑の中を様々な方向に早足で行き交う。白人、黒人、インド人、アラブ人と、皆、他人にかまわずに黙々と歩いている。

ふと永井荷風の紀行文「ふらんす物語」を思い出した。二十世紀初頭のサンラザール駅の雑踏ぶりを活写している。駅前の道路はもう馬車ではなく自動車にとって代わっているが、この雑踏ぶりは百年経った現在も変わっていないのだと妙に感心した。

方角が分からず、大通りに出てみた。紙切れがひらひらと風に飛ばされてきた。猥雑な熱気と退廃が街を包み込み、何となく気だるい。ひょっとしてオルリオかクロスがいないかと目を走らせたが、いるわけがない。

信号が変わるたびにいっせいに人の波が動く。そのあとは車でぎっしりと埋まり、排気ガスが四方に充満した。

目抜き通りだというのに至る所にゴミが散らかっていて、二流の繁華街を思わせた。

　オルリオの名刺を片手に、あてもなく、古い石造りの建物がびっしり連なった歩道を歩いていく。石壁はどの建物もどす黒く汚れ、油が付着した上にススがこびりついて黄色みさえ帯びている。建物の上階の窓からフランス国旗が手前に突き出されていた。その同じ並びの屋上にフジカラーと日立の看板が並んで見える。

　歩き回ったのち、ようやくオルリオエンジニアリングが入居している建物の番地を探し当てた。いったん信号を渡って道路の反対側に出、その大きな建物を見上げた。

　幾十もの部屋が目に入る。カーテンの引かれていない窓ガラスの向こうに、ちらほら人の姿が見える。

――オルリオはどこにいるのだろう。

　滝井は窓ごとに視線を移動させてみたが、皆目見当がつかない。部屋の奥にいるのか外出しているのか。いずれにせよ忙しいことには違いなかろう。クロスはアメリカへ帰ってしまったのだろうか。

　連絡がなかったこの数日間で、川崎の致命的な敗北が準備されてしまったような気がした。何の手も打てなかった己の無策を嫌悪した。いっそこの足でオフィスを訪ねてみたらどうだろうと思ったが、ここまで辛抱したのだからとこらえた。もう一日、もう一日だけ待って次の行動に移ろうと考えた。

　時計を見た。まだ二時半を少し回ったところだ。日本へ状況報告を書く気にもならない。第一そのネタも尽きているし、待っているだけが作戦だなんて言えたものではない。映画を見て時間つぶしをする気にもならず、仕方なくぶらぶら歩き始めた。

　途中カフェに入り、カフェノアで喉を潤した。

　オルリオかクロスに出合うのはいいとして、そんな偶然を期待している愚かさに気づき、苦笑した。サンラザール駅へ向かって別の道を戻った。

地下鉄の一駅は歩いて十分くらいの短い距離である。長い商店街を過ぎると、不意に小さな公園に出た。午後の暖かい日差しはまだ続いていて、公園全体を明るくこじんまりと包んでいる。

ゴミの散らかりようはここも同じだ。滝井はゆっくりした動作でベンチに腰かけた。足元で十数羽の鳩が競うようにパン切れをつついている。

ふと公園の隅に視線を移した。幅三メートルほどの舗装道路の両側に狭い歩道が配置され、それが百メートルくらい先まで延びている。その道の先端は大きなゲートのような建物でふさがれて、一階は人と車が通れるように開けられていた。

狭い両側の歩道には二、三メートル置きに派手な服装の女たちが立ち並び、客を引いている。

―どうしてこんな真っ昼間からなのだろう。

呆れはしたが、すぐにそれを凌駕する好奇心に揺り動かされた。黒皮のズボンでぴっちりと腰を包んだ金髪女が目についた。腕に金ピカの時計を光らせて、通りがかりの男に片っ端から声をかけている。顔の皺は本数を数えられないほどに刻まれていて、もう五十歳を超えているのではないか。

その隣には若い黒人女が立っている。豊かな胸が挑発的だ。上部三分の二ほどを大胆に見せ、魅力を売り込むのに余念がない。せわしくガムを噛み、その一方で勢いよくタバコの煙を吹かしている。スカートは下着が見えるくらいに短く、足首の細さに比べて驚くほど肉の張った太ももが露わにむき出され、如何にも煽情的だ。だらしなく髪をもつれさせた船員風の中年男が、しきりに条件交渉をしていた。

中くらいに伸びたちり毛の髪を無造作に束ねた別の黒人女が、商売道具一式を詰め込んだ黒いビニールバッグを首にかけて胸に垂らし、歩道と車道の境に置かれた丸いコンクリート石の上に腰かけている。客を引くでもなく、手にしたパンをかじっていたかと思うと、急に何やら考え込んだらしく、無表情にぼんやりと目を泳がせた。

その横へいきなりカウボーイ姿の白人女が現れ、おずおずしているフランス人の少年に声をかけ始めた。滝井は少年が気になった。まだ十四、五歳にしか見えない。中学生か高校生だろう。どうしてこんな場所へやって来たのだ。

―何もなければいいが…。

白人女は強引に少年の手をとった。少年は抵抗するでもなく、手を引かれるままに滝井の目の前にある、薄汚れた古い建物の中に消えた。

翌朝、事態は動いた。滝井が遅めの朝食をとっていると、レストランに外線電話が回されてきた。ヴェルニの声だ。

「先ほどオルリオから電話がありましてね。今日の午後、クロスがリール工場を見学したいと言ってきました」

「おおっ、糸がつながっていたんですね」

思わず声が弾んだ。

「でも、煮ても焼いても食えないオルリオとクロスのことです。まだどうなるかわかりませんよ」

と、ヴェルニは浮かれる滝井を牽制するのを忘れなかった。

午後、曇り空ではあったが、雨は降っていない。全員がリール工場に集まった。クロスとオルリオ、ＦＲＢのヴェルニ、工務課長のジュレ、そして滝井、リールにいた近本、吉村の七名である。

クロスの提案で最初にリール地下鉄の現場を見た。そのあとでリール工場へ戻り、製作現場に入った。ちょうどリバプールのシールドが最終組み立ての段階にある。

クロスは時間が経つのも構わず、肉眼では飽き足りないのか、直接製作物に手で触れて溶接の仕上がり具合を熱心に調べた。それからクレーン能力と旋盤を見、しきりに感心している様子だった。

会議が始まるとクロスが上気した面持ちで切り出した。

「さすがですね、ミスターヴェルニ。設備といい溶接技術といい、立派なものです。これだけのキャパがあるのに、リバプールの一本だけしか入っていないのが残念なくらいですな」

ヴェルニはハハハと笑った。うれしそうな笑いだ。T1の下請生産を意識した期待が潜んでいるのか。滝井も笑いで応じたが、クロスの次の言葉を用心深く待った。その目には何か決意をにじませた光が宿っている。

「ジェントルマン。今日は私たちの二度目の会議です。時間のロスは互いの利益になりません。今からジオテクとしての率直な提案をさせていただきますので、イエス、オア、ノーでお答えいただければ結構です。私たちが希望しますのはT1製作に加え、T2、T3を対象とする、ジオテクとFRBのジョイントベンチャー、つまり二者によるコンソーシアム受注であります。技術はジオテクが提供します」

滝井の顔色がさっと変わった。間髪を入れず異を唱えた。

「技術はジオテクが提供するってことはですね。FRBは実質、単なる下請けじゃあないですか。それは前回、否定したはずです。たとえFRBがコンソーシアムのメンバーだとしても、川崎が関係しない以上、ライセンサーとして決して認めることはできません」

実は今日の会議に備えて滝井はさらなる一計を案じていた。ジオテクとFRBのコンソーシアムが認められたと仮定して、その下に川崎が点線でつくというのではなく、一気に三者によるコンソーシアムまでもっていく戦法を決めていたのだった。この方が川崎にとってはるかに対外的なインパクトが強い。最も望ましいフォーメーションなのだ。

今この場でジオテクは二者コンソーシアムの線まで降りてきた。そうである以上、相手は相当困っているに違いない。ひょっとしたら三者コンソーシアムまで行けるかもしれないと、滝井は強気に出た。

「せっかくの二者コンソーシアムのご提案ですが、私たちの原則を申しあげたいと思います。二者方式は絶対に受け入れられません。あくまでもジオテク、FRB、川崎の三者コンソーシアムという形態で議論を進めたいと考えます」

「おや、いきなり三者ですか。それは困りましたな。またもや議論が堂々巡りになりましたね」

クロスはそう反論して、隣のオルリオと何か小声で相談を始めた。ややあって考えがまとまったらしく、顔を上げた。

「わかりました。妥協しましょう。コンソーシアムのパートナーはFRBで変わりませんが、そのFRBの後ろで川崎が技術サポートするという点線での参加を、あえて認めようではありませんか」

滝井は瞬時、答えるのを控えた。FRBの後ろであれ、川崎の参加が認められたことは大きな前進である。辛うじて薄皮一枚でつながった。勝利へのささやかな第一歩といえるかもしれない。

クロスの目を見た。まだ頑張れる、と直感した。ここは一気に三者コンソーシアムへ突進するべきだ。

「ミスタークロス。ドーバー海峡のフランス側工区は、これまで人類が経験したことのない最も困難なトンネル工事です。世界のジオテクと日本ナンバーワンの川崎が力を合わせ、持てる技術を出し切ってこそ成功させることができるのではないでしょうか。川崎としてはあくまでも三者によるコンソーシアムを提案します」

「ちょっと待って下さい。T1はほぼ設計が完了しました。T2、T3も同様のコンセプトでいけばよいと思っていますので、川崎の技術を今、特に必要とはしていません。すでにシールド部分については小松製作所から技術を得ていますから」

滝井は色をなし、反駁する。

「小松は困ります。コンソーシアムから外していただかないと…」

「残念ながらそれは不可能です。私たちはすでに小松との間で、T1からT5までの範囲で技術契約をしています。従いまして私たちの提案は最大限譲歩するとしても、ジオテクの後ろに小松が控え、FRBの後ろに川崎が控えるという図式です。これこそフェアだと思われませんか」

何がフェアなものか。小松ごときと川崎が同列に扱われるなんて、断じて認めるわけにはいかない。滝井は語気を強めた。

「日本の業界での小松の地位をご存じでしょうか。大口径での実績はありませんし、東京湾横断道路での四社技術研究会のメンバーにも入れてもらえてないのですよ。話になりませんね。川崎と組んでもらえれば、小松はこのプロジェクトには必要ありません」

「あなたのお気持ちはわかります。しかし結んでしまった契約は今さら変えられませんし、また私たちとしても古い友人の小松を裏切るようなことはしたくありませんから」

クロスはピシャリと言って、滝井とヴェルニを交互に見た。

滝井はクロスを怒らせはしないかと不安であったが、ここが踏ん張りどころだと意識した。

「困りましたね。小松は日本における私どものコンペティターです。どうしても協力するわけにはいきません」

そう言ってクロスの反応を窺った。椅子から立ち上がる気配がないのを見て、勇気づき、もうひと押しした。

「一つお聞きしますが、今回の小松との技術契約はライセンスですか、それとも技術の単発的な買い切りですか」

もし買い切りなら、ジオテクにとって問題でないはずだ。クロスが秘密保持条項をたてに答えないかもしれないが、この点が重要なポイントである。が、意外にも正直に答えた。

「ライセンスではありません。しかし先ほども言いましたように、小松は切れないのです」

「ライセンスでないのなら、それほど問題にならないと思いますが…」

「ミスタータキイ、ジオテクがＦＲＢと組むということが小松にとってどういう意味をもつか、お考え願いたい。ジオテクの技術、つまり小松から買った技術がＦＲＢに知られるということになるのですよ。川崎のライセンシーであるＦＲＢにね。それをあえて小松側に受け入れてもらったのです」

そこまで一気にしゃべり、一呼吸置いた。

「小松とは長い付き合いがあります。昨夜も私は国際電話で一時間以上も話しました。小松としてはＦＲＢを受け入れる以上、川崎には絶対に契約に関係してもらいたくないということなのです」

「それはジオテクと小松との内部問題ではないでしょうか。くどいようですが、川崎としてはどうしても受け入れられません」

議論は行き詰まった。クロスは理論で押してくる。その落ち着いた話しぶりの中に、いつ決裂するかもしれない危険性をにじませている。滝井は用心深く、しかし攻勢を崩さずに同じ主張を繰り返した。クロスも辛抱強く小松をかばい、結局、平行線のまま会議は終わった。ただ前回とは異なり、三日後に次の会議をパリのＦＲＢ本社で持つことが決められた。

## 4　敵情分析

その夜、滝井はリールに泊まった。近本、吉村を連れ、二人の慰労も兼ねて近くの中華料理店へ案内した。古びたテーブルが三、四個とカウンターしかない小さな店である。

「ニイハオ（今日は）」

「ハオジウプージエン（お久しぶりですね）」

髪の薄い老店主がにこやかに返す。

若い頃、台湾に国営製鉄所を建設する転炉プロジェクトでたびたび台湾へ行った。その時に覚えた片言の中国語をしゃべるのはちょっとした滝井の息抜きである。紹興酒を飲みながら今後の作戦を練ろうというのだ。

滝井はつまみのカラスミを酒で喉に流し込むと、端緒をきった。

「小松という条件付きだけどさ。川崎のグループ入りが認められたのは大いなる前進だな。これでやっとジオテクと組むことができる」

「真っ暗だった前途に明かりが灯ってきましたね」

近本はそう言って、「改めて乾杯」と杯を持ち上げた。

「まあ結果オーライだけど、内心、びくびくだったよ」

「でも部長、かなり強気でしたよ」

「いやいや、あれは危険な賭けだった。正直言って、ジオテクに闇の底から拾い上げてもらったような有難さだよ。それなのに調子に乗って、さらに小松を切れと主張した」

そこへ吉村が合いの手をはさんだ。

「さすがにクロスも断固、拒否しましたね」

「ああ。譲る気配はなかった。結局、言いあったままで終わったんだが、クロスの真意はわからずじまいだ。君たちはどう思うかね」

二人ともわからないと首を横に振った。

無理もないと滝井は思う。自分自身もそうなのだ。クロスは妥協すべき時は妥協する。日本人にありがちな言葉の裏に意味を含ませる曖昧な表現はほとんどしない。その男が繰り返し小松を切れないと主張している。たぶんそれは事実なのかもしれない。その理由も至極もっともだ。もし自分が小松の立場だったなら、ノウハウがＦＲＢを通じて川崎に流れることを当然、恐れるだろう。それを防ぐためにはせめて川崎に契約関係に入らせないことである。

もしそれが不可能となって、さらなる妥協を迫られたなら、せいぜいＦＲＢの後ろに点線で川崎をくっつけるくらいまでが限界だろう。とにかくそこまでクロスは譲歩した。その代わりジオテクの後ろに同じく点線で小松を付けるという。

滝井は自分の考えをそう説明し、

「これはクロスの本音だと考えるべきだろうな。とことん小松切り捨てを迫った場合、逆にＦＲＢと組む線を放棄するかもしれんね」

そうなれば、せっかく見え始めてきたＴ2、Ｔ3の姿が永遠に川崎の前から消えてしまうのだ。そこまでリスクを冒して切り捨てにこだわるべきか。その点を問うてみた。

「そうですね。下手な粘りは別の意味でも危険を招くかもしれません」

吉村がそう指摘し、続けた。

「たぶんジオテクはＴ2、Ｔ3の独占受注を狙っているからこそＦＲＢを必要とするのでしょう。もし三菱と一本ずつ分け合う気であれば、今すぐにでも決着がついてしまうのではないでしょうか」

近本もそれに同意したが、ただ彼はＴ1での必要性の方が大きいような気がすると言った。

「なるほどＴ1か…」

滝井は忘れかけていた要素を改めて思い直した。残りの紹興酒を飲み干すと、ポンポンと手を叩いてもう一本追加した。

「個々の事実を断片的に見ている限り、これ以上のツッパリは危険な感じがする。しかし今から下そうとする我々の決断は、川崎の土木機械部の将来をもろに左右するものだ。ここは直感に頼らず、一つ徹底的な現状分析を行ってみるのも悪くない。思い込みは危険だ」

滝井はFRBの力を過信しきっていた自分への反省を込め、できるだけ客観的に事態を整理してみようと思った。

「さあ、アットランダムでいいから、項目を並べていこうじゃないか」

「私がメモをとりましょう」

吉村が背広の内ポケットから手帳を取り出した。

「じゃあ、先ずT1からいっていいですか」

近本は組んだ太い腕をほどき、滝井の返事を待たずに本題に進んだ。

「工程からいきますと、そろそろ鉄板の切断加工に入らなくちゃいけません。そのためには製作工場を早急に決める必要があります。倒産したソムデラに仕事を続けさせることは、いかに市長の要請があるとはいえ、無謀というほかありません。倒産に加え、さらなる大きなトラブルを抱えるほど、クロスはバカではないと思います」

「つまりクロスはもうソムデラを見限っているということかね」

「はい。ソムデラ以外の候補者を何社か当たってはみたが、何しろ工期が切迫している以上、今すぐに役立つFRB以外に手立てがないということでしょう」

「だからこそクロスは間接的に川崎が参加する線まで譲歩したのかもしれませんね」

吉村はそう言って、慎重な面持ちながらもゆっくりとうなずいた。

「でも、そうはっきりと言い切れるのだろうか…」

滝井は本心では近本の意見に賛成だが、あえて自分自身に向かって問いかけた。

「いざという時になったらだが、T1は米国本土でつくることだって可能だよ」

「しかし部長、それでは採算が合いません。赤字を出してまでジオテクがやるかどうか…」

「近本君、T1の受注額は知っているだろう。そこそこやれるんじゃないのかね」

「結構な金額ですからね。ただその場合はローカルポーション（フランス調達分）がなくなってしまいますね。そうなるとフランス政府がアメリカからの輸入許可を出すかどうかという問題が出てきます。雇用にはまったく貢献しないのですから」

「ふうむ。フランス政府ならあり得ることだ。ある意味この国は社会主義だからね。しかしここで一つの結論を出してもいいだろう。少なくともジオテクはソムデラを諦めて、FRBを頼っている。そんなふうに考えてもいいんじゃないか」

滝井は吉村にT1下請製造という項目を書かせ、川崎側にプラスの印を入れさせた。川崎がイエスと言わない限りFRBを使うことはできないからである。

「次にT2、T3の状況だが、本当にジオテクは独占を狙っているのだろうか」

吉村がメモをとる手をやめ、顔を上げた。

「実際には厳しい状況にあると思います。三菱が優勢にあるのは間違いなさそうですし、クロスもその辺のことはわかっています。技術的な協力はしないという前提で、一本ずつ分け合う交渉をひそかに進めているかもしれません」

「それはむしろTMCの意向でしょうね」

と、近本が自信ありげに捕足した。

「君の言う通りだろう。マジノ派とモロウ派の対立が行きつくところまで行って、結局、双方の妥協でケリをつけようというところかもしれない」

「その場合、三菱はT4、T5の陸上トンネルにも手を出すのではないでしょうか」

「陸上部分は好きなようにやらせておけばいい。技術的難易度が低いからね。それよりも怖いのは、ジオテクが我々との話に嫌気をさして、三菱と妥協に踏み切ってしまわないかだ。ジオテクがイエスと言えば、すぐにでもTMCは話をまとめてしまうのではないか」

「だからヴェルニは意味のない戦いにこれ以上、エネルギーを使いたくないのかもしれませんね」

そうだなと、滝井は同意した。ヴェルニの消極的な態度は困ったものだと思った。伊藤忠が銀行経由で聞いた話では、ヴェルニは川崎とライセンス契約するのではなくジオテクと結んでおけばよかったと後悔しているという。そんな意地もあり、川崎に間接的な抵抗を試みているのかもしれない。

このとき、ふと自信に満ちたクロスの顔が思い浮かんだ。しかし果たして自信なのか。むしろ忍耐の顔ではないかという気がした。

「ジオテクはT1サービストンネルを受注した。T2、T3のうちどれかをもう一本とれば、世界のトップメーカーとして君臨できる。一本くらい三菱にくれてやったところで、どうということはないはずだ。それに三菱と分け合えば、余計なエネルギーを消耗せずにT1の製造に集中できるだろう。これはむしろジオテクにとっていい話ではないのかね」

近本と吉村はそれも道理だという表情をした。滝井は言い過ぎたかとも思ったが、話すうちに自分の推論に自信を得、あとを続けた。

「ところがジオテクはそれを拒否した。逆にFRBを取り込もうとして躍起になっている。川崎というコブがつくのを承知の上でね。なぜなのだ。なぜ自らの主張を後退させてまで三菱と対抗しようとするのか。私はひょっとして二本とも三菱にやられかけているのではないかという気がしてきたのだよ。分け合うという構想はマジノ派につぶされつつあるのではなかろうかと。だからこそＦＲＢの力が必要になった。そう考えるのが妥当じゃないだろうか」

近本が「そこですよ」と軽く指先でテーブルをたたいた。

「きっとクロスは二股をかけているのに違いありません。ＦＲＢと組んで二本ともさらう正攻法と、それが成り立たない場合に備えた三菱との話し合い。彼ならそれくらいの知略はもっているんじゃないでしょうか」

「なるほど確かに両面作戦をとっているかもしれないね。しかし、三菱との話し合いの線が薄いだろうことは彼も知っているはずだし、そうあっさりとＦＲＢを諦めることにはならないと思う」

そう言い切ってみたものの、滝井に自信はない。むしろそうあってほしいという願望混じりなのを承知の上で、自分自身に向かって言ったところもある。

「じゃあ部長。『Ｔ２、Ｔ３受注の可能性』という項目で、ジオテクにマイナス符号を付けていいですね」

吉村は同意を得るとペンを走らせた。それが終わるのを待ち、滝井は先へ進んだ。

「ええと、次の項目だけど、ファイナンス状況ということにしてはどうかな。先週、東京へ頼んでおいた信用調査のダンリポートが、ちょうどタイミングよく昨日ファックスで届いたところだ」

滝井はそう言って、黒皮の鞄からペラペラの紙を二枚取り出した。そこには英語でジオテクの会社内容について報告している。

「規模、事業内容、役員の経歴などなど。これらはまあいいのだが、ちょっと気になるのはこの二、三年、売上があまり伸びていないことだ。昨年は少人数ながらレイオフをやっている。事業は頭打ちといったところだろう。

だがもっと重要な問題がある。それは直近の利益が書かれていないことなんだ。ダンリポートの調査員がファイナンス担当のディレクターに聴取した際、回答を拒否されたところに注記されている」

近本と吉村がそろって顔を近づけ、その部分の英語に目を張りつけた。

「確かにおかしいですね。どうして拒絶するのでしょう」

近本は率直に疑問を呈し、滝井を見た。

「それはきっと読まれるとまずいからに違いない。かなりの赤字が出ていると考えて間違いなかろう」

「あんな有名な会社が赤字だなんて、信じられないですよ」

「こういう時こそまさに企業買収を行うチャンスなんだがねえ。ジオテクの実績と技術を一気に金で買って、川崎のものにしてしまう。相手の業績が不振の時こそ買い時だ」

「やっちゃいましょうよ、部長」

と吉村が勢い込む。

「それができれば苦労はしないさ。今の社内状況を考えてごらん。我々には決して有利じゃない。むしろ不利な条件が整い過ぎている。T1を失注したことで社内の信用はガタ落ちだし、小山田派による土木機械部弱体化の動きもいよいよ露骨になってきた。とても金を出せなどと言える雰囲気ではない」

「それに猿田事業部長は滝井部長を目の敵にしている。いったい土木機械を応援しているのかいないのか、さっぱりわかりません。何のための事業部長ですかね。自分の昇進のためだけに右往左往している。本人は頑張っているつもりなのでしょうけれど」

「まあ、当たらずとも遠からずというところかな。とにかくT2かT3の一つでも取らないことには社内の信用は回復できないし、土木機械の将来は真っ暗だ。私がクビになるのは止むを得ないとしても、諸君ら若い人たちが他部門に売られていくのは耐えられないよ。でもそんなことにならないと私は信じている。必ず取ろうじゃないか。ジオテクと組んで二本とも手に入れるのだ」

近本が食べようとした饅頭を皿に戻し、勢い込んだ。

「もちろんですよ、部長。それまで吉村も私も日本に帰りませんから」

「帰れませんから、でしょう?」

吉村の一言で皆は吹き出した。

「ところで本題だが、ジオテクの財務状況が苦しいということはだね。T2、T3でも値段的に無理がきかないということだろう」

笑いからさめた近本が何か思い当たったというふうに目を光らせた。

「なるほど、それでわかりましたよ。ジオテクは三菱の値段についていけなくなったんです。事前の談合であれば高い値段に設定できますが、三菱はすでに死に物狂いで突っ走っています。彼等の動きから見て、相当安い値段を出しているのでしょう。ジオテクはそれを知って、やむを得ず三菱との話し合いを断念せざるを得なかった。だからこそFRBに近寄ってきたのだと思います」

(勘のいい男だ)と、滝井は思った。はずれも多いが、時として近本のひらめきは判断を助けてくれる。

「よく言った。そこまで言い切れるのかどうかはわからないが、大いにあり得ることだ。ジオテクの財務状況の苦しさは今の我々にとってはプラス要因だろう。それに巨人の三菱が今のところM&Aに気づいていないのが幸いだ」

「その意味ではあまり愚図愚図できないってことですね」

と吉村が滝井の言葉を引き継ぎながら、財務で川崎のところにプラス符号をつけた。

「さて、ほかにはどんな項目があるだろう」

滝井がゆっくりと天井に目を移し、頬杖をついた。十数秒の沈黙が流れたあと、近本が技術評価という項目を提案し、最初に意見を述べた。

「実際の正しい技術力は別として、評価の高さからいくと、文句なしにジオテクが一番ということになるでしょう。次に三菱がきて、川崎は残念ながら一顧もされていないと思います」

「三菱とそんなに差はないのに、いや、むしろ逆なのに、残念なことですなあ」

吉村の言葉に滝井は黙ってうなずいた。FRBに任せきっていた怠慢が原因であることは承知しているが、今ここで悔やみ嘆いてみたところで仕方がない。若い二人の士気を失わせるだけだ。滝井は力強く言い切った。

「三菱には負けない。我々はやっと客先との正式な第一回目の技術打ち合わせを終えたばかりじゃないか。我々のスクリューが優っていることは明らかなのだから、もっと自信をもってやっていこう。今のジオテクとの話し合いとは別に、来週にでも客先に二回目の技術打ち合わせを申し込んだらどうだろう」

「アポイントはヴェルニから取りますか」

「いや、直接私から申し込もう」

「技術評価の項目は川崎のマイナスですね」

「ああ。今のところはね」

滝井は今のところはの部分を強調した。

「そろそろネタも尽きてきたかな。最後に議論してほしいのは、果たしてジオテクは小松を切ることができるのかどうかという、リーガル（法律）上の問題だ。最終判断をする上で極めて重要なポイントだと思う」

デザートの果物が運ばれてきた。鉄観音茶を飲んでいた近本が、残りの液をもどかしそうに飲み干し、あとを継いだ。

「クロスの発言を整理しますと、小松とはライセンス関係にあるのではなく、T1からT5までの技術の買い取り契約を結んでいるに過ぎません。従ってライセンシングにあるエクスクルーシブネス（独占性）とかコンペティターへの協力禁止などは明文化されていないと思います」

「かもしれないね。だけど買取り契約の中に『小松の技術をジオテク以外の第三者に開示してはならない』という秘密保持条項は、当然含まれていると見ていいだろう」

「となると、ジオテクがＦＲＢとか川崎と組んだ場合に、技術の秘密保持がきっちり守られると小松側が考えるのかどうかでしょう。それが単にソムデラのようなところなら問題はないのだけど、何しろ小松の目の上のこぶである川崎に流れるのですから…」

「流れる流れると言っても、どうせ小松の技術などしれています。参考になるものなど、ありませんよ」

と、吉村が不満そうに述べた。

「うむ。事実は君の言う通りだが、問題はリーガル的に見てどうかということなんだ。クロスとしても小松には強い立場で迫れないだろう。日本流に言えば、情に訴えて譲歩してもらう。これ以外にはないと思うね」

「あるいは金を払って解決する。たぶんその両方かもしれませんね」

近本はそう言って、滝井の発言を待った。滝井は考え込むようにしばらく天井に視線を漂わせていたが、考えがまとまったのか向き直った。

「しかしこの問題もある意味では解決していると思う。先ずＦＲＢと組むというからにはある程度、川崎に技術が流れる覚悟はできているはずだ。そこまでは小松も了解ずみと考えていい。この事実は大きな意味をもっている。小松が死守すべき生命線、つまりリーガルの壁が破られたということなんだ。ジオテクの勝利と言っていいかもしれない」

滝井はそこでちょっと間を置き、吉村が注いだ紹興酒をグイっと飲み干して、

「さあ、そこでだ。いったん原則が崩れると、次の限界点は歯止めがきかなくなる。これは一般論だが、小松の場合にも当てはまるだろう。ジオテクの頑張り如何ではもっと小松に後退させることも可能ではないか」

「つまり究極的には小松切り捨ても不可能じゃないということですね」

近本が滝井の目を見ながら、自分の言葉を確かめるようにゆっくりと言った。

「そう、小松切り捨てだ。大胆な推定だが、我々が最後まで要求を退けない限り、ジオテクはやるかもしれない。ただし、それをやるのは絶対にＦＲＢが必要だと判断した場合だが…。ただ、これについては最後に総合判断のところで論じることにしよう」

そう言って、吉村に「小松リーガル問題」として川崎にプラス符号を付けさせた。

「そろそろ項目が出尽くしたようだね。川崎がどこまで突っ張れるか、この辺で結論を出そうじゃないか」

吉村から手帳を受け取り、項目を読み上げた。先ず「T1下請製作」では川崎がプラス、次に「T2、T3受注の可能性」ではジオテクにマイナス、「ジオテクのファイナンス状況」では川崎にプラス、「技術評価」では川崎にマイナス、「小松リーガル問題」では川崎にプラスとなっている。

吉村が両手の指を折りながら数えている。

「ええと、川崎がプラス3とマイナス1で差し引きプラス2、ジオテクがマイナス1。トータルでは川崎がジオテクより3点多いということですね」

それを受け、滝井が「どうやら回答が出たね。どうもご苦労さん」と二人の労をねぎらい、総括した。

客観的な得点では川崎が圧倒的に有利である。ジオテクはＦＲＢを必要としていると判断してもよいだろう。

川崎がＦＲＢとの一体性を強調する限り、クロスは受け入れざるを得まい。小松切り捨てはあり得ることだ。それはジオテク自身がどこまでＦＲＢを必要とするか、その程度にかかっている。

そこまで言って、滝井は「しかしながら」と、一抹の不安も吐露した。

「クロスのことだ。我々があまり強く主張したら、ＦＲＢとの協調話をあっさりと撤回するかもしれん。だけども今や議論はし尽くした。これ以上、迷うのはよそうじゃないか。次回の会議ではあくまでも小松切り捨てで行く。リスクは覚悟の上だ」

## 5 コンソーシアム浮上

次の会議までの実質二日間は滝井にとって長い時間であった。ジオテクがどう反応するか、あれこれ想像を巡らせてはみたものの、結果は不安を募らせただけである。

—欲を張らずに小松の存在を認めさえすればすぐに解決するではないか。

そんな声が聞こえてくる。一つ間違えれば、ドーバープロジェクトへの川崎の参加が永遠に消えるのだ。ビジネスにリスクはつきものだが、あまりに欲張ってすべてを失うことだけは避けねばならない。参加できるだけでも有難く思うべきではなかろうか。

ベストな条件を求めて突っ込む積極性はビジネスマンにとって必要なことである。だが駆け引きに走り過ぎて身を滅ぼしてしまえば元も子もない。滝井はそんな強気弱気のあいだを揺れながら、ともかく決めた方針を変えずに二日間をやり過ごした。

そしてその日の朝が来た。ＦＲＢ本社で、再びデュオルスを含めたジオテク、ＦＲＢ、川崎三者の全員が顔を合わせたとき、クロスの顔に少し疲れの影が出ているように滝井の目には見えた。

小松との話がうまくいかなかったのか、それともT2、T3を三菱に奪われそうになっているからなのか。そんな憶測が揺れ動き、滝井は悠然たる態度とは裏腹に、不安な気持ちをぬぐえずにテーブルについた。

議論はすぐに前回の繰り返しになった。クロスは小松と川崎を同列に扱い、ジオテクとFRBの後ろに付けると主張してきかない。一方、滝井は言葉遣いこそ丁重だが、あくまでも小松切るべしと強気で貫いた。

近本と吉村ははらはらして見守っているが、ある意味、安心もしている。というのは事前に滝井から、

「もしクロスが途中で会議を決裂させる気配を見せたら、自分は直ちに意見を後退させて妥協を図ろうと思っている。しかしそれはギリギリの瞬間まで伏せておくからな」

と聞かされていたからだ。

滝井はクロスが語る英語にリスニング能力を集中させながら、わずかな表情の動きも見逃すまいと観察の視線を鋭く張りつけた。ヴェルニは終始、無言であった。

膠着状態が半時間近くも続き、今や押し問答の惰性にはまり込んでいたとき、オルリオが何かクロスに耳打ちした。クロスはちょっと上体を傾けて聞き入っていたが、軽くうなずいたあと、滝井の方へ向き直り、一時間の休憩を申し入れた。

何事だろう。またおかしなことが起こったのか。まだ会議が始まったばかりではないか。滝井はそう思ったけれど、不安をすぐに心の片隅に押し込める余裕はある。素早く右の手のひらを上に向けて差し出し、どうぞという仕草をした。

クロスら三人は鞄を手に持つと、「シーユーレイター」と、足早に部屋から出ていった。

行き詰まった雰囲気から解放され、束の間、皆はほっと一息ついた。が滝井はなぜ彼らが出て行ったのか気が

かりである。ヴェルニに近寄り、話しかけた。

「相変わらずクロスは小松を気にしていますね」

「ひょっとして事務所かホテルへ戻ったんじゃないですか。日本へ電話をかけるために」

「えっ、こんな時間に？　日本はもう夜ですよ」

何てくだらない答え方をしたのかと滝井は内心、舌打ちした。ヴェルニの言うのが当たっているかもしれない。己の勘の鈍さに苛立ちながら、

「ということは、いよいよ最後の決断の時が来たということですかな」

と言葉を濁し、「ウィ」と応じたヴェルニのやや困惑した表情を見つめた。

「ミスタータキイ。どうも情勢はよくありません。ＴＭＣからの情報では三菱が二本とも受注しそうな勢いです。クロスもこれ以上、決断を伸ばせないんじゃないですか」

そう言ってヴェルニも一時間の休憩を提案し、自室に戻っていった、自然と滝井ら三人は部屋に残って待つ形になった。

ジオテクの焦りは川崎にとって吉か、それとも凶なのか。滝井は近本らと小声で真剣に議論した。

ひょっとしてクロスは土壇場で戦術を転換し、妥協してでも三菱と分け合うつもりなのだろうか。そうすれば小松の問題は起こらない。堂々と参画させられるのだ。その考えのもとに、クロスはＴＭＣのモロウに電話をかけに行ったことも考えられる。

近本が時計を見ながら心配そうにつぶやいた。

「もう一時間が過ぎました。よほどもめているのでしょうか」

クロスら三人が戻ったのは約束の一時間から二十分ほど遅れてだった。クロスは謝罪の言葉もなく、静かに腰

をかけると、「ミスタータキイ」と切り出してきた。滝井は胸に打ちつける激しい動悸に耐えながら、いつでも妥協を申し出る準備を整えて次の言葉を待った。

「率直に言いましょう。あなたの粘りと熱意に負けました。小松をはずすことにします。T2、T3で、ジオテク、FRB、川崎の三者ジョイントベンチャーを作ろうではありませんか」

一瞬、滝井は言葉に詰まった。思わずクロスの目を食い入るように見据えてしまい、その瞬時のあいだに今の言葉をもう一度、耳の奥で確かめた。

間違いない。勝ったのだ。

「ミスタークロス、あなたの英断に感謝します。これで世界最強のチームが誕生しました」

と、クロスのところに歩み寄り、両手で固い握手を交わした。

クロスは微笑を浮かべて応じたが、その目にかすかな無念さをにじませていた。ただオルリオはフランスなまりの強い英語で、「グッド、グッド」と手放しで喜んでいる。

――善は急げだ。

相手の気の変わらないうちに次を進めねばならない。握手が終わったところでさっそく滝井の発案で、合意事項を説明するメモランダム・オブ・アンダースタンディング（MOU、基本合意書）の作成に取りかかった。

TMCの契約部とも懇意にしているオルリオが、ウンとうなずくと、元気よく言った。

「大急ぎでMOUをTMCへ届けましょう。技術陣だけでなく、契約部にも知らせねばなりません。彼らの社内回覧を待っていては手遅れになるので」

素早い行動だ。先ずデュオルスがクロス、オルリオと相談しながら、これまでの議論をもとにしてドラフト（草稿）を作ることになった。その間、ヴェルニは部屋を出てエッフェル副社長へ報告に行った。滝井は喜びを心の中で噛み締めながらも、一方でもう受注が決まったかのような錯覚に陥る自分を戒めた。

デュオルスが清書したペン書きのドラフトは秘書のシモーヌに手渡され、素早くタイプアップされた。いつのまにかエッフェルも席に座っている。全員にコピーが配られた。

滝井は慎重に目を通した。内容が箇条書きに記されている。先ずジオテク、ＦＲＢ、川崎の三者がT2、T3受注のためにジョイントベンチャー（ＪＶ）を組むこと、小松製作所は除くこと、三者は至急アグリーメント（協定書）を結び、各々の役割分担を決めると共に、一本の見積書を作成してＴＭＣに提出すること、となっている。

――これはまずいな。

滝井は顔をしかめた。ＪＶ方式は税務上、困るのだ。すかさず手を上げ、問題提起した。

「ＪＶは川崎がフランスで事業をする、つまり営利活動をするということを意味します。そうなればどんな税金がかかってくるか知れたものではありません」

クロスは思いがけなく強い反駁に会って当惑し、目を曇らせたが、滝井はそのまま続けた。

「川崎全社で見ると、フランスには様々な機械を輸出しています。当然、これらにも一括、課税されるでしょう。そうなれば、全社的に莫大な税金を払わねばならず、損害額は予測できません」

そこまで言って、ぐるりと一同の顔を見回し、

「しかしコンソーシアムということであれば、問題ありません。単発的な輸出契約なので、資本出資はしなくてもよいし、フランス内での営利活動にはならないのです。三者のコンソーシアムですからね。単に国際契約のコントラクター（契約者）になるという通常の輸出契約ですみます。従いまして川崎としてはＪＶではなくコンソーシアム形態に変えていただきたく、強く要望します」

クロスが何か言いかけた。がデュオルスがそれを制し、穏やかな口調ながらも鋭く反発した。

「それは誤解ですよ、ミスタータキイ。ＪＶでもまったく問題ありません。現にＴ１はそれでやっていて、何の問題も起こっていないじゃないですか」

「いや、そうは思いませんな。フランスに限らず、どこの国でも税務は複雑です。担当者の解釈次第で、Ｔ１だって、いずれ当局から通達がくるかもしれないでしょう。それにもしＪＶということになれば、これほど重大な問題をはらんでいる以上、本社のトップ決済が必要です。とても時間がありません」

そんな応酬がしばらく続いたが、途中からクロスが乗り出した。何やらヒソヒソ声でデュオルスと相談し、結局、コンソーシアムでいけるのならそれでいいではないか、ということになったのである。

「では皆さん、三者によるコンソーシアムで異議ありませんね」

そう言って、クロスがＭＯＵに修正を加えかけたとき、ヴェルニが発言を求めた。

「ジオテクがコンソーシアムになってくれるのは有難いことですが、一つ条件があります。Ｔ１のソムデラ問題を完全に解決してもらえませんか」

「ほう、それはどうしてですか」

「ソムデラがＴ２、Ｔ３にまで関わってくる可能性がありますので」

これに対してクロスは「ノープロブレム」と言い、

「もしご心配なら、ソムデラとの間で二本のトンネルには無関係だという言質を書面でとりましょう」

と、自信たっぷりに答えた。

ヴェルニはなかなか慎重な男である。さらにもう一つ注文をつけた。

「ＭＯＵの有効期限ですけども、一ヶ月に限定してくれませんか。というのはＭＯＵを結べばＦＲＢと川崎は独自の受注活動を停止せねばなりません」

「まあ、それはそうでしょう」

「万が一、ソムデラ問題がこじれてジオテクがＴＭＣからディスクォリファイ（無資格化）された場合、メンバー全員が入札資格を失う羽目になります」

「つまり、その時になってあわててＦＲＢと川崎が受注活動を再開したくても、できないということですか」

「はい。ジオテクが信義と誠実の原則に基づいてソムデラ問題解決に全力を尽くされるだろうことは信じています。しかし念のため、けじめとして一応、期間を限定したいのです」

「ふむ。それはフェアな考え方ですな」

同意したクロスの目に一瞬、不快そうな感情が潜んでいるのを滝井は見逃さなかった。

—クロスは追い込まれている。

直感的にそう思った。ヴェルニの強引な、ある意味、侮辱的とさえいえる要求を呑まざるを得なかったのだ。ジオテクについての分析は正しかったと、ひそかな満足を覚えた。隣の近本にそう囁こうとさえしたが、その幸福な瞬間はすぐに終わった。想像の隅に閉じ込めておきたかった不安が、不意に現実味を帯び、心の中に広がり出したのである。

無敵のジオテクがそこまで弱気になるのには理由があるはずだ。ヴェルニが言う通り、二本とも三菱に奪われかけているのかもしれない。口でこそ出さないが、態度でそれを示している。

劣勢をはねのけて一気に逆転を狙おうと、小松切り捨てを覚悟してまで三者によるコンソーシアム結成に踏み切ったのだ。よほどの窮地に陥っているに違いない。滝井はいかに強力な布陣が組まれたとはいえ、楽観は禁物だと、つい先ほどまでの心の緩みを戒めた。

ＭＯＵのサインが終わった。

「これからすぐにでも三者でＴＭＣへ行きましょう」

とオルリオが声をかけ、先ず契約部署へ電話して、午後のアポを取りつけた。

次に技術陣に対してだが、誰がアポを申し込むかということになり、滝井はクロスかヴェルニのどちらが適切か迷った。クロスはモロウに通じているけれど、ヴェルニも親身になって働いてくれるセベールを味方につけている。マジノへの影響力も考えると、地位が上のセベールの方が適切かと思ったとき、秘書が顔を見せ、国際電話が入ったとヴェルニを呼びに来た。結局、残ったクロスが電話することになった。

「ハロー、こちらジオテクのクロスです」

と言ってモロウを呼んだ。しばらく待たされたあと、クロスが端正な顔をこちらに向け、渋そうにちょっとウインクした。

「奴(やっこ)さん、あいにく出張していてオフィスにいません」

滝井はモロウがいないのに大丈夫かと疑問の視線を送ったが、クロスは既に代わりに出たセベールと話し始めていた。

最初T1の進捗状況を話したあと、すぐに用件に移った。セベールは今回の三者ミーティングについて事前知識を得ているのか、スムーズに飲み込んだ様子である。同じく、午後の訪問を了承してもらった。

アポをとれたことは喜ぶべき成果なのだが、滝井はクロスの遠慮のない親し気な話しぶりに意外な感じを抱いた。ＦＲＢを担いでいるはずのセベールにまで深く食い込んでいるのだ。T1をジオテクに持っていかれたのも無理はなかろう。認めたくはないが、クロスには負けたと思った。彼の計算された底知れない行動力に、嫉妬混じりの不快さを禁じえなかった。

しかしそれは逆にみれば、コンソーシアムが誕生した今、かえって力強い援軍ではないかと、理屈で考え直そうとした。

## 6 コラボレーション・アグリーメント

技術陣の相手側出席者はセベール、モロウ、マジノの三人だった。各々が三者の代弁をつとめているのは周知のことであり、こちらはクロス、オルリオ、滝井、ヴェルニの四人である。

終始、セベールが話し、マジノはほとんど口を開かない。時たまうなずくだけだ。コンソーシアムの代表スピーカーはクロスが演じ、滝井もそれが最も効果的だと思っていたので自己を主張する気はない。

セベールはクロスが渡したMOUに満足気な視線を送りながら、さっそくT2、T3のプロポーザルを提出するよう求めた。クロスは笑みを絶やさず、モロウの助けを求めるかのようにチラっとそちらに視線を移した。

「ご存じのように、我々は今朝、三者のコンソーシアムを組むことに合意したばかりです。これからさっそく技術、コスト、体制について打ち合わせを始めねばなりません。そこでプロポーザルの提出ですが、多少の時間的な余裕をいただきたく、どうかよろしくお願いします」

モロウにはクロスの意図は分かっている。ゆっくりうなずきながら、

「で、どのくらいの日数が必要ですか」

「まあ、一ヶ月は欲しいところです」

そのとき、マジノが吸っていたタバコを乱暴に灰皿で消した。

「ミスタークロス、単位を間違えておられるんじゃないですか。一週間で出していただかないと困りますな。他のビッダー（入札者）との兼ね合いもありますからね」

と、太い声でピシャリと言った。他のビッダーが三菱なのは誰もが知っている。

「それは困りました。一週間はとても無理です。今度はジオテクと川崎の技術を合体したベストのコンセプトで応札したいと考えています。これは我々のみならず、ＴＭＣのためでもあると思うのです」

その方がマジノにとっても、こっそり三菱に改良図面を渡せるので都合がいいのではないのか。そう滝井は心中でつぶやいたが、もちろん口には出さない。

マジノはノートに目を落とし、ふてくされたように口を閉じてしまった。セベールは困ったという表情をした。マジノの方を見ながら両数字の中を取るように言った。

「一ヶ月というのは長過ぎるとしても、どうでしょう。二週間で出してもらいましょうか。二週間で…」

モロウがすかさず賛意を表し、セベールはそれで決まったというふうに話題を変えた。

「プロポーザルと一緒に三者のコンソーシアム合意書も提出していただけますか。ＴＭＣは民間企業とはいえ、ゼネコン各社の共同企業体ですから、いろいろと手続きがありますので」

「ええ、よくわかります。T1の時にも出しましたから」

クロスは妥協のしどころを心得ていると滝井は思った。たぶんマジノの抵抗を予想し、ハッタリとまでは言わないが、一ヶ月と長めに出たのかもしれない。したたかだが、それだけ頼り甲斐のある男だと見直した。

ミーティングは半時間ほどで終わった。次は契約部への説明である。廊下をくねくね曲がって移動している最中、セベールが階段のところで後ろからヴェルニと滝井を呼び止めた。歩速を緩めながら囁いた。

「いくら技術は一流でも、価格のことを忘れないように。日本のあるメーカーは強敵ですよ」

セベールなら突っ込んで訊けるかもしれないと滝井は期待したが、肝心のヴェルニがうなずいているだけなので、不満である。そのうち契約部へ着いてしまった。

契約部との打ち合わせが終わり、駐車場でクロスらと別れた。ヴェルニはフロントミラーに映った助手席の滝井をチラチラ見ながら、滝井の心中を読もうとするふうにゆっくり言った。

「セベールはマジノとの一騎打ちで、社内での地位が非常に危ういのです。影響力の低下は否めません。TMCを追われる可能性はたぶん、五分五分じゃないでしょうか」

「ほう。それはまた、どうしてですか」

TMC内の派閥争いはこれまでにも聞いている。しかし時期が悪い。FRBと川崎にとって最も大事なこの時期に、社内の影響力を失うなんて何とついていないのだろう。T1を落としたのもこの辺に理由があるのかもしれない。滝井は鏡の中のヴェルニを見ながら答えを待った。

「そうですね。簡単に言いますと、すでに始まっている立坑の工事費とか、TMCの人たちの経費などが際限なくふらんでしまって、ユーロトンネルから予算の見直しを求められています。マジノはこの際、セベールに責任を負わせて一気に追い出す動きに出ていましてね。しかしセベールも黙っていません。工事の進め方にはマジノにも責任の半分があると言って、最後のところで抵抗しています。でも地位は上だが子分が少ないというのは致命的です」

「ふうむ、参りましたな。で、いつごろ最悪の事態になりそうですか」

「難しい問題です。五分五分と言ったのはそこですよ。倒れそうで倒れない。なぜかわかりますか。彼等の出身ゼネコンがヘゲモニーを競って後ろで糸を引いているからです。だから事態はいっそう複雑になってしまっています」

セベールの話を聞きながら、というよりも聞き流しながら、滝井は別のことを考えていた。前向きのことに知恵を向かわせていた。セベールの進退についてはそれ以上の興味はない。こうなった以上、頼れる味方にはならなくても、少なくとも敵に回さないよう注意していればよいと思っている。

問題はマジノだ。敵と呼ぶにはあまりにも力があり過ぎる。この男をどうするか。今さら味方に引き入れることは不可能だろう。しかし全面対決が彼にとって得策でないことを知らしめるのも一法かもしれない。つまり二本とも三菱が取れればハッピーだろうが、逆の場合はゼロとなる。それが如何にリスキーかを認識させることができるだけでも、我々にはプラスである。

三者コンソーシアムが優位になれば、マジノとてもそのままの姿勢を保てるかどうか。いくらモスクワ地下鉄以来のつながりがあるとはいえ、三菱支持のまま玉砕するとは考えにくい。打算を働かせる可能性がある。そのためにはコンソーシアムが一日も早くプロポーザルを出し、正攻法で攻めねばならない。そして、その側面で揺さぶりをかけるのだ。ボディブローをしかけるのである。

ヴェルニはセベールの話題が尽き、いつの間にかしゃべるのをやめて運転に専念している。それに便乗し、滝井はなおも考えを巡らせた。

—マジノの最大の弱点は何だろうか。

産業スパイのことはうかつに口にできないし、それが弱点かどうかはわからない。むしろ知識、経験、能力、意志力、出身ゼネコン、どれをとっても一流のレベルにあるが、唯一かついでいる三菱の技術力が強くない。それがハンディキャップになっている。だからこそ強引に押し切りつつあるのが実態だろう。

この点を突くのが賢明かもしれない。技術の優劣を争点の全面に押し出し、優位を奪回するのだ。その時期は我々のプロポーザルを提出した後、つまり客先との技術会議を通じて達成せねばならぬ。

ただ心配なのはマジノが又いつもの腕力で押し潰してしまいはしないかという懸念である。それをさせないための何らかの手を早急に打たねばならない。

ヴェルニが咳払いをした。窓外の景色はゆっくりと後ろに去っているが、速度計は百三十キロを指している。そろそろパリ市街が近づいているからか、高速道路の車の数が増えてきた。

滝井は作戦の一つとして、目をユーロトンネルに向けてみた。ファイナンス問題は依然として片付いておらず、相次ぐＴＭＣからの予算増額要請は資金計画に重い暗雲を投げかけている。いまだに融資銀行団は薄氷を踏む舵取りを続け、幹事行のあいだでさえ足並みが揃っていない。

マスコミもマスコミだ。相変わらず興味本位の揶揄を掲げ、新聞の読者の購買意欲をそそるのに血道を上げている。滝井はヴェルニの考えを確かめたいと思った。

「ところで融資銀行団のことだけど、心配ではありますな。融資を躊躇している原因は詰まるところ何だと思われますか」

「原因は当初から変わっていません。果たしてこれだけの難工事を完成させるだけの技術力があるのかどうか。しかも工期を守って大幅な予算増額をきたさないで完遂させること。この二つだと思います」

「なるほど。とりわけ工期問題は一歩も引けない条件でしょうね。何しろ融資額にかかる金利は膨大です。一日遅れれば一八ミリオンフラン（五億円）の損害、一年だったら六六億ミリオン（一八〇〇億円）、十年遅れたら六六〇ミリオン（一兆八千億円）ですから神経質にならざるを得ませんな」

ヴェルニは「それから運賃問題もあります」と言って、後を継いだ。

「ご存じのように銀行はトンネル完成後の列車の運賃収入をあてこんでいます。列車はフェリーや航空機と競争せねばならず、そう高く設定するわけにはいきません。予算がふくらめばそれだけ不利になります。だから工期の遅延は銀行やユーロトンネルにとっては命取りなんです」

「ということは、この不安を解決する唯一の方法は、信頼できる技術の獲得ということに尽きるわけだ」

自明のことだが、滝井はヴェルニの意見を聞いてよかったと思った。とるべき戦略が見えてきた。ユーロトンネルと銀行団という大もとを攻めるのが肝要かもしれぬ。そうすることでTMCの、というよりマジノの独走を牽制できるのではないか。思いついたが幸い即実行である。

「決めましたよ、ミスターヴェルニ。急ぎユーロトンネルと銀行に技術PRをしようと思います」

「グッドアイデアですね。で、どちらから先に？」

「マジノへの直接的な影響力となると、銀行よりもむしろユーロトンネルの方が強いでしょう。一方、ユーロトンネルは銀行の意向に逆らえない。攻めるとすれば、先ず銀行からですな」

「それが正解ですね、ミスタータキイ。銀行は不安から抜け出せていませんからね。コンソーシアムの技術力の高さをPRし、安心してもらいましょう」

「その後からユーロトンネルです。銀行に頼んで彼らとのアポイントを取りつけ、コンソーシアムのイメージを売り込もうじゃないですか。銀行からの紹介とあれば、ユーロトンネルもむげな対応はできないはずです」

「幸いなことに三菱がこういう動きをしているとは聞いていませんな。マジノを牽制する意味でも期待できますよ。ただ二週間以内にプロポーザルを提出せねばなりません。時間的な余裕があるかどうか…」

「きついのは承知の上です。さっそく東京本社を使ってやってみましょう」

その日、日本時間の真夜中に滝井は電話を入れ、部下の杉本公介課長を呼び出した。三者コンソーシアムの成立についてはすでに昨夜のうちにMOUと共に猿田事業部長へファックスで報告してある。滝井は手短に用件を説明した。

「ともかく大至急、うちのメインバンクの第一勧銀に当たってほしい。財務部長の沢上君を通じてアプローチするのがいいだろう。第一勧銀は日本の幹事五行には入っていないが、彼等に次ぐ第二の融資グループには属している。それなりの力はあるはずだ。肩書が必要なら設計部長を連れていってもいい。急いでほしい」

そして夕方。ホテルの自室でうとうとしていたとき、杉本に起こされた。財務部長が神戸へ出張中で、明朝なら手が空くという。

「わかった。時間がないんだ。こちらの方で何とかするから、彼によろしく伝えておいてくれないか」

そう言って電話を切った。東京銀行パリ支店を訪ねるつもりである。

翌朝、九時の開店を待ちかね、アポイントの電話を入れた。支店長は出張中だったが、次長の松波五郎が午後の二時なら会えるという。滝井は丁重に礼を述べ、電話を置いた。

松波次長は滝井を快く迎えてくれた。

「川崎重工さんのことはよく知っていますよ。東京本社からも聞いています」

滝井は簡単な資料を渡すと共に、ＦＲＢから始まって三者コンソーシアム成立に至ったいきさつを要領よく説明した。

「この三者が知恵を出し合うことで、最高のトンネル掘削技術をご提供できると確信しています。もしプロジェクトをご下命いただけましたら、必ずや成功させる自信がございます」

そして頃合いを見計らい、ロンドンでのユーロトンネルとのミーティングを設定してもらえるよう依頼した。

ただ東銀へのお土産も忘れていない。もし受注した暁(あかつき)にはＬＧとかボンド発行、さらには口座設定などのビジネスチャンスを与えたいと控えめに申し出、目先のメリットを示唆した。松波はさっそく今晩中にも日本と連絡を取り、ミーティングのアレンジをする旨、約束してくれた。

二日後、杉本から滝井が泊まっているホテルに「緊急」の印を押したファックスが送られてきた。沢上財務部長と一緒に東銀本店のプロジェクト融資部を訪問した時のリポートである。

滝井は内容に満足した。杉本は巧みに三者合同のメリットを強調し、銀行をすっかりその気にさせている。その証拠にすぐさま東銀ロンドン支店を通じ、ユーロトンネルとのミーティングを設定する手筈を整えてくれた。その結果については直接パリの滝井からロンドン支店へ電話し、確認してほしいという。

「ソーファーソーグッド（今のところ順調だ）」

と滝井は独りごち、幸先のよいスタートに気をよくした。


それより少し前、日本から営業の田畑昌幸、見積の西山時夫の担当者二人を呼び寄せ、設計の近本、吉村と合流させてプロポーザル作りに専念させていた。滝井自身も契約関係を担当し、多忙な時間の合間にコンソーシアム協定書の条件交渉に汗を流した。これには本社法務班から専門担当者の野沢茂樹も来仏させ、二人の共同作業であった。

ただ法的な問題だけにさすがに滝井も知識が乏しく、この件はほとんど野沢の知恵に頼るしかない。ジオテクク、FRBからも法律家が出席して、何度かの会議が持たれた。リーダーはデュオルスが務めた。

基本思想として、ジオテク、FRB、川崎は各自の担当業務を決めてその職務を遂行し、責任を持つが、客先に対しては連帯責任とする。Jointly and Severallyである。契約金額は三者で共同設立した銀行の共同口座に客先より振り込んでもらう。コンソーシアムリーダーは地元企業のFRBが担当する。

以上の骨子に基づくコラボレーション・アグリーメント（合作合意書）を作成し、三者の代表がサインした。これはプロポーザルと共にTMCへ提出するよう求められていた。

コラボレーション・アグリーメントの補足として、さらにサプリメント・アグリーメント（補足合意書）なるものを締結し、これは客先には出さず、三者のみで保有する極秘文書とした。ここでは三者の契約額の取り分を比率で示し、利益配分の仕方を取り決めた。

設計の基本コンセプトは最ももめるところであった。これには技術者が参加し、ジオテク、川崎双方の技師たちが主張を譲らず、結局、妥協の産物としてちぐはぐな形で決着をみた。双方が不満な形で設計思想が決まってしまったが、プロポーザルの前文には英知を結集した最新鋭のマシンという謳い文句がフランス語で書き上げられた。

この会議は連日深夜に及んだ。夕食はいつも細長いフランスパンにチーズとベーコンを挟み、それをコーヒーで喉に押し込むという簡単なものだった。

時間的に少しさかのぼるが、コラボレーション・アグリーメント調印の少し前のことである。先に交わしたMOUの内容について、FRB副社長のエッフェルが、「その後、ソムデラはどうなりましたか」と、クロスに発言を求めている。

それに対し、クロスはこう答えた。

「近々、ジオテクはソムデラが所有しているSNCの全株式を取得する段取りになっています。そうなると、SNC株式の九五パーセントをジオテクが所有し、残りはPHHということになります。ソムデラ問題はほぼ片付いたというふうにお考え下さい」

エッフェルは深くうなずき、

「なるほど。それはグッドニュースです。あとはコラボレーション・アグリーメントにサインすればコンソーシアムが正式に船出するわけですが、実は一つ心配があります」

そう言って、滝井の方を見た。滝井は何だろうと、素朴な疑問の視線を返した。

「心配というのはこうです。ＳＮＣはＴ１を受注した時に、Ｔ５までの全トンネルについての見積もりを提出していますよね。それは法律的にはまだ有効だと思うのですが…。つまり仮定の話ですが、ジオテクはコンソーシアムからだけでなく、このＳＮＣからもＴ２、Ｔ３に応札できる。つまりその時の権利がまだ生きていると解釈できます」

「理屈的にはその通りです。しかし我々はコンソーシアムでＴ２、Ｔ３に応札しようとしているわけでして、ＳＮＣの古い値段を使ってひそかに受注しようなんて微塵も考えていません」

　エッフェルはまだ納得していない様子である。

「私たちは技術的にも価格的にも、すべてお互いの手の内を知りました。もし悪意に解釈したとしてですね。ジオテクがＳＮＣを通じてこっそりと改定プロポーザルを提出しないかどうか、可能性としてはあるわけです。しかし今のお言葉でその意思がないことが確認されましたので、大変結構だと思います。ただＴＭＣの立場から見ればですね。彼らがわざと古いＳＮＣプロポーザルに固執してＴ２、Ｔ３をＳＮＣに発注する権利は残っているわけでして、この点、私どもには引っかかるところです」

　クロスは小声で隣に座ったデュオルスと何か相談していたが、小さくうなずいたあと、穏やかな顔を上げた。

「理論的には確かにＴＭＣはＳＮＣに発注するオプションを持っています。我々は決してそれを望んでいませんが、万一の場合に備え、もしそういうことが起こった場合、ジオテクは必ずＦＲＢと川崎にも参加してもらうことを約束します」

「結構でしょう。これでＳＮＣとコンソーシアムの矛盾点が解消されました。念のため今、合意した事項を文書にして残したいと思いますが、如何でしょうか」

「もちろん賛成です」

この間、滝井は口を挟む必要はなかった。ジオテクの大幅な譲歩を引き出し、コラボレーション・アグリーメントにサインするところまで漕ぎつけたというのに、エッフェルは一方的に喜んでばかりはいない。詰めるべきところはきちんと詰めている。改めて彼のしたたかさを認めざるを得なかった。


期限の二週間が迫るにつれ、滝井ら全員は眠る時間も惜しいくらい懸命に働いた。

「図面はどうしても間に合わん。どうしよう？」

「スペックもきっちり作っている時間がない。継ぎはぎで行くしかないだろう」

何しろ三者が議論しながら作業を進めねばならず、てんやわんやの大混乱である。

「さあ、いよいよだ。見積価格を作らねば…」

これが最大の難関だった。

「各社が自分の担当項目のコストを見積もって、持ち寄ろう」

ところが自分だけはというエゴが入り、集計してみてびっくりである。高すぎて話にならない。

「これではダメだ。皆で各社の項目を全部比較しようじゃないか」

一つ一つ比べるのだが、どうしても譲る度量がなく、コストが下がらないのである。もう時間がない。そこで滝井が一計を案じた。

「いっそのこと、項目ごとに安いとこ取りをして見積価格を決めたらどうでしょう」

と提案し、ようやく作り上げることができたのだった。何とも荒っぽい話だが、これ以外に方法がない。

T2、T3の二基合計で、スペアパーツは別として、二五四ミリオンフラン（七十億円弱）に決め、納期は十六・五ヵ月とした。この納期も二十ヵ月としていたのを理屈抜きで、まるで目をつむるようにして無理やり縮めた結果である。

しかし期限の日になっても、まだ応札書類ができ上っていない。窮地に陥ったコンソーシアムはクロスを通じ、モロウに相談した。そしてモロウのアドバイス通り、恐る恐るセベールへ電話して一週間の期限延長を申し出たのである。

セベールはその場での返事を控えたが、一時間後に二日間だけ待つとの回答をしてきた。あとで知ったことだが、マジノが激しく延長に反対したという。終始、まさにドタバタ劇であった。

そんなさ中、滝井は何度か東銀ロンドン支店と連絡を取り合い、ユーロトンネル訪問の日時を決めていたのだったが、多少、余裕をもって設定していたので、二日間の期限延長は影響なかった。

プロポーザルは当日、ヴェルニが直接ＴＭＣへ持っていった。一九八七年五月のことである。契約担当の窓口に渡したあと、セベールを探したが、あいにく出張でいない。秘書はマジノならいると言ったが、挨拶をせずにそのまま帰った。

## 7　ユーロトンネル訪問

ユーロトンネルへは結局、川崎だけで行くことになった。ジオテクは再びT1で忙殺されたのと、コンソーシアムの依頼を受けて、提出済みのプロポーザルに対する反応もＴＭＣから収集せねばならず、ＦＲＢの方も現地組み立ての工数計算をもう一度やり直すことになり、両社とも時間的な余裕がない。

一方、川崎には残念なことに客先との直接的なコネはない。そこで情報収集は彼らに任せ、ユーロトンネルへ以上代表で行くことにしたのだった。ただプレゼン用の資料だけはノウハウを出し惜しみせず、三者のものをできる限り集め、外部の業者に頼んで立派な本に装丁した。

近本、吉村、田畑を連れた滝井ら一行四人は夕刻、ロンドン市内のハイドパーク近くにあるビジネスホテルにチェックインした。今回は川崎ロンドン支店には寄らないつもりである。伊藤忠パリ支店の端元謙介にも同席してもらうことにした。日本の大商社も川崎をバックアップしてくれているという印象を与えたいとの思惑があった。端元とはユーロトンネルのロビーで合流することにしている。

久しぶりにカレーライスを食べたくなり、皆は地下鉄でピカデリーサーカスへ繰り出した。街灯がこうこうと照らす中、小売店や劇場がびっしり並び、観光や買い物の客らでごった返している。

近本の淡い記憶を頼りに探すこと十数分、ようやくインド料理店バンガロールの看板を見つけた。辛いカレー味は空腹の胃に格別のうまさだった。

食後、近本がカジノへ行ってみようと提案したが、会員ではないという理由で入場を断られた。それでも諦められずに二軒目へ行ったが、ここも同じ理由で入れなかった。

「まあ、損をしなくてすんだのだから、よかったんじゃないの」

滝井は皆を近くのパブへ誘った。

「一杯飲みながら、明日の会議に備えて打ち合わせをしようじゃないか」

かなり大きな店である。ビールジョッキを手に大勢の客が賑やかに談笑している。テーブル席はみな埋まっていて、カウンター席しか空いていない。困ったなと思っていると、運よくテーブルが一つ空いた。

ナッツをつまみに冷たいビールが喉を潤し、次第に皆は饒舌になっていく。頃合いをみて滝井が「ちょっといいかな」と言って、同意を求めた。

「明日のプレゼンのやり方だが、お互いに確認しておきたいと思う。先ず英語は下手でも構わないから、気にするな。大きな声で堂々としゃべるのがコツだ」

「でも質問されたとき、よく聞き取れず焦っちゃいます」

「どうして焦る？　君はここでは外国人だろう。下手で当たり前。英語は母国語じゃないのだから」

「まあ、それはそうですが…」

「もし外国人が日本に来て片言の日本語をしゃべったら、『おっ、日本語しゃべるじゃん』と、感心するだろう。それと同じさ。相手は君の英語に感心している。そう考えたらいい」

そう言ってにやりと笑い、続けた。

「でこの質問を受けた時だが、即答、即決ができればそれに越したことはない。でもその必要があるのかどうか。後日回答すると約束するのも一法だろう。調べた上でいついつまでに回答すると答えれば、かえって外人は信用するものだ」

「それは部長の体験から得たノウハウですか」

滝井は「ウィ」とフランス語で応じ、笑いがはじけた。それから技術の問題に移った。

一時間ほどでパブを出た。駅に向かって歩いているとき、前方を横切る二人の男の顔が群衆の中にチラっと見えた。東洋人ともう一人はマジノのような気がした。

—まさか。

あの東洋人、フランス丸紅の室井だろうか。追いかけて二人を確かめようとしたが、すぐに消えた。何の用事だろう。彼らもユーロトンネルを訪問するのだろうか。いやいや、偶然にしてはでき過ぎている。恐らく見間違いだろうと結論づけた。

翌朝十時半に一行はムーアゲートにある東銀ロンドン支店を訪れた。支店長が迎えてくれ、ドーバープロジェクト担当のジャック・ウイルソンを紹介してくれた。ウイルソンは物腰の柔らかい気さくな人物で、会議に同行してくれることになっている。銀行の車を用意してくれていて、二台に分乗してユーロトンネルへ向かった。

銀行の人間が同行してくれるのは有難いことである。邦銀の幹事行である東銀が一緒だということは、ユーロトンネルに対して無言の圧力になるだろう。あとはプレゼンを如何にうまくやり、信頼感を植えつけられるかどうかだ。

ほどなくして目的地に着いた。建物の正面入り口にライオンらしき動物の石造彫刻が刻まれていて、一瞬、古代か中世に舞い戻ったような錯覚を起こさせた。背の高いロビーに足を踏み入れる。伊藤忠の端元はすでに待ってくれていた。

ウイルソンが受付嬢に来訪目的を伝えると、別の背の高い女性がすぐに表れ、皆を絵画のかかった立派な会議室に案内した。相手は笑顔で出迎えた。

「ブライアン・ジョンソンです。グラッド・トゥ・ミーチュー」

「タキイ、カツヒロタキイ。グラッド・トゥ・ミーチュー・トゥ」

滝井はそう言って笑顔を返した。相手の暖かい手のぬくもりに、直感的に自分たちは拒絶されていないと感じた。

ユーロトンネルからは三人のエンジニアが出席した。名刺にはプロジェクト・アドミニストレーション&コントロール部門担当と書かれている。そのうちジョンソンはヘッドらしく、ディレクターの肩書がついていた。

滝井は挨拶のあと、相手の地位、実力などがわからないままに、できる限りの敬意を払いつつプレゼンを始めた。近本と分担しながら、オーバーヘッドプロジェクターを使って視覚に訴える一方、手元に配った資料集の中から、工事実績に基づくトラブル発生と解決の事例を的確に説明し、川崎を中心とする三者の技術への信頼感を植えつける努力をした。

　途中で近本の耳元で、「こういう失敗事例は隠さないのがコツだからな」と念を押している。

　三十分余りのプレゼンが終わり、滝井らは予定通り三人のエンジニアを近くのフランス料理店へランチ招待した。端元がアレンジしたのだが、伊藤忠が上客の招待にいつも使っている店らしい。

　堅苦しい話を抜きに、滝井は相手の個人情報、とりわけ社内での力関係を探ろうと考えた。先ほどのプレゼンがT2、T3受注にどれほど役立ち、果たしてマジノへの圧力を期待できるのかどうか、知りたいところである。

　ワインで乾杯のあと、前菜の生ガキを食べながら尋ねた。

「このプロジェクト・アドミニストレーションというのはどういうお仕事ですか」

「これはつい最近できたばかりの組織でしてね。トンネル建設工事のマネジメントを担当します」

　ジョンソンはそう説明し、自分たち三人はベクテムから出向で来ていると付け加えた。

「へえ、あの著名なアメリカのエンジニアリング会社ベクテムですか。土木建設工事の分野では世界で右に出る者はいません」

「ハハハ、そこまで褒めていただくのはくすぐったいですね。来週初めに二十名近くの技術者が入社する予定でして、私たちはその先発隊というところです」

「二十名も？　大部隊ですね。ユーロトンネルはプロジェクト遂行に向け、着々と手を打っているようにお見受けしました」

　そんなやり取りを通じ、滝井はだんだんベクテム部隊の仕事内容がわかってきた。明確な説明こそ避けているが、野放図にふくれ上がるＴＭＣ予算を厳しく査定し、適正な予算執行を行う権限を有しているらしい。もちろん工事遅延による利息増大を防ぐための工程とコストの管理はせねばならない。ジョンソンはそれらの仕事を束ねる最高技術責任者なのである。

滝井は的確な人物にプレゼンができた喜びで久々に気分が華やいだ。東銀の的を射た配慮が有難かった。

「日本にもぜひいらして、トンネル工事の現場を見学していただけませんか」

「そうですね。夏には誰か行かせましょう」

応諾してくれたのは吉兆である。このアレンジを三菱にとられるような失態は決してしてはならないと心に刻んだ。

ランチは二時間に及び、友好的な雰囲気のうちに話が弾んだ。川崎とジオテクの技術を核とし、ＦＲＢのリール工場を組み込んだ三者コンソーシアムの技術力は一応、評価してもらえたのではないか。そんな感触をもった。マジノにまで圧力をかけてくれるかどうかはわからないが、少なくともコンソーシアムと三菱の択一を迫られた場合、コンソーシアムの方に票を入れてくれそうな気がした。ベクテムから来たばかりで、ユーロトンネルの古い駆け引きの血に染まっていないだけに有難かった。心を込めて握手を交わし、彼等と別れた。

夕方遅くのフライトでパリへ戻った。翌朝、ヴェルニとクロスに別々に電話で簡単な報告をした。二人とも声の調子からあまり成果を認めたくないように見え、滝井は少しがっかりしたが、口には出さなかった。彼らはＴＭＣの情報をあまり得ていないようだった。そのあと東銀ロンドン支店長宛てに礼状を認め、ホテルのフロントを通じて投函した。

ところで後日談であるが、このユーロトンネル訪問は川崎の受注に効果的だったと想定されるだけでなく、滝井個人の運命を大きく変えることになるのである。だがこの時点では本人はそのことを知らない。

# 第四章　二転三転

## 1　価格・納期の二重苦

ソムデラを頼れなくなったジオテクは、既にアメリカでＴ１の製作にかかっている。その状況を視察するため、滝井は近本に渡米を命じると共に、営業の田畑と見積の西山を帰国させた。人の有効配置を心掛けていた。日本国内の受注活動も絶やしてはならないのだ。ただ近本は日帰りとはいかず、数日でパリへ戻らせた。

三日間続いた大雨がようやく去った。パリのマロニエ並木はきれいに洗われ、明るい太陽の光を受けて、至るところで、まるで生の喜びを謳歌するかのように緑の原色を輝かせている。

しかし滝井の気分はそれとは程遠い。きのう夕方、ヴェルニから電話で情報を得た。それによると、Ｔ２、Ｔ３の二本とも失うかもしれないという悲観的なものだった。こちらの価格が相当、高いらしい。滝井は気が気ではなく、翌朝、ＦＲＢ本社に顔を出した。

ヴェルニは滝井を見るなり、自嘲気味に言った。

「要は値段ですよ。いくら技術がよくても、高くっちゃ話になりません」

「やはりそうですか。で、その値段ですが、入札の結果は出たのですか」

「はっきりとはわかりません。しかし五十パーセントは高いようです」

それ以外には答えられない。が二日後にはっきりした。クロスがパリに戻ってきて、オルリオが得た詳細情報を滝沢とヴェルニにこう伝えたのである。

「絶望的です。三菱がダントツの一位で一八四ミリオンフラン（五〇・八億円）、グロムナが一九九、コンソーシアムが二五四（七〇・一億円）、日立造船が三一五です。但しスペアパーツを除いています」

滝井はメモした数字を見て何やら計算していたが、

「ふうむ。我々は三菱よりも三十八パーセントも高いのですか」

と、うめいた。安いとこ取りをしてもまだ高いのだ。クロスは反応せずに続ける。

「TMCは技術面からグロムナを外し、価格面からは日立造船を外しました。で残ったのは三菱とコンソーシアムですが、どうやら価格の安い三菱にインテンション（内示）が出そうです」

「えっ、それはどうしてですか。まだコンソーシアムとは正式な技術会議を持っていませんよ。そんな段階で一方的に決めてしまうのはアンフェアだと思いませんか」

「ですから私は今夜、オルリオと一緒にモロウの家を訪ね、相談するつもりです」

その夜、滝井は近本、吉村と一緒に遅くまで酒を飲み、ホテルへ帰ってきたのは深夜だった。対策を相談するつもりが結局、ヤケ酒になってしまった。

二五四ミリオンを提出したとき、猿田事業部長の承認決済を得る間がなかった。そのことで、あとでこっぴどく嫌味を言われたが、今度はその数字自体が高すぎて話にならない。猿田にざまあみろと叫びたい気持ちの一方、窮地に陥った現実の落胆が強く揺り返して来、酒は何の解決にもならなかった。

キーボックスにクロスからのメッセージが入っていた。明朝九時にオルリオエンジニアリングへ来てほしいとだけ書かれてあった。

翌朝、九時少し前に近本と一緒に滝井がオルリオのオフィスに顔を出すと、会議室には先にヴェルニが来ていた。

「グッドモーニング、ミスターヴェルニ。早いですね」

滝井は冷やかし気味に声をかけた。ヴェルニはちょっと廊下の方を見、声を落とした。

「ミスタータキイ、今日はとても大事な日になりそうですよ。そろそろ決断の時が来たのかもしれません」

「決断の時ですって？　どうしてそんなに急な展開に？」

「ＴＭＣはそうとう焦っています。ユーロトンネルから、四年後の一九九一年六月の工期を守れと厳命を受けたそうです」

「えっ、あの期日はまだ生きているのですか」

「恐らく銀行団との契約があるのでしょう。融資が絡んでいますからね。いつまでもだらだらできないらしいです」

ヴェルニは何か情報を持っているようだ。滝井はさらに訊こうとしたとき、クロスとオルリオが肩を並べて入ってきた。すでに別の部屋で打ち合わせをしていた様子である。

クロスは握手を交わしたあと、滝井に向かい、いつもの落ち着いた口調で話し出した。挨拶抜きである。

「残念です。ＴＭＣはあまりにも値差が大きいので、今のままでは二本とも三菱に出さざるを得ないと言っています」

「ちょっとお待ち下さい。いったい技術評価はなされないのですか。無視するのですか」

「いえ、今言おうとしたのですが、三者コンソーシアムの技術信頼度は非常に高いです。だからマジノ派以外のエンジニアたちは、コンソーシアムに発注するのを望んでいます。そこで彼らは劣勢を挽回するため、大幅な値下げを私に求めてきました」

「ほう、値下げをね。で、どのくらいですか」

「一八四の三菱並みは無理としても、せめて二二〇でないとマジノの攻めを崩せないと睨んでいます。つまり十四パーセント、三四ミリオンの値下げです」

ヴェルニは苦渋で顔をゆがめ、黙したままである。滝井は解せないという表情をクロスに返した。

「これまでの理解ではマジノ派は数こそ少ないが力がある。しかし我々をサポートするエンジニアたちは、数は多いが力が弱い。それがどうしてマジノが急に二本とも独占するほど力を得たのか不思議です」

「それは三菱のスペックじゃないでしょうか。オルリオが得た情報ですが、彼らの図面は我々のT1のものに酷似しています。さらにはコンソーシアムのものに変更しようとさえしているそうです。しかし逆に、そういう姿勢がサイレントマジョリティー（声なき声）に、三菱に対する疑念を抱かせているのかもしれません」

「あるいはひょっとして、ユーロトンネル内のベクテムのチームが技術評価に何か意見を述べているのかもしれない」

「さあ、そこまではわかりませんが、彼らが技術の信頼性を最も重視しているのは事実でしょう。それは工期に直結しますから」

それまで黙っていたヴェルニが苛立たち気味に口を開き、話を元に戻した。

「いいですか。一四パーセントの値引きなんて、とても無理ですよ。いくらコストダウンを図ったところで、数パーセントが限度です」

そんなに値下げをすれば確かに大幅な赤字になると、滝井も同感だ。だがそれしかないのが事実だとすれば、選択肢は二つの内のどちらかしかない。

「ミスタークロス、それは確かな情報なのですね」

念のため確かめた。

「ええ。間違いありません」

「そうですか…。残念ですが、仕方ありませんな。しかしそうなった以上、もはや選択肢は二つしかありません。値下げを呑んで受注するか、それとも名誉ある拒絶をして失注するか」

一瞬、重い沈黙が流れた。誰もが承知している事実だが、今、言われてみて、選択を迫られた現実の厳しさに打ちひしがれた。

しかしそのしばしの沈黙は滝井に大胆な決断のきっかけを与えたのである。やりようによっては二二〇ミリオンは可能かもしれないと、そんな考えを誘発し、匹夫の勇に似た大胆な血気を全身に巡らせた。

—漠然とだが、方法は複数ある。

滝井は立ち上がり、背筋を伸ばした。

「どうでしょうか、皆さん。私たちはここまで頑張ってきたのです。この価値あるフランス側海底トンネルを、あともうひと押しというところで三菱に奪われてしまう。こんな無念なことはありません」

そう言って、迷いのない断固とした眼差しをクロスとヴェルニに注いだ。そして数秒の間を置き、

「答えは明白です。コストダウンの方法は後で考えるとして、何とか二二〇を受けようではありませんか」

ダウンの方法については、これまで一人で自分なりにブレーンストーミング（複数人で行う会議手法）したことがある。だが今は語るつもりはない。

クロスはしばらくオルリオと相談していたが、決断を思わせる厳しい顔を上げた。

「いいでしょう。受けましょう。二二〇の目途は立っていませんが、三菱には負けたくありませんからね」

滝井はクロスの言葉にひと先ず安堵した。ひと先ずというのは、咄嗟にある疑念が浮かんだからである。

三菱に負けたくないというのは川崎へのリップサービスかもしれぬ。本音は川崎とＦＲＢが最後は脱落して、

残ったジオテクだけで海底トンネルを独占したいということなのか。もしそうだとしたら、どこまでも抜け目のない男だなと、心の奥でつぶやいた。

残る未回答はＦＲＢだけである。滝井はクロスからヴェルニへと視線を移した。ヴェルニがゆっくりと重い口を開く。

「残念ながらＦＲＢはまだまだ経験が足りません。実際、コストがどうなるのか、皆目、わからないまま、皆さんが積み上げた数字を受け入れているだけなんです。こういう状況で二二〇に下げろと言われても、イエスの答えは出てきません」

そう言ったあと、一転した。

「しかしここでＦＲＢが逃げたと言われるのは心外ですし、コンソーシアムの連帯を守るという観点から、あえて受け入れることにします」

クロスは間髪を入れず、「よしっ、これで決まりだ」と、ポンと手を打った。

「さっそく改定見積りを作って、午後にでもＴＭＣとの間でミーティングを持ちましょう」

と言って、ヴェルニの気が変わるのを恐れてか、すぐさま電話のところに歩み寄った。

ただこの時点では滝井は日本の了解を得ていない。自分の独断で通すつもりでいる。時間がないのも理由であるが、すったもんだの大騒ぎになるのが目に見えているからである。


大会議であった。セベール、モロウ、マジノらＴＭＣの技術者たち十数名に加え、ユーロトンネルのパリ支店からも二名が参加した。もちろんコンソーシアムも同席している。

セベールはクロスから二二〇ミリオンの改定見積書を受け取ると、喜びを満面にたたえた。

「思い切った値下げに感謝します。おそらくこれで大勢は決まるでしょう」

モロウもそれに続き、

「それに何と言っても、技術力です。コンソーシアムのスペックが他の如何なるビッダーよりも優れていると考えるのは私だけではありません。ジオテクの豊富な硬岩向け実績と川崎のシールド実績、加えて地元企業ＦＲＢの製作能力。これらの連帯は問題のグレイチョークの掘削を必ずや成し遂げると確信しています」

コンソーシアムで一気に押し切りたい意欲が溢れている。しかし、その最後の言葉が終わらないうちに、マジノが勢いよく片手を上げ、「ちょっとお待ちを」と遮った。

「先のＴＭＣ技術会議で、正式に三菱もクォリファイ（認知）されました。まさかお忘れではないでしょう。それなのに今になって再び技術比較し直そうというのはアンフェアなばかりか、時間の無駄です。この二者はすでに技術的にクォリファイされています」

そこまで言って、じろりと一同を見渡した。

「そうである以上、価格と納期で評価すべきではないでしょうか。たとえ二二〇に下げたところで、価格差はまだあまりにも大き過ぎますよ。次々とふくらんでいく工事予算を抑えるためにも、価格の低いところに発注するのは合理というもの。ユーロトンネルもそれを望んでいるはずです」

ユーロトンネルの二人は複雑そうな面持ちで発言を控えている。押され気味のセベールが議論を引き取った。

「コンソーシアムの機械スペックは完成したというわけではありません。日に日に改良を加えている状況です。恐らく掘削中にもそうするでしょう。それほど土質が難しいのです。私は一度クォリファイしたからと言って、それで終わりというのは危険だと認識しています」

「その考えには賛同できませんな。しかしもっと問題なのは掘削機の納期です。三菱は十三ヵ月なのに、コンソーシアムは十六・五ヵ月というじゃないですか。工事期間の短縮は即、予算の節約に直結するのは説明を待ちません。世界の銀行団も大喜びするでしょう。私としては今すぐにでも三菱に発注すべきと考えています」

激論はなおも続いた。マジノは言葉こそていねいだが、露骨に反対意見を展開し、その迫力に押されたエンジニアの一部に途中から口をつぐむ者さえ出た。

滝井は戸惑いを隠せなかった。コンソーシアム側から自分たちの技術的優位点を説明する場というよりも、むしろTMC社内での論争会議といった方が当たっているだろう。マジノの底力に今さら驚くと共に、社内が彼の主張に引っ張られていきはしないかと不安になった。

セベール派と思われるエンジニアが硬直した雰囲気にためらいながら口を開いた。

「技術も大切だし価格も納期も大切です。しかし我々は重大な事実を一つ忘れています。それはFRBの存在です。フランスのナショナルプロジェクトにFRBが参画するということは、数字では表わせない価値があると思われませんか」

「FRBだから価値があるのだとは言えないでしょう。三菱もまだメーカーは決めていませんが、フランスの企業を使う予定でいます」

とマジノはすかさず反論し、返す刀でセベールに鋭い視線をあてた。

「蒸し返すようですが、価格もさることながら納期の十三ヵ月も絶対に妥協はできません。三菱ができると保証していることが、どうしてコンソーシアムにできないのですか。この三・五ヵ月の差は、ユーロトンネルにとっては巨額の損失になるか利益になるかの瀬戸際なんですよ。銀行団にとっても大いなる安心材料のはずです。もっとコスト意識に目覚めていただきたいものですな」

一瞬、ざわめきが起こった。反感で顔を赤くする者や不快そうに顔をそむける者。マジノ派の契約担当の男はここぞとばかりしきりにうなずいている。

　誰かが収拾を図らねばならない。ざわめきは続いたままだ。このままではマジノに押し切られてしまいそうである。クロスは当惑気味に口をつぐんだままだし、滝井はどうしたものかと迷った。が、今を逃せば取り返しのつかないことになりそうな気がし、言うべきことは言っておかねばと、鋭くマジノを見据えた。

「なぜ十三ヵ月でできないのかというお言葉ですが、この数字はあまりにも無責任なオファーであります。工程の線表を引いていただければすぐに答えが出てきます」

　滝井はそう言って黒板の前に立った。

「先ず基本設計ですが、入札書にはＴＭＣの承認を得ながら進めることとなっています。契約発効と同時にスタートしたとしても、最短でも三ヵ月はかかるでしょう。それからすぐさま鋼材発注に入りまして…」

　滝井は手際よく黒板に書き出した。縦軸に項目をとり、横軸に時間経過を示して簡単な工程を引いた。

「ご覧のように一つずつ作業を詰めていきますと、二十ヵ月が最短可能納期と言えましょう。しかし我々は応札に際し、まだ目途をつけてはいないものの、あえて十六・五ヵ月をオファーしました。この数字はコンソーシアムの名誉をかけてでも守り抜く覚悟でいます。十三ヵ月などという数字はとてもこの線表からは出てきません。仮に基本設計と鋼材発注の期間がなかったとしても、まだ十四ヵ月はかかるのですから。そういう不可能な数字をオファーするなんて、メーカーの良心はいったいどこにあるのでしょうか」

　滝井は最後の言葉を強調するようにユーロトンネルの二人を見据え、それからセベール、モロウへとコンソーシアム派と思われる人物たちに同調を求める視線を泳がせた。

「ミスタータキイ」

　マジノが凄みのきいた声で沈黙にはまりかけた空気を引き裂いた。

「納期が遅れた場合のペナルティ条項をご存じでしょう。その額は契約金額の五パーセントにのぼります。これほどまでの大金の支払いを誰が冗談で引き受けますか。三菱は日本一の重工業会社です。その会社が銀行の保証状を正式に差し入れ、名誉と実力をかけて十三ヵ月をギャランティしているのですよ。我々に莫大なメリットをもたらすこの会社を、どうして排除せねばならないのですか。それにあなたが引いた線表ですが、一言でいって甘すぎますな。設計と製作の期間が長すぎはしませんか」

マジノは一息つき、滝井からの反論がこないのを確かめると、勝ち誇ったようにつけ足した。

「それから一つ言い忘れていました。コンソーシアムの納期起算は契約発効からとなっていますよね。三菱の十三ヵ月は契約調印の日からなんですよ。調印から発効までは発効の諸条件をクリアするために時間が必要です。ですからコンソーシアムの納期は十六・五ヵ月プラスアルファだと考えなければなりません。全く話になりませんな」

室内に重い沈黙が垂れ込めた。マジノに余裕が戻り、もはや滝井の方を見ようとはしない。手元のライターをカチッと鳴らしてゆっくりタバコに火をつけた。

滝井は反論の糸口を探そうともがくのだが、いい考えが浮かばない。不可能なことを可能だと、しゃあしゃあと言ってのける三菱の無責任さに憤りを覚える。怪しからぬという思いがどうしても先に立った。

クロスに助けを求めようとしたが、落胆した。何もしゃべらないどころか、静観しているようにさえ見える。

——なぜなのだろう。

どうして反論しようとしないのだ。十六・五ヵ月と決めたとき、最も抵抗したのは彼ではなかったのか。苛立ちと失望が理性を失わせかねないほどの激しさで胸の中で波打った。

ひょっとしてクロスはギブアップしたのではないか。ふっとそんな疑念が頭をかすめ、言いようのない不安に襲われた。やはり三菱とのあいだでこっそりと分け合う話が進行しているのかもしれない。

視線をクロスに戻し、顔色を探ろうとした。

そのときセベールが隣席のモロウとの打ち合わせを終え、ワイン焼けのした赤ら顔をグイと滝井に向けた。何か重大な決意をした直後のような、据わった固い目つきである。滝井は用心深く耳をそばだてた。

「言うまでもなく納期は極めて重要なファクターです。この点、しかとご認識下さい。もしコンソーシアムが受注を望むなら、三菱と同じ十三ヵ月にする必要があるでしょう。それができないのであれば、本プロジェクトは諦めていただくより仕方がありません」

そう言ってクロスに念押しをするように目でうなずいてみせた。あえてマジノの方を見ていない。彼への精いっぱいの抵抗なのかもしれない。それは恐らく追い詰められた形での苦渋の決断だったのを物語っていると、滝井には受け取れた。

滝井はこれ以上反論するのがためらわれ、かといって即答するわけにもいかず、ここは保留しようと考えた。もしノーと返事をすれば、その瞬間に話は壊れてしまうのだ。

「納期についてのＴＭＣのお考えはよくわかりました。しかし、これは私たちにとってはクリティカルな問題でして、とても即答できるものではありません。しばらくコンソーシアム内での検討時間をいただきたく思います」

「いいでしょう。妥協はあり得ないということをお忘れなく」

それを機に技術打ち合わせに移った。

―最初から技術でスタートすべきだった。

悔いても仕方がないが、滝井は作戦のまずさに舌打ちした。そうしておれば違った展開になっていたかもしれない。そういえば会議の冒頭、マジノがセベールに向かってフランス語で何か叩きつけていた。たぶん議題のことだったのかもしれず、マジノが描いた絵にまんまとはめられたような気がした。

自然のうちに主役がクロスに代わった。滝井も望んでいたところである。彼の爽やかな口調と説得力に逆転を期待した。滝井自身も近本の応援を借り、時を見て三菱の弱点と思われる個所を巧みに突いた。クロスの真剣な表情を見る限り、もはや川崎を裏切って三菱と分け合う可能性は消えていると滝井は思った。

それは嬉しい確認ではあるが、コンソーシアムの二二〇ミリオンが受諾されたのかどうかわからない状態は、滝井を落ち着かなくさせていた。ただモロウら多数のエンジニアたちがクロスの説明に好意的な反応を示してくれていることは明るい材料だった。

ところがマジノとその一派は正反対の反応である。ことごとくT1の技術上の問題に引き戻した。

「コンソーシアムはT1でいまだにいろんな問題解決に迫られている身ですよ。どうして三菱の技術レベルを云々できるのですか」

と論理の矛盾をつき、引き下がる気配がない。さらにシールド掘削機の三菱の製作実績が千台を超えて川崎を大きく凌駕している事実を持ち出し、

「これこそ世間が三菱の技術を評価している証拠ではありませんか」

と反論した。結局、技術会議は結論が出ないままで終わった。

TMCを出た。皆は近くの鉄道の駅まで歩き、駅構内にあるスナックで遅い昼食をとった。誰もが無口で不機嫌だった。クロスは滝井の不満を薄々感じているのか、自分がもたらした二二〇ミリオンの情報について機先を制した。

「いやはや参りましたねえ。こうあっさりと二二〇を崩されたのでは、ついていきようがありません。コストも何もあったもんじゃない。モロウもセベールも非公式とはいえ、いったん合意した数字にはもっと責任をもって

くれなくっちゃ」

　そこには自己弁護をするというよりも、支えを失った瞬間に見せる半ば投げやりな表情さえ浮かべている。ヴェルニも同感なのだろう。握り締めたままのこぶしをテーブルの上に置き、眉根を寄せてしばらく黙っていたが、やがてうめくようにつぶやいた。

「ひょっとしてマジノはＦＲＢの脱落を見越しているのだろうか。コンソーシアムが自滅するのを待っているのかもしれませんな」

　散発的な発言は時々あっても、会話は続かなかった。二二〇ミリオンを下げるのが不可能なことを誰もが知っていたからである。

　滝井もその重苦しい雰囲気に身を任せていたが、ふとこれでいいのかという気がした。このままでは三菱に負けてしまうという悔しさが急に胸の中に募ってきたのだ。これまでの努力が水の泡になることの無念さというより、今は三菱に勝ちを奪われることへの嫉妬と、その結果としての悔しさで心が切り刻まれた。

　勝利を意識したマジノの不敵な面構えが浮かんだ。滝井は手にしたフォークをテーブルに置き、斜め前のクロスを見た。滝井の中に捨て鉢とも思える闘志がふつふつと湧いてきた。

「諦めることはありませんよ、ミスタークロス。我々が苦しい時は敵も同じ程度に苦しんでいるのですから」

　それは自分自身に対する励ましの言葉でもあった。

「マジノのあの執拗な反撃は彼らの立場の弱さを物語っていると思われませんか。苦しいからこそ反撃に出ているのです」

「というと？」

「確かに二二〇をキープすることは困難でしょう。しかしコンソーシアムの技術が優れていることは大勢のエンジニアたちが認めているところです。ユーロトンネルの二人もうなずいていたのをはっきり覚えています。安全で確実な技術はすべてに優る。この点にこそ我々が勝つ正当な理由があると思われませんか」

クロスは返事に代えて、額に手を当てて溜息を洩らした。目にはこれまでのような包容力のある力強さが見られない。滝井は我慢強く続けた。

「三菱より高い。ただこれだけの理由で、我々が失注することにはならないでしょう。問題はどの程度の高さなら認めてもらえるかということです。発注の優先順位はコンソーシアムに置かれていると考えて間違いありません。マジノの虚勢を見抜けないほど我々は愚かじゃないはずです。要は今がネゴの山場だと考えて下さい。しかもその主導権はコンソーシアムが握っているのです」

## 2 脱落

ＦＲＢの事業改革は遅れ気味だった。本社は相変わらず活気が乏しい。暗い雰囲気がどんよりと淀んでいる。シモーヌの姿がしばらく見えず、滝井は寂しさを消せない自分をはかりかねた。

個人的な関係を築いたわけでもない。相手は何とも思っていないだろう。いい歳をした自分を嗤いたくなった。シモーヌがいればもう少しは明るいだろうにと、勝手に想像した。

納期短縮と価格引き下げの問題を三者で朝から議論し始めたのだが、すぐに行き詰まった。先ず納期についてはどうひねくり回してみても、十三ヵ月はとても不可能な数字である。現地組み立てを担当するＦＲＢに、頑として受け入れる気配はない。

「ただでさえ赤字でしょ。そこへ納期遅延のペナルティまで取られたのでは、たまったものではないですよ」

と、ヴェルニは吐き捨てた。

「そう一概に決めつけるのはどうだろうか。設計や鋼材発注の工夫をすれば、日数を短縮できるかもしれません」

ヴェルニと滝井の対話をよそに、クロスは椅子に体を沈み込ませて黙りこくってしまった。ホワイトボードに書かれた工程表をいじくり回すのにすっかり疲れてしまったらしい。オルリオはと滝井が見ると、失注を避けたい一心で、祈るような光った眼差しで自分たちを見つめているだけだ。

実はこの会議に先立ち、オルリオは今朝早くモロウから電話を受けていた。正午までに納期についての正式回答をするようにと言い渡されたのだった。モロウは済まなさそうに、「これについては妥協の余地はまったくないのですよ」と、最後に付け加えたという。

滝井は時計を見た。時間は残されていない。急がねばと、焦燥気味の目になった。

「皆さん。回答はイエスかノーのどちらか一つしかありません。三菱の破壊的な横暴は許せませんが、そろそろ腹を決めねばならないでしょう。策略家のマジノのことです。十三ヵ月の爆弾でコンソーシアムを壊したあと、屁理屈をこねて十五ヵ月に戻すくらいの芸当はやりかねません。しかしそんな憶測の時間は過ぎました。正午までに回答しなければならないのです」

「でも決めようがないじゃないですか」

と、ヴェルニは不満そうである。

―こうなったら、クロスもヴェルニも当てにはできないぞ。

滝井は用心した。彼らに任せればむしろノーの答えを引き出しそうな気配さえする。川崎の追い詰められた果ての無鉄砲な決断に期待し、進んで発言しないのだ。こちらに先に言わせようとしている。

その狡猾な戦法は腹立たしいが、一時の感情に負けて注文を捨てるような愚かなことはできぬ。不可能なことをコミットするのも愚かだが、同じ愚かなことをするのなら、土木機械部の将来の繁栄につながる方を選びたい。

納期について日本に相談する気はなかった。ノーの答えが跳ね返ってくることは目に見えている。自分自身のフライングで突っ走るつもりだ。滝井は十分間の休憩を求め、近本と別室に移った。

「私はイエスで行こうと思っている。君はどう思う?」

「FRBは責任を逃れて喜ぶでしょうね」

「そこは考えようだろうな。川崎にとってリスクがあるのは承知の上だ。しかしそのことはコンソーシアム内での川崎の発言力を高めるチャンスにもなる」

「納期責任をとるのだからと、契約の取り分を増やしましょう」

「もちろんだ。FRBの製作範囲を減らし、工場設備の整った日本での一体製作を高めよう。そうすれば工程を縮められるのではないか。鋼材発注も基本設計の完成を待たずに見切り発車すればいい」

「コンセプト図面ができた時に、リスク覚悟で先行発注するということですか」

「そういうことだ」

「でも製鉄所が受けてくれるかどうか…」

「やってみなければわからんさ」

滝井は漠然とした期待ではあるが、何か局面を打開できそうな気持ちを抱いた。楽観が独り歩きした。時間が来たので会議室に戻った。

納期の方は川崎の決断一つで片付くとして、では価格問題はどうすればいいのだろう。二〇〇ですら目途がついていないのだ。TMCはどう言っているのだろうか。

「納期はさておき、価格についてモロウから何か言われましたか」

と、オルリオに尋ねた。

オルリオは浮かぬ顔を上げ、大きな禿頭を左右に振って否定した。しゃべる気も起らないらしい。ヴェルニは指先で苛立たしそうに机の面を叩きながら、サンノブザビッチ（ちくしょう）と小声で吐き捨てるように独りごちた。彼らに知恵がないのは今さら訊くまでもないことだ。

「近本君、一本タバコもらえる？」

受け取ると、滝井は火をつけた。深く吸い込む。うまいと思った。体の疲れが欲しているのかもしれない。

二二〇を下げるためにはクロスと話す以外になかろうと考えた。ジオテクと川崎の二者が先に折り合えば、ＦＲＢも受けざるを得まい。問題はどこまでジオテクがついてきてくれるかだ。どの程度のコスト割れなら耐えてくれるのかである。ただ強く言い過ぎてやる気を萎えさせては元も子もない。

「ところでミスタークロス。きのうＴＭＣは我々の技術力が優っていることを認めました。しかし問題はその優れた分をいくらの金額に見積もってくれるかです。マジノは強がっていましたが、エンジニアたちの大多数はコンソーシアムに票を投じていると考えて間違いありません。そうなら、私は価格についてはできるだけ粘るべきだと思っています」

「できることなら私もそうしたい。でもマジノは捨て身の覚悟できています。コンソーシアムが傷つかずに勝利を得ることなど今や夢でしょう。二二〇を大きく下げない限り、次回、会ってくれるかどうかさえわかりませんよ」

そうかもしれない、と滝井は思った。しかし今、同調するのは危険である。コンソーシアム崩壊を目論んでいるマジノの作戦にまんまとはまりかねないのだ。

「ユーロトンネルから初めて二人出席していましたよね。彼らは目先の安さより、故障のない優秀なマシンを望んでいるはずです。ひとたび故障したら工事が止まってしまう。トンネル開通までにかかる建設の総コストを考えれば、工期の遵守がどれほど大切か。そのことはユーロトンネルを訪ねた時にベクテムのディレクターが何度も強調していました。今では二十名を超えるベクテム技術者たちが精力的にアドバイスをしています」

クロスはやや首をかしげ、いかにも不満げである。

「ミスタータキイ、その工期が問題なのですよ。重要になればなるほど我々にとって都合が悪くなる。三・五ヵ月プラスアルファの納期差は埋めようがありませんからね。どう見ても、敗色が濃厚だと言わざるを得ません」

そう言って、緩慢な動作で腕時計に目を移した。

「こういう時の時間は経つのが早いものですな。そろそろ結論を出さなければいけません。きっとマジノはほくそ笑んでいることでしょう。ジオテクの力ではどうにもできないのが歯がゆいです」

滝井はテーブルに片肘をつき、黙って聞いていた。クロスは本音を語っているなと思った。

だがそれならもっと積極的に川崎に助けを求めてもいいではないか。そんな不満を抱いたが、クロスとしてもとことん川崎に頼らなくても、いざという時はこっそり三菱と分け合う方に走る道も残しているのかもしれない。

そのことを考えると下手な駆け引きはしない方がいいと判断した。

もう迷っている時間はない。後悔はするな。前へ進む以外に道はないのだと、腹を決めた。

「ミスタークロス、そしてミスターヴェルニ。一つ得意満面のマジノの鼻をあかしてやろうじゃありませんか。勝った気でいる三菱にコンソーシアムの意地を見せつけてやりましょう」

興奮気味に力強く言い切ると、二人の目に現れた動揺を素早く確かめた。

「ともかく十三ヵ月を受けましょう。コンソーシアムの優れた技術がこんなことのために葬り去られるのは耐えられないことです。この際、一気に三菱を叩き潰し、我々の受注を決めようじゃないですか」

「しかし十三ヵ月なんて、とてもとても…」

反射的にヴェルニは反発し、ＦＲＢに責任の火の粉が飛んでこないよう、いち早く牽制に出た。だがこの反応は滝井には読めていたことである。

「どうかご心配なく。納期については皆さんにご迷惑をかけません。リスクは川崎がとりますから。さあ、ミスターオルリオ、この場からモロウに電話をかけてくれませんか」

と、畳みかけた。

オルリオは「よし来た」とポンと手を打ち、チラっとクロスの方に目をやった。そして滝井の気が変わらないうちにと、老体とは思えない素早さで反対側にある電話のところにすり寄った。

あいにくモロウはいなかった。マジノと一緒に三菱との会議に出席していて不在だという。オルリオは眉をしかめ、まずいといった顔をした。受話器を握ったまま強引に会議室へ電話を回させた。

モロウが出たが、彼はいかにも事務的な口調で回答を受け取ると、すぐに電話を切った。

「どうも変です。モロウの声に張りがなかった」

オルリオはそう言って、首をかしげた。クロスもそれに続いた。

「たぶん三菱がそばにいるからかもしれませんな」

「それとも、もう三菱に決めてしまったのか。そのための会議を開いているのだろうか」

と、滝井も心配そうに言う。もしそうなら取り返しのつかないことになる。もっと早い時刻に回答すべきだった。三菱に敗れたなど考えたくもない。すぐに次の手を打たねばと、滝井は焦りを募らせた。

しかし、しばしの沈黙は思いがけない事態を招来した。クロスに勇気を取り戻させたのである。きっと顔をあげ、かみしめるように明確に言った。

「ジェントルマン、潮の流れは確かに三菱に向かっています。しかし私としては川崎の英断を野垂れ死にさせるわけにはいきません。先程の私の弱気な発言をどうか取り消してくれませんか。納期で三菱と同じになった以上、多少の値差は認められてしかるべきです。二二〇を下げない限り難しいことはわかっていますが、どこまで頑張れるか、やれるところまでやってみましょう。今夜にでもモロウかセベールに電話し、プッシュしてみます」

その力強い言葉に滝井は勇気づけられた。クロスに自信がないのはわかっている。一八四ミリオンとはあまりにも差があり過ぎるのだ。しかしこちらが諦めない限り、TMCとしても技術的に優位なコンソーシアムを振り切るのは難しいのではないか。甘えと言われるかもしれないが、ベクテムや東銀など日本の銀行団が支持してくれていそうな期待もある。

とりわけクロスはTMCとユーロトンネルに大勢の古い知己をもっている。マジノに比べ一人一人は糸ほどの細さであっても、束ねればロープになるのである。滝井はクロスの粘りに望みをつないだ。

会議のあと伊藤忠へ寄り、猿田事業部長宛てのファックス原稿を書いた。一応は報告しておかねばならない。三菱との値差や納期についてもありのまま伝え、このままでは二基とも三菱にいくだろうと締めくくった。ただ技術の優位性については触れなかった。

勝手なことをしてと怒る猿田に、お宅の言う通りにしていたらこのザマだよと言い返したい気持ちもある。さらには一段の値引きと工期短縮が必須だということを知らしめる意図も文面に込めたつもりであった。だが、どっちに転んでも滝井の独走だと非難するのが目に見えている。それならもっと独走してやれというやんちゃな気分にもなった。

そのあと近本、吉村の三人で下町にある大衆向けの小さな日本料理店で時間を過ごした。クロスの言葉で一旦は励まされたものの、一抹の希望と大きな不安とのあいだを行き来した。

その夜遅く、滝井は寝入りばなを耳元の電話でたたき起こされた。クロスからだ。まだ最終決定されたわけではないが、三菱とコンソーシアムで一基ずつ分け合うことになりそうだという。

「何ですって？」

滝井はいっぺんに眠りから覚めた。分け合うなんて何ということだ。最も警戒していたことではないか。思わず声が破裂した。

「とんでもない。まさか承知したわけではないでしょうね」

「いやいや、もちろんオーケーはしていませんよ。もしノーなら、今すぐにでも言い返しておかなければいけませんので…」

滝井の剣幕にクロスは押され気味になった。

―どうも変だ。

滝井は不吉な予感がした。ひょっとしてクロスはすでに内諾を与えているのかもしれない。二二〇を下げて大赤字を喫するくらいなら、一基くらい譲ってもどうということはない。英国側も含めれば、六基の海底トンネルのうち五基を制することになるのだ。

「ミスタークロス。私たちがこれほどまでに頑張って、しかも納期の十三ヵ月を呑んだ理由はおわかりですね。二基ともコンソーシアムで受注したいということなのですよ。そうなれば、ドーバーの海底トンネルはイギリスの一基だけを除いてすべてジオテクの技術で完成されます。あなたはそれを望まれないのですか。しかもその一基も、今ジオテクに技術指導を願い出ていますよね。そうなれば、全部です」

クロスは一瞬、電話の向こうで言葉に詰まった。心中をずばり言い当てられたための怯みなのか、それとも返ってきた言葉の激しさに戸惑っているのか。滝井は分析している余裕もなく、さらに押したい欲求を抑えられなかった。

「二基とも取るのか、それともすべてを失うのか。コンソーシアムの方針は明確です。迷うことはありません」

「そうおっしゃるだろうと私も思っていました。多分マジノは分け合うことで引き分けにもっていきたいのでしょうが、コンソーシアムはそれを望みません。今すぐ電話で返事しておきましょう」

「ぜひお願いします」

受話器を置き、再びベッドにもぐり込んだが、いろんな思いが交錯して眠れない。

クロスは今時分、モロウに伝えてＴＭＣの妥協案を断っているはずである。その結果、どういうことになるのだろう。技術に目をつむり、価格が安いことだけを理由に即座に三菱に決めてしまうのか。どちらになるか予断を許さない。

現に技術の差といっても、ジオテクはT1の製作段階でトラブルを起こしている。マジノがこの点を巧みにとらえ、三菱より優れているという議論は当たらないと主張している。これに対して論理的にはまったく反論できる余地はない。

彼らが三菱で押し切ろうと思えば可能だろう。ではなぜそうしないのか。この点、大きな疑問が残る。どうしてＴＭＣは分け合うことを提案したり、コンソーシアムの回答を求めてきたりするのだろう。何かコンソーシアムを切れない理由があるのだろうか。コンソーシアムの技術が三菱に流れている事実をベクテムが気づき、それが影響しているのだろうか。

不安を追い払うまではいかないが、滝井は何だか漠然とした自信めいた感情が緩やかに湧いてくるのを意識した。

それから二日間、何の変化も起らなかった。オルリオ、クロス、ヴェルニは各自のコネを頼りに情報を収集したのだが、相変わらずTMC社内はコンソーシアムと三菱のあいだで揺れているとのことだった。

ただ、三菱が一八四ミリオンをさらに下げたという噂も出て、価格的にはコンソーシアムはますます苦しくなったと、その事実を全員認めざるを得なかった。受注するためにはそう遅くない時点で二二〇を下げなければならないと、滝井は思い始めていた。


その日、クロスが遅い昼食からFRBに戻ると、秘書の女性がモロウから電話があったと伝えた。部屋にはちょうど滝井と近本も戻っていて、ヴェルニも加わったところである。オルリオはリヨンへ出張しており、少し遅れるという。

—何か動きがあったのか…。

滝井は最大の注意を払ってクロスを見守った。誰もが待つのに疲れていた。二日間にわたるTMCの沈黙は期待より不安の方を大きくした。クロスは飛びつくように電話のプッシュボタンを押した。第一声を聞くなり、素っ頓狂な声をあげた。

「えっ、まさか…間違いじゃないでしょうね」

その声は皆を不安のどん底に突き落とすのに十分だった。

それからもしばらく話していたが、途中で受話器の話し口を手で塞ぐと、低い声で皆に言った。

「三菱がまた値段を下げました。このままでは二基とも取られそうです」

それだけしゃべると、またモロウとの会話に戻った。手元のメモにもどかしそうに何やら書き留めている。言葉そのものは聞き取れないが、相手の激した声が断片的に洩れてくる。

二十分近く電話は続き、ようやく終わった。クロスはぐったりした体で椅子に腰かけた。コーヒーを一口含んだあと、おもむろに口を開き、話の要点をかいつまんで話した。

「コンソーシアムが本当に受注したいのなら、もっとドラスティックな値引きが必要だと、モロウは訴えています。それも早急にです」

「ふうむ、やはりそうですか。ある程度は止むを得ないのかもしれませんな」

と滝井は応じ、さらなる情報を待つ姿勢をとった。クロスは続ける。

「モロウが言うには、今朝、エンジニアとファイナンスマンの計十八名が出席して、サプライヤーの決定会議を持ったとのことです。エンジニアはコンソーシアムの技術を強力に推したのですが、ファイナンスマンが大反対でした」

「なぜいきなりファイナンスマンが出てきたのでしょうなあ」

滝井が横から疑問を呈した。

「そこです。その人物はマジノにつながっていて、どうして値段の高いところに発注する必要があるのかと、正論を掲げて三菱擁護に回っているのです。それを言われればエンジニアも強くは出られません。ただでさえ経費が増えてファイナンス部門には遠慮気味ですから」

「マジノが強引に出席させたのでしょうかね」

「大いにあり得ますな。横車は彼の常ですから。しかしそんなことより問題は三菱がさらなる値下げを申し出たことです」

「ほう」

「小休止が終わって皆が戻ったとき、マジノが今しがた三菱から値下げの書面を受け取ったと言って、テーブルの上に公開しました。見ると、一八四ミリオンを一気に一七〇にまで下げるというのです。ファイナンスマンは俄然勢いづき、三菱がフルギャランティしているものを拒む理由はないと主張してきません。そこへマジノらが同様の論陣を張った結果、二基とも三菱に行く雰囲気になったというのです」

「一七〇とは何と無茶な…。いったい三菱は正気なのだろうか」

誰もがお手上げといった表情をした。

「そこであわてたエンジニアたちは再度巻き返し、もし三菱の掘削機で問題が起こって工事が遅延したら責任をとるのかと詰め寄って、結局、ファイナンスマンも含め、一基ずつ分け合う元の案に戻ったということです」

滝井は悔しそうな表情で頭を抱えた。

「ああ、万事休すだな。いったい我々はどこまで下げればいいのか。いやいや、どうあっても私は分け合うのは反対ですぞ」

「それができればうれしいですよ。モロウが言うには、コンソーシアムの置かれた状況は極めて厳しい。もし二基受注を考えるのであれば、一気に二〇〇（五五・二億円）まで下げなければ可能性はない。私はそうピシャリと言われ、その場合はT2を一〇五、T3を九五とするよう指値してきました。この数字はセベールらとも相談した結果だと言い、これならマジノを押し切れると断言していました」

滝井は聞きながら無力感と戦っていた。いつかこの時期が来るのは予想していた。しかしそれにしても三菱の下げ幅が大き過ぎ、現実のものとしての理解がついていかない。三菱の粘りは立派だというより他に言いようがない。値段は二の次にして、受注することに目的を置いているとしか考えられない。T2、T3受注の意義はそれほどまでに大きいのだ。滝井は改めて考えさせられた。

オルリオはすでに戻っていた。大体の話は聞いたらしく、クロスの説明が終わると、その場からモロウに電話をかけた。モロウの発言が値下げ目的のハッタリかどうかを確かめたかったのである。だが残念ながら事実だった。ただファイナンスマンについて、オルリオは皆にこう付加した。

「その男はフランス側の幹事銀行から出向してきているらしいです。裏でマジノとつながっていて、彼と共に依然として分け合う案に固執し、人間的にも周囲から警戒されているようです。厄介な人たちだとモロウはぼやいていましたよ」

滝井はヴェルニからもセベールに確認してもらおうと思ったが、その考えは諦めた。

クロスは決まっていた用事があり、退席するのを機に散会することになった。明朝、ここで再協議することに決め、滝井と近本はホテルへ帰った。

オルリオの確認は貴重だと滝井は思った。マジノの分割発注へのこだわりが気になって仕方がない。それは三菱の立場が相対的に弱いことを示していないだろうか。獲得し得る最大の成果が分け合うことにあるとすれば、それ以上の望み、つまり二基受注は困難だということをマジノは知っているのかもしれない。

二基独占の叫びはカモフラージュに過ぎず、ＴＭＣの大勢の意図は二基ともコンソーシアムに発注したいのではないか。ただ価格の差があまりにも大き過ぎ、踏み切るわけにはいかないのだ。滝井は今晩ゆっくり考えてみたいと思った。

## 3　最後の障害

納期の時と同じく、滝井は日本には事前相談をかけなかった。猿田事業部長の出方がどうなるか、今一つわからない。慎重だと言えば聞こえはいいが、実態は臆病で責任回避にたけた彼を説得している時間的余裕はない。

下手したらプロジェクトつぶしに走る可能性すらある。

ただ二〇〇ミリオンにした場合の採算だけは昨夜、部下の杉本課長に命じ、非公式に日本で見積もらせる段取りをしていた。三者の仕事の分担はこれまで通りでいくと伝えた。

昨夜のうちには腹が決まらず、今朝、いつも通りクロワッサンとコーヒーの朝食をとりながら、ようやく二〇〇で受ける決心をしたのだった。

だがその影響は大きいだろう。先ずＦＲＢの脱落が考えられると思った。しかし、これはいい。下請け工場として利用すればよいのだ。

問題はジオテクである。果たしてどう出てくるのか、まったく読めない。最も困るのは脱落するケースだ。これは破滅を意味する。それへの対策を練らねばと、思いつくまま思考を巡らせた。

が、あまりにも不確定要素が多く、これという名案が思いつかない。それを食い止める方策は何だろうと、あれこれとアットランダムに手帳にメモした。

近本と吉村にはＦＲＢへ行く途中で、二〇〇に下げることだけを伝えた。

十時頃に一同が集まり、三者のコンソーシアム会議が始まった。滝井の発言に対し、ヴェルニが二〇〇は絶対に不可能な数字だと言って、反対の狼煙（のろし）を上げた。滝井は予想していたことだったので驚かなかった。

「ＦＲＢとしては二〇〇で受注するよりは、むしろ多少値下げしてでも、一基ずつ分け合う方を選びたい」

と、ヴェルニはこれまでから一転して、ちゃぶ台をひっくり返したのである。滝井が即座に反論したのは述べるまでもない。

「いったいどうされたのです？　そんなことではマジノの思うツボじゃないですか。我々はここまで頑張ってきたのです。川崎としては二〇〇で受ける覚悟でいます。この意思は変わりません」

「そんな無茶な…」

と、ヴェルニは白眼をむかんばかりにして滝井に張りつける。

「とても不可能です。二二〇でも目途はついていないのですよ。それが二〇〇だなんて、FRBは最早ついていけません」

FRBの脱落は仕方なかろう。見立て通りだ。滝井は黙ってうなずき、認めざるを得ないという仕草をした。

そして、やや置いてクロスの方に向き直ると、

「FRBが抜け、さらにジオテクにまで抜けられては、正直言ってコンソーシアムに勝ち目はありません。御社にはぜひ残っていただきたい」

と、駆け引きもなく、真剣に訴えた。クロスの澄んだ瞳が心持ち曇った。

「ふうむ、二〇〇…ねえ」

そう言って、指を顎に当てて考えている。十数秒が過ぎただろうか。

滝井はクロスまでが逃げ腰なのにはあわてた。何があっても引き留めねばならない。思わず身を乗り出していた。

「もし三菱が受注して大事故が起こったらどうなりますか。その瞬間、トンネルプロジェクトは破綻ですよ。もちろんT1も頓挫です。あなたが十数年かけて追ってきた海峡トンネルが夢と消えてしまうでしょう」

「それがあるから私は悩んでいるのです。もしではなく、むしろかなりの確率で起こるでしょうな。それともう一つ。ジオテクが抜ければ、もはやコンソーシアムが成り立たなくなる。これも頭が痛い」

やはりそこまで考えているのか、これが現実のシナリオなのかと、滝井はいっそう追い詰められた。川崎だけでは何の力もない。ジオテクの助けがぜひとも必要なのだ。

　この時ふっと三菱とは裏取引をしていないと、その確認がもはや何の疑いもなく心に沁み出た。この男は心底、三者で二基受注を考えていたのだ。

　しかし甘えてはいけない。彼のことだ。無理とわかれば本当に降りてしまうだろう。川崎を裏切らない代わりに、川崎にとって破滅の道を選ぶかもしれない。滝井は祈る思いでクロスを凝視した。

　そんな滝井を横からじっと観察していたヴェルニが、窺うような表情で弁解の口を挟んだ。

「ちょっと補足していいですか。FRBは無茶な値段についていけないだけでして、決して脱落するのではありません。コンソーシアムのサブコン（下請業者）としてプロジェクトに役立ちたいと切望しています」

　その一言は滝井を決して勇気づけはしなかったが、ある考えを明確にイメージさせた。朝食時に考えたアイデアだ。

「ミスタークロス、こういう方法はどうでしょうか。ジオテクと川崎は二者コンソーシアムの形を維持します。でもこれは形式的なもので、あくまでも対外向けです。実質的には川崎が全責任を負います」

「はあ？」

「十三ヵ月も二〇〇ミリオンも、ご迷惑をかけません。ジオテクには川崎に対するコンサルタントの立場に立っていただければいいのです」

「コンサルタント？」

「そうです。川崎への技術援助と一部の機器供給に徹していただくという図式です」

「なるほど。TMCとユーロトンネルには二者コンソーシアムの存在を信じ込ませて受注する。しかしその裏で川崎が納期、価格、技術の責任をもち、FRBへのサブコン発注も請け負うわけですね」

　クロスはそう確かめながら、時間稼ぎをするかのようにゆっくりと天井に視線を泳がせた。何か落とし穴がありはしないかと探しているふうである。

—まだ不安をもっているな。

滝井はそう察し、さらなる誘い水を口にした。

「当然、今言ったことは書面で確約しましょう。それと、でき上がった掘削技術についてですが、これは御社で自由に使っていただいて構いません」

「ほう、それでよろしいのですか」

「もちろんですよ。ああ、それから、完成した掘削機に付ける製造者銘板には、川崎・ジオテクと並べて書きましょう」

と言って、ジオテクが逃げないように引きつけた。

「有難いお言葉、感謝します。しかし、心配ですね。肝心の納期と価格の方は大丈夫ですか」

「ええ。幾つかの心当たりがあります」

そう言って、具体的な構想に触れた。

「先ず納期ですが、川崎一社でプロジェクトの決定がすべてできるとなれば、相当時間が短縮されます。コンソーシアム間の調整時間が節約されますからね」

「いちいちエンジニアがフランス、日本、アメリカと、飛び回る必要がなくなりますな」

「それに、掘削機製作も私どもの播磨工場とリール工場をうまく噛み合わせれば、何とかいけるのではないでしょうか。納期のクリティカルパスである鋼材発注でも、リスキーではありますが、基本設計さえ終わればスティールミル（製鉄所）へ先行発注することもやぶさかではありません。あるいはコンセプトだけでのゴーもあり得ます」

「それは言えますね。ジオテクもエキスの技術は出し惜しみしませんから、遠慮なくおっしゃって下さい」

クロスは乗ってきた。滝井は更に続けた。

「コストダウンについても考えがあります。ＴＭＣとの交渉次第ですが、契約条件に一部変更を加えたいと思っていまして、これにはぜひあなたのご協力を得たいのです」

「たとえば？」

「五パーセントの納期遅延のペナルティです。率が大きいのは気にしていません。減らせば当方に自信がないと誤解されますから。しかし納期を達成した時に受け取るボーナス条件。これをもっと有利にできないものかと思っています。もっとボーナスが受け取れれば、赤字額がその分減りますからね」

「いいですよ、一緒にやりましょう」

それからもう一つ滝井が考えていた方法にスペアパーツの契約方法があった。しかしこれはクロスを入れるのではなく、単独でＴＭＣと交渉したいと考えた。

「ミスタークロス。これでよろしければ、この瞬間から二者コンソーシアムプラス現地製作者ＦＲＢという形で進むことにしていいですか」

今やクロスに異論はない。リスクがゼロになるばかりか、エンジニアリングフィーと一部機器の売り上げが計上でき、新規技術も自由に使え、しかも銘板にジオテクの名を掲げることができるという美味しい提案だ。

「素早いご決断、敬服します。ぐずぐずしているとマジノと三菱が何か対抗策を考えつかないとも限りません。さっそく私かオルリオからモロウへ電話しましょう」

そのクロスの言葉が終わらないうちに、オルリオは背を丸めて電話のプッシュボタンを押し始めた。

滝井はそんな彼を見ながら、最も喜んでいるのはこの男かもしれないと思った。赤字であろうが何であろうが、契約額に対するコミッションという形で報酬が支払われるのだ。一切のリスクがない。

モロウが出たらしい。オルリオは高ぶった声で、目を滝井の方に向けながら、一語一語、確認するように話し始めた。

その間、誰もが安堵の表情を隠さない。オルリオの口から受注の知らせがもたらせる瞬間を待っていた。ただ滝井だけはうれしさ半分のような気の重さを消せないでいる。これほどの重要な決定を日本に相談しなかった冒険に戸惑いを覚えていたのである。だが事前相談しないという方針は変えるつもりはなかった。

オルリオは厚い胸をことさら張って満足げに受話器を置くと、いつものドイツ語なまりの固い発音で「ベリーグッド」と、吠えるように言った。

「ＴＭＣは我々が二〇〇を受け入れたことをとても喜んでいました。受注は決まりです。もちろんジオテクと川崎の二者コンソーシアムも、ＦＲＢが何らかの形で参画している限り問題はなかろうとのことでした。さっそくＴＭＣの社内決済を得たいので、書いたものをファックスしてほしいとのことです」

そう言って大きな手を差し出し、滝井に勝利の握手を求めた。続いてクロスも求めてきた。ヴェルニも数メートル先から微笑みながらコングラチュレーションズ（おめでとう）と言ったが、声には力がこもっていない。大魚を逃がした直後の悔しさと、下請けに成り下がった気楽さとの狭間（はざま）で、気持ちの整理がついていないらしい。

滝井は滝井で、握手をしながら先ほどから引きずっている気持ちを持て余していた。さほど喜びを感じていない自分を不思議に思った。待ちに待った最高の瞬間が来たというのに、感激が湧いてこないのだ。達成感の喜びはどこへ行ったのだろう。

多分それは受注後に待ち受けている工事の困難さがそうさせているのを気づいているからなのか。さらにもっと直近の仕事として、サブコンとなるＦＲＢとの今後の取り分と価格交渉の厄介さが頭の中を占めているからなのか。

「さあ皆さん、これから書類作成にかかりましょう」

オルリオの声が滝井を想像のさまよいから覚めさせた。さっそく文書作りに入った。オルリオは出番が来たうれしさを体中にあふれさせ、張り切って白い紙に鉛筆を走らせる。

下書きができたところでクロス、滝井、ヴェルニの順に回して個々に修正が加えられ、最後にオルリオが弁護士のデュオルスに電話をかけた。簡単に経緯を説明したあと、内容についてコメントを求め、数ヵ所、修正を加えた。

「できました。これでどうでしょう」

滝井ら三人に異存はない。タイプ清書したあと、先ずはファックスでＴＭＣに送られた。


ＦＲＢがサブコンの立場へ降りたため、次回からのコンソーシアム会議はオルリオエンジニアリングで行われることに決まった。クロスとオルリオは区切りがついたところでひと先ずＦＲＢの建物を出た。

滝井と近本、吉村の三人はそのまま残り、ヴェルニと今後の協力関係について打ち合わせる予定だ。ヴェルニはエッフェル副社長と相談するため、いったん席をはずしている。

滝井はＦＲＢの出方を懸念していた。サブコンとして残ると言ったが、うまく事を運ばないと川崎に致命的な損害をもたらすかもしれないからである。

「フランスはＦＲＢのエクスクルーシブ・テリトリ（独占地域）だろう。その権利を川崎に譲ろうというのだ。それなりの補償を求めてきてもおかしくない」

「そうですね。法的には支払わざるを得ないでしょう」

と近本が言い、吉村もうなずいた。滝井は続けた。

「インベージョンフィーをいくら払うかだが、それはどれだけ川崎の足もとが見透かされているかにもよる」

「私だったら、この際、吹っかけますね」

「そうだろうな。自分がヴェルニの立場なら、契約額の四、五パーセントは要求したい。でもそれだけもの額を支払うことは骨を削る以上につらいことだ」

「というより不可能ですよ」

「だろう？　私としてはできることなら、無しで済ませたいと思っている」

滝井はこの時点で強気とも思える作戦を考えた。相手がインベージョンフィーを持ち出す前に、こちらから先に攻撃しようというのである。

「こう言ってみたらどうかな。ライセンシーだからこそと頼りにしていたＦＲＢだ。そのＦＲＢがこの大事な局面でコンソーシアムから脱落することが、川崎にとってどんなに痛手であるか。先ずその点を突いてみる。相手に道徳的な負い目を感じさせ、攻撃心を減殺できれば有難い」

「難しいネゴですね」

そうこうするうちヴェルニが戻ってきた。工務課長のジュレの姿も見える。さあ、戦闘開始である。

滝井は「ジェントルマン」と挨拶したあと、さわりを切り出した。が、ヴェルニは反論してこない。反撃のエネルギーを蓄えているのだろうか。相手の心が読めないままに、それだけに用心深く作戦通り進めた。

「確かにＦＲＢが降りざるを得なかった状況はよくわかります。二〇〇ミリオンは川崎にとっても破滅的な数字ですからね。これからどうやって機器を調達していくか、頭の痛い問題です」

それからも、インベージョンフィーなどとても払える状況にないことを暗に強調し、そっと反応を窺った。作戦は間違っていない、と思った。

「いくらＦＲＢがライセンシーだからといって、大赤字の値段でサブコンをお願いするのは筋違いだというのは、川崎としても承知しています」

インベージョンフィー以外にも、ＦＲＢはテリトリー内を理由に、ヨーロッパ域内からの機器調達はすべて自分たちを通すようにと要求してくる可能性がある。その場合、高い値段を吹っかける危険性があるのだ。少なくとも管理費は乗せるだろう。この点もつぶしておかねばならない。

できればＦＲＢを通す義務そのものを消しておくに越したことはない。その予防線として、先ず機器の値段に魅力がないことを吹き込み、意欲を減退させておくことだ。

「もちろんＦＲＢならではの安い品目もあるでしょう。それらは当然買わせていただくとして、基本的には川崎はＦＲＢテリトリー内であっても、どこからでも、自由に調達できるようにしたいと思っています。そうでなければとても二〇〇での契約は成り立ちません」

言い過ぎたのではと気になったが、ヴェルニが小さくうなずくのを見て安堵した。

「ミスタータキイ。ＦＲＢはできる限りの協力をするつもりでいます。エッフェルからもそう指示されました。川崎が望むのなら、それで結構です。エクスクルーシブな調達までは要求しません」

ヴェルニが気負いもなくあっさり同意したので、滝井はうれしさを味わう瞬間を通り越し、かえって何か裏があるのではないかと疑った。ＦＲＢに頼まなければならないものもある。掘削機胴体の現場組み立てを始め、カッターヘド、バルクヘッド、スライディングドラム等の製作はリール工場が最適なのだ。ＦＲＢがこれらの品目の供給を渋ったら問題である。

あるいは逆に逃げられないようにするのも一策だろう。これらについてはＦＲＢ供給として義務づけておくのも手ではないか。但し値段を牽制する意味で、ＦＲＢ・オア・ジャパンというふうに、価格次第では川崎の判断で日本からの調達もあり得るとして牽制しておけばよい。

滝井は内心の懸念を表に出さず、今までの強気の姿勢で言葉をつむいだ。

ところがヴェルニはこれも「ノープロブレム」と言って、あっさり受け入れた。

―気が変わらないうちに文書にしておかねば……。

滝井は隣に座った近本からリポート用紙を受け取ると、「これらをメモランダムにしておきましょう」とサラッと言い、間髪を入れずにドラフティングにとりかかった。

ヴェルニは機嫌がよかった。冗談さえ口にした。滝井にも余裕が戻り、ひょっこりシモーヌが現れないだろうかと、そんな場違いな空想が頭を去来した。

メモランダムのサインが終わり、コーヒーを飲みながら一息ついているところへ、オルリオから滝井に電話が入った。二言三言話した瞬間、部屋に流れていた一時の安らぎが凍りついた。ＴＭＣがジオテクと川崎の二者コンソーシアムを認めないと、突然伝えてきたのである。一体全体、何が起こったのか。まさに青天の霹靂だ。

滝井はあわてて受話器をやや離し、ヴェルニにも聞こえるようにした。オルリオが続けた。

「ＴＭＣの主張はあまりに一方的です。三者コンソーシアムの時は、フランス企業のＦＲＢがメンバーとして入っていたから問題なかったが、今回は二者とも外国企業である。その二者がコンソーシアムのような弱い結びつき方をしているのでは、とても信用できない。形式だけの組織にこのようなビッグプロジェクトを発注できないと、今になって態度を翻したのです」

滝井はそれが誰の差し金か容易に見当がついた。マジノはまだコンソーシアムつぶしを図っているのだ。もはや三菱の芽はないと思われるのに、最後の土壇場まで相手の弱点を暴き立て、逆転を図ろうとする。この男のためにどれほど損をさせられたことだろう。

「参りましたね。きっとマジノの画策に違いありません」

そして、そのマジノに知恵を授けているのは三菱の営業部長霧島平蔵に違いない。日本からの情報では今、パリへ来ているらしい。

オルリオは舌打ちで応じ、

「マジノはまだ諦めていませんよ。週末に三菱のビッグショットが日本からやって来て、さらに値段を下げるはずだとほざいています」

「ああ、きっと取締役のミスタークマタでしょうね」

早く勝負を決めねばならない。滝井は焦りをつのらせた。長引けば長引くほど不利になる。二者コンソーシアムが拒絶された今、すぐにでも手を打たねばならない。

「ミスターオルリオ、二者コンソーシアムが形式的でダメだというのなら、もっと実質的な方法であれば発注できるということでしょうか」

「その通りです。それはSNC以外にありません。SNCであればマジノも受け入れざるを得ないだろうと、モロウがアドバイスしています」

「SNCか…」

できるなら避けたい形態だった。税金問題とか利益送金の方法など、不勉強な点が多過ぎる。難しいからではなく、調べる時間が足りないのだ。

ひと先ず電話を切り、滝井は大急ぎでオルリオエンジニアリングへ向かった。

オルリオは滝井の顔を見るなり、参りましたねえと言って、両手を広げて肩をすぼめる仕草をした。クロスとデュオルスが疲れた感じの歩速で奥の方から現れ、握手を求めてきた。

滝井は惰性的に握り返し、あいまいな笑顔を浮かべた。

「とうとう最初の案通り、あなた方のSNSに戻ってきましたね」

そう言い終わって椅子に腰かけたとき、ひょっとしてこれはジオテク側の計略ではなかったかという気がした。コンソーシアムという途中経過はあったものの、最初からSNSにもってくるための芝居だったのかもしれない。

クロスは困惑を隠さない目でうなずいた。滝井の疑念などには気づいていない表情である。

「ミスタータキイ。マジノは以前、川崎がSNCを拒絶したことを知っています。FRBが脱落したこの機をつかまえ、最後の反撃に出てきたのでしょう。油断できません」

素直さをにじませたクロスの態度に、滝井は今しがた抱いた疑いをばかばかしく思った。クロスも自分も同じ船に乗っているのだと自身に言い聞かせた。

会議が始まった。滝井は単刀直入にSNCについて尋ねた。

「前のお話ですと、ソムデラが持っていた五十パーセントの全株式をジオテクが引き取るということでしたね。現状はどうなっていますか」

「ソムデラの株式はジオテクが一フラン（約二十七円）で全部買い取りました。その結果、ジオテクがSNS株式の九十五パーセント、残り五パーセントをPHHが保有しています。既に役所の認可も受けていて、まったく問題ありません」

改めて書類を確かめるまでもあるまいと、滝井は思った。しかし既存SNCはあくまでもT1を目的としており、そこから生ずる債務を川崎がかぶるのは不合理である。それにSNCそのものの内容をもっと知る必要があるだろう。

「一番の問題はやはり税金のことです。川崎はフランスではいろんなビジネスをしていますので、そちらの方へも課税されないかと…」

「もっともです。それについては専門家のミスターデュオルスから答えさせましょう」

デュオルスは滝井の警戒心を和らげようと、にわか作りの笑顔で切り出した。

「ＳＮＣは独自の定款をもった資本金十万フランの合名会社です。活動範囲はT1プロジェクトの遂行だけに限定されていまして、フランスの税法では決して他のビジネスに波及するものではありません。現にジオテクでは何の影響も出ていません」

「なるほど、それはうれしい情報ですね。でもＳＮＣの利益には課税さているのでしょう?」

デュオルスはチラッとクロスの顔を見た。クロスは構わないというふうにうなずいた。

「実はＳＮＣは利益が出ないような仕組をとっています。ですから当局がいくら課税しようにもできないわけです」

「と言いますと?」

滝井はこの点を詳しく訊いておく必要があると思った。

「からくりはこうです。ＳＮＣはＴＭＣから受注していますが、ほとんど同額をアメリカのジオテクやヨーロッパ諸国に下請け発注して、帳簿上には利益が残らないのです」

「しかし出資者であるジオテクにはそうはいかないのではありませんか。利益に対するいわゆるみなし課税がかかってきませんか」

「確かに出資者の利益配当に対しては所得税が課税されます。でもそれは配当があればの話です。ＳＮＣの場合、丸投げですから利益は出ていません」

「従って所得税もかからないということですか」

「その通りです。ジオテクはドゥーイング・ビジネス（営利事業）をしているわけですが、ＳＮＣが利益配当をしていない以上、課税のしようがないのです。だからジオテクの他のビジネスにも何の税務上の問題も起こっていません」

滝井はメモをとりながら、明かりが見えてきたような気がした。もしそれが事実なら、川崎がＳＮＣの出資者になることに問題はないだろうと思った。だが既存のＳＮＣに参加する積もりはない。T1の債務から免れるためには新たなＳＮＣを設立するのがよい。

しかし今このことを提案するのは控えた。コンソーシアム契約であれば過去に経験があり、問題がないことは知っている。だが資本出資のケースは初めてだ。

先ずデュオルスの説明が正しいのかどうか確かめねばならない。それに資本出資をするからには、たとえそれが形式的な出資であっても、日本に連絡くらいしておく必要がある。納期とか価格についてなら独断専行で進んでも何とか自分の責任で切り抜けるつもりでいたが、今回はそうはいかないだろう。全社的に関係してくる事柄だ。滝井は頃合いを見て、日本と相談する時間がほしいと告げ、ひと先ずオルリオエンジニアリングを出た。

伊藤忠へ行き、日本の等松監査法人パリ支店の住所と電話番号を調べてもらった。それは凱旋門近くの、驚いたことにデュオルスの事務所から一ブロック離れたところにあった。簡単に事情を話してアポイントを申し入れたところ、運よく午後の三時半でとれた。

応対してくれた日本人会計士は慎重なタイプで、判断を伴う新しい情報は口にしなかった。しかしデュオルス弁護士の見解については全面的に肯定した。

同じ日本企業同士なのだ。滝井はもっと法律のスレスレのところまで立ち入った親身のアドバイスを期待していたので、多少失望した。しかしデュオルスの考えが確証できただけでも収獲ではないかと明るい気分になった。時間単位のフィーを支払って丁重に辞した。

考えは固まった。あとは日本にどう説明するかである。滝井はホテルへの帰途についた。

十三ヵ月と二〇〇ミリオンのこともまだ伝えていない。事態は急展開している。猿田事業部長が知った時の驚きと怒りの顔が目に浮かぶ。こんなことになるのなら伝えておけばよかったとも思うが、もしそんなことをしていれば、ここまで話が進展していないのも事実である。とっくに失注していただろう。

ただ有難いことに設計の近本と吉村が日本側と工期とか見積コストの打ち合わせをする際に、ある程度の話を上司の設計部長多門亘に伝えている。このことは杉本課長から聞いており、かえって好都合だと判断していた。

昇進志向の強い多門の性格からして、猿田事業部長には注進している可能性が高い。それにもかかわらず事業部長がこちらに何の指示もしてこないのはなぜなのか。

—多分それは彼のずるさが理由だろう。

滝井はそう考えた。事業部長の立場とすればドーバーはぜひとも受注したいところだが、大幅な赤字での受注は認めたくないのだ。それは理解できるが、現実的ではない。

幸い現地からの報告がない。もしうまくいけば自分の手柄にし、失敗した時には知らなかったと強弁して逃げ切る腹なのだろう。

それでもいいと滝井は覚悟を決めていたし、今もそれは変わっていない。受注さえすれば何とかやり繰りできるのではないか。そんな漠然とした自信のようなものを感じている。現に明日にでもクロスと共にＴＭＣの契約部門とボーナス条項の交渉をする予定である。

杉本課長から得た再見積もりの非公式な原価だが、二〇〇ミリオン（五五・二億円）の場合、総原価に対して八・三億円、率にして十三パーセントの赤字のようだ。ちなみにスペアパーツはまだ未確定だが八三ミリオン（十九・一億円）で〇・二億円の赤字となっている。足して八・五億円の赤字だ。猿田はすでにこの数字を把握していて、こちらからの出方を待ち受けているのではなかろうか。

いやいや、猿田まで上がっていない可能性もある。滝井は打ち消した。多門止まりということも考えられる。部下二人が現地で営業部長と勝手な行動に走ったということを、知られたくないと思うかもしれないからだ。自己保身の考えが強ければそうするだろう。

まあ、いずれであっても構わない。そんなある意味での開き直りの気持ちが満ちてきた。

いっそのことSNCについての事前相談をしなければどうだろう。紛糾による時間の浪費は避けられる。そう自問したが、最後のところで思考の安全弁が働いた。

たとえ形式的なものであれ、出資は出資だ。大事にならないという自信はあるが、決済を得るに越したことはない。それに、これだけものプロジェクトを最終報告なしにいきなり契約サインに持ち込むというのは感心しない。滝井は気が進まなかったが、どうにか事業部長に連絡をとる決心がついた。プロジェクトを壊される可能性もあるけれど、その時はその時で考えればよいと割り切ることにした。

時計を見た。日本はまだ真夜中である。朝の九時過ぎなら事業部長は出社しているだろう。ということはパリ時間で夜中の二時に電話しなければならない。滝井は近本らと早めに夕食をとり、一時半に目覚ましをセットしてベッドで仮眠をとった。

ベルの音でたたき起こされた。さあ戦いの始まりだ。

事業部長に電話をする前に、先ず東京の杉本課長を呼び出した。杉本にはこれまでのいきさつをすべて話してある。彼は社内では、自分は現在国内営業に専念していて、ドーバーの進行状況はあまり知らないと言い通していた。

「ところで猿田事業部長の様子はどうかね」

ＳＮＳについての自分の考えを述べたあと、そろそろ本題の準備に入った。杉本はいっそう声をひそめた。

「相変わらず定見のない人ですよ。上席を狙いたい気持ちはわかりますが、田所専務へのイエスマンぶり、尋常じゃあないですね。ドーバーの状況については薄々感づいているようです。でも私には何も言ってきません。また、よからぬことを目論んでいるのでしょう。」

滝井は聞きながら、杉本の義憤と呆れでゆがんだ醤油顔を思い浮かべていた。若い者をこんなふうに思わせる社内の風土を早く改めたいと思うが、一介の部長に過ぎない自分に何ができるというのか。杉本の声が続く。

「重機の小山田部長もそうですよ。毎晩のように酒仲間を誘っては滝井部長の悪口を言って、気炎をあげています」

「ハハハ。小山田君も相変わらずだな。同じネタで飽きないのが感心だ」

そんな杉本との雑談は滝井にこれから始まる戦闘へ向かう心の下準備を整えてくれた。

田所も猿田も気にするな。今に見ていろ。何が何でもドーバーを受注して見返してやろう。フランス側の海底トンネルを二本ともこの手で掘って、世界の目に川崎重工の技術の卓越性を示すのだ。

猿田の居場所を杉本に確かめたあと、改めて交換手を呼んでかけ直した。

猿田は不意にフランスにいる滝井から電話を受けて戸惑ったらしい。

「あっ、滝井君？」

と言って、しばらく間を置いた。

滝井は目の前に冷たい違和感の幕が降りているのを感じた。それはむしろ敵意の沈黙のようにも思えた。やはり猿田は進行状況を知っていたのか。よしそれならばと、相手よりも先に話の主導権をとった。

「どうも滝井です。ずいぶんご無沙汰しています。実はドーバープロジェクトの件ですが、いよいよ最終段階に入ってきました。ちょっとご相談のお時間をいただきたいと思いまして、お電話しました」

相手はまだ何も知っていないのだという姿勢で臨む必要がある。滝井は慎重に、しかし話し方そのものは普段の調子で続けた。

「三菱との競争は実に厳しいです。掘削機納期十三ヵ月、価格は二〇〇ミリオンフランということで、ほぼ我々に注文が決まりそうなのですが、ここにきて、こちらの契約形態で一つ問題が出てきました」

「ちょっと待って下さい。二〇〇ミリオンというのはどういうことですか」

一気に押し切ろうとしたのだが、やはり猿田は遮った。役者である。

「二基で二〇〇ミリオンフランということで、何とかコストダウンを図りたいと思っています」

「思っていますでは困るやないですか。営業の責任者として、しっかりコストを積算して下さいよ」

「もちろん積算しています。ただ設計がくるくる変わるものですから…」

「で、肝心の二〇〇の場合の利益採算はどうなのですか」

「まだ非公式な集計ですが、総原価に対して八・五億円の赤字でして、率でいいますと十・三パーセントのマイナスになりそうです」

猿田が急に大きな声を張り上げた。

「えっ、そんな数字を私は聞いていませんよ。いったい誰の権限で君は価格を決めたのですか。一部長にそんな権限があると思っているのですか」

「いえ、まだ客とサインを交わしたわけではありません。その前に事業部長のご意見をお聞きしたくて、今お電話しているところです」

「よくもそんな白々しいことが言えますな。社内ルールは守ってもらわないと困りますよ。決済にはそれなりの手続きが要るのは知っているでしょう。ともかく、今すぐ承認せよというのは無理ですからね」

猿田は逃げたな、と滝井は思った。読み通りである。その証拠に八・五億円の赤字のことは聞いただけで、素通りだ。言及しなかった。どうでもいいルールのことにご執心である。八・五億円は仕方がないと前もって認めていたからではないか。暗黙裡に認めたと、一方的に解釈してもよかろう。そうなら、もうこの話はこれまでにして、次の重要課題のＳＮＣに移ろうと思った。

「ご指示通り、決済につきましては杉本課長に命じ、大至急、利益採算の稟議書を作らせます」

と切り上げ、続けた。

「ご存じのようにジオテク、ＦＲＢ、川崎の三者コンソーシアムで商談を進めてきたのですが、最終段階でＦＲＢが値段についていけず、脱落しました。そのため客先の要望でジオテクと川崎の二者でＳＮＣと称する形だけのジョイントベンチャーを設立しなければならなくなりました。この会社が客先から受注することになります」

「何いっ、ジョイントベンチャーやて？」

猿田は数オクターブ超えたかと思わせるほどの甲高い声を張り上げた。

「はい。わずかな金額ですが、互いに出資金を出し合って、ペーパーカンパニーを作ろうというのです。と言ってもジオテクの役割は単に名前を連ねるのと、エンジニアリング提供でして、実態は川崎の単独遂行になります」

滝井はＳＮＣの骨子を簡潔に説明した。実質的な合弁会社というのではなく、契約した掘削機をＳＮＣから、川崎と、そしてほんの一部をジオテクに下請け発注するための形式的なものであると力説した。

猿田は資本出資という言葉に不安を抱いたらしく、即答せずに言葉を濁している。この件については本当に知らされていないのではないかと滝井は思った。

「ですから事業部長。税金問題もすべてクリアできますし、単に便宜上のカンパニーなんですよ。資本金だって、一万フランで構いません。日本円で二十万円です。仮に折半したとしても十万円の会社ですから」

「それはわかりますが、合弁会社設立は川崎の取締役会の承認が要ったのと違うかな」

この時期に何を形式ばったことを言っているのか。滝井はいら立ち、思わず強い口調になった。

「プロジェクトを受注するための単なる便宜に過ぎないのですよ。どうして取締役会の承認が必要なのですか。そう大げさに考えないで下さい」

「しかし、少なくとも本社財務部の了承は必要だろう」

「財務部？　まさか…。承認するのに一ヶ月はかかりますよ。それに、これは単にプラント事業部内の了解事項に過ぎません。ドーバープロジェクトの受注戦略のうちの一つなんですから。わざわざ本社部門まで巻き込む必要はないでしょう」

滝井は祈りたい気持ちになっていた。本社関与となれば山ほどの資料を作らねばならず、とても契約には間に合わない。みすみす三菱に渡すことになってしまう。

「商談は急を要しています。ＴＭＣは待ってはくれません。川崎のイエスの一言で、今日にでもドーバープロジェクトは手に入るのです」

「しかし君、私としては田所専務にも説明しなければいけないし…」

結局猿田はイエスともノーとも言わなかった。優柔不断な言葉を並べたあと、

「本当に原価のコストダウンができるのですな」

と念を押した。

「はい、ＦＲＢの下請け価格を叩くとか、海外調達品を安く買うとか、いろいろ工夫がありますのでご安心下さい」

その外、ボーナスの条件改善もこれから客先の契約部門と交渉に取りかかる旨を伝えた。

「君は営業部長兼プロジェクトマネジャーだ。赤字を解消するくらいの根性でやってもらわないと困るよ」

それからもしばらく説教めいた訓示が続いたあと、ようやく滝井は解放された。

再び東京の杉本に電話を入れ、猿田とのやりとりを説明した。

「まあ、事業部長らしいよ。決断を逃げている」

「でも部長、その方がかえって好都合じゃないですか」

そうかもしれないなと滝井は思った。こちらとしては明確な言葉での了承は得られなかったものの、伝えるべきことは一応、伝えたのだ。しかも一刻の猶予も許されないことも言ってある。

「杉本、腹を決めたぞ。やろう。ＳＮＣでドーバーを受注するのだ」

そう言い残して受話器を置いた。それからシャワーを浴び、ベッドにもぐり込んだ。


翌朝九時に滝井は近本とオルリオエンジニアリングへ出社した。吉村はＦＲＢへ行き、エンジニアに設計図面の説明をすることになっている。

クロスはテーブルにT1マシンの図面を広げ、オルリオと話し込んでいた。デュオルスはタイプを打っている秘書の横に張り付き、何やらしゃべっている。彼らの朝は早い。ヴェルニも駈け込んできた。

滝井は「グッドモーニング。皆さん、お揃いですね」と、立ったまま元気よく声をかけた。

「早速で恐縮ですが、今後の方針についてご報告します。ようやく日本の了承を得ました。新しいＳＮＣを川崎とジオテクで設立したいと思います。川崎が責任をもってプロジェクトを遂行するという形です。ＦＲＢにもサブコンとして支えていただきます」

クロスが指をパチンと鳴らし、「オー・グッド」と珍しく上気した声で言った。

オルリオは再度滝井に内容を確認すると、電話台に向かった。モロウを呼び出し、ジオテクと川崎がＳＮＣを設立することに合意したとだけ手短に伝える。そして何やら笑いながら上機嫌で電話を終えた。それから皆の方を見、「よし、さっそくシャンペンだ」と、栓を抜く真似をしておどけてみせた。

「いよいよこれで二基受注が決まりです。モロウはまるで自分のことのように喜んでいましたよ。すぐに発注書の準備をするそうです」

それを受け、今度は滝井が「グッド」と、クロスの声を真似た。笑い声が部屋中に弾けた。

皆の興奮が一段落したところで、デュオルスがゆっくりと一同を見回し、新ＳＮＣの細目を詰めたいと提案した。滝井もその気でいたので異論はない。さっそく協議に入った。

先ず新ＳＮＣの資本金は一万フラン（約二十万円）で決まった。滝井は川崎が全責任を持つ以上、当然ながら株式の過半数を所有するつもりでいたのだが、クロスは真っ向から反対した。ジオテク側が過半数でなければならないと言う。

「ＴＭＣとユーロトンネルは、ジオテクの技術を信用して注文を出そうとしているのです。川崎に対してではありません。この点は信じていただきたい」

その真摯で直截（ちょくさい）な話し方に嘘はないと滝井は思った。受注するためには仕方のない妥協だろう。しかしどこかで、ジオテク過半数の法的な有効性を打ち消しておかねばならない。

クロスはそんな滝井の心中を読みとっているかのように言った。

「表向きは過半数になっていても、実際は違います。川崎がすべての権限と責任を有しています。ジオテクにはありません。このことは別途、秘密文書にしっかり記しておく必要があるでしょう」

新ＳＮＣの株式比率はジオテクの六に対して川崎は四で決まった。両者はジョイントリー・アンド・セベラリーな責任を負うが、客先にはジオテクがリーダーとなる。オルリオはこの旨を手紙の形にし、クロスと滝井のサインを得てからＴＭＣにファックスで送った。

別途の極秘文書は追補契約書という形で両者が一部ずつ保管することにした。そこには、株式の六割を持つジオテクの責任と権限を全面的に打ち消す文章と共に、対外的にはリーダーは依然としてジオテクであるように振舞うこと、さらにジオテクは有償でエンジニアリング提供と一部機器の供給を行い、でき上がったトンネル掘削機の外側に貼る製作者の銘板にはジオテク、川崎の名前を併記すること、そして技術を自由に利用できること等を記すつもりである。

途中、一時間のサンドイッチ休憩がとられ、協議が終わった時はもう夕刻になっていた。オルリオがドラフトを作成し、それを秘書が明朝の会議に間に合うようにタイプアップしてくれることになった。

帰り道。滝井と近本はホテルへ直帰するつもりはない。ルーブル美術館近くのカフェに立ち寄った。

「今夜は私のおごりだ。ささやかな祝勝会をやろうじゃないか」

と滝井が提案し、ＦＲＢへ行っていた吉村も呼んでワインとリヨンの家庭料理に舌鼓を打った。

「デュオルスは説得力があったね。新ＳＮＣの運営は問題ないだろう。自信が湧いたよ」

「税金問題はクリアされそうですね」

と、会議の場にいなかった吉村が念押しの意味で訊いた。

「そういうことだ。ＳＮＣがＴＭＣから受注した工事内容を、如何にして利益を残さずに各国のサプライヤーにうまく下請発注するか。これに尽きる。特に注意すべきは日本の川崎への発注だろう。同じコンソーシアムメンバーであるだけでなく、最大のポーション（部分）を製作するのだからね」

「自作自演の印象を与えやすいってことですか」

近本が尋ねた。

「その可能性はある。だけど現実には起こらないだろうね。幸いこの掘削機は汎用的な機械じゃないから標準価格が存在しない。だから日本などにトランスファー（移転）する場合の発注価格について、フランスの税務当局の査定が困難だということだ」

滝井がコーヒーで喉を潤し、続けた。

「それに第一、大赤字で受注した機械だ。下請けに発注するにしても、利益が出るわけがない。杞憂ってことだ」

「ははは。そう言われればそうですね」

と、笑いがはじけた。

そのとき牛肉のミートローフを載せた皿が運ばれてきた。もうかなり食べたはずなのに、ふわあっとした絶妙な香りが漂い、また腹が鳴りだした。一旦話を中断し、皆はうまそうに口に運んだ。パン粉でカリカリになった外側と肉汁たっぷりのふわふわした中身が溶け合って、何ともいえない美味しさだ。

頃合いを見て、滝井は「そうそう」と言って話に戻った。

「さっきの続きだけどさ。新ＳＮＣ株式の六割はジオテクが持っているだろう？　そこが四割しかない日本の川崎に下請け発注するってことはだね。川崎が自作自演してるんじゃないかという匂いを消すことにもなる」

「つまりトランスファー価格の問題をカムフラージュするのに役立っているってことですね」

翌朝、滝井と近本がオルリオエンジニアリングへ行こうとしたとき、クロスから電話が入った。

「例のボーナス条項の交渉ですが、ＴＭＣの契約部門から急に電話がありましてね。今日の午前中なら時間が取れるそうです」

「ああ、よかった。今から追補契約書の件でオルリオエンジニアリングへ向かうところでした。そちらで合流して、一緒にＴＭＣへ行きましょう」

モロウがセベールとマジノに相談してセットしてくれたのだという。

滝井、近本、クロス、オルリオの四人は挨拶もそこそこに、事務所を出た道端で大型タクシーを呼び止め、乗り込んだ。ＴＭＣへ向かう車中で役割分担について話し合った。

先ずコンソーシアムリーダーとしてクロスが挨拶したあと、滝井が交渉役を務めることに決まった。オルリオと近本はメモ取り役だ。

会議には先方から契約部二人、エンジニアー人、ファイナンス部一人の計四人が出席した。クロスは契約部の二人とは顔見知りらしく、握手の時から投げ合う会話に堅苦しさがない。

隣に座った滝井に、「T1契約で相当ハードな条件交渉をした仲です」と囁いた。続いてオルリオが、あのファイナンスマンはマジノの腹心ですよと耳打ちした。

先ずクロスが訪問目的を話した。

「ご承知のようにジオテクと川崎はコンソーシアムでT2、T3の二基を受注することで決まりました。ただ掘削機納期が十三ヵ月、しかも価格が二〇〇ミリオンフランと、大変厳しい条件であります。この二〇〇は仕方ないとして、納期に関してお願いしたい点があります。これについて、川崎のミスタータキイから説明をさせていただきます」

「滝井と申します。私は十三ヵ月という月数を変更する意図はまったくありません。ただ殆ど達成不可能な数字だということだけは、はっきり申し上げたいと思います」

そう前置きして、仏側海底を貫くブルーチョークの困難性について触れ、そういう地層十六・三キロを必ず契約通りに掘り終える覚悟を強く持っていること。一方、遅延した場合のペナルティ額は五パーセントと非常に高い。それに対し、全距離に幾つかのマイルストーン（達成地点の期日）を設定し、それがクリア出来たらボーナス（奨励金）が支払われるが、その額が小さすぎる。こういった点に触れ、

「罰は大きく褒美は小さい。これはアンフェアだと思われませんか。もっと私どもにやる気を起こさせてほしいのです」

と言って、契約部のピエール・デュボアに発言を促した。デュボアは白眼がかった詮索げな目を滝井にぐいと据えた。

「ミスタータキイ。一つお訊きしますが、あなた方はこの条件を呑んだ上で納期を受諾されたのではないのですか」

「いえ、それは違います。川崎のライセンシーであるFRBが提出した最初のオファーを見ていただければわかります。ボーナスの個所に『追って協議』とリマークを付しているはずです。その条項を今ここで協議させていただきたいのです」

「さあ、そのオファー書類がどこにあるのか…。ふむ。でもいいでしょう。契約条件の協議は問題ありません。セベールやモロウ、マジノからもそのように言われていますから」

滝井はマジノと聞いて、（なぜ？）と思った。嫌な予感がした。思わずファイナンスマンの顔を見たが、すぐにデュボアに戻し、話の続きに入った。

「このドーバープロジェクトは工期が最重要なのは申すまでもありません。遅れは銀行団に致命的な打撃をもたらします。一日遅れれば千八百万フラン（五億円）、一年遅れれば六千六百万フラン（千八百億円）の巨額損失になると聞いています」

このとき不意にファイナンスマンが皮肉っぽい口調で割って入った。

「ミスタータキイ。もしボーナス額を上げたら、やる気が起こるというのですか」

「いえいえ、そういう意味で申し上げているのではありません。万が一、一年遅れたらプロジェクトはどうなります？　破綻するでしょう。それを避けるためにもぜひ強いインセンティブをいただきたいのです」

「なるほど。工期達成のための起爆剤にしたいというわけですね」

とファイナンスマンが言って、デュボアの方へ向き直った。

「ファイナンス部としては、工期遅れは致命的です。絶対に避けてほしい。この点を留意していただけたら幸いです」

滝井はおやっと思った。マジノ派の人間があたかもコンソーシアムの肩を持つかのような発言をしている。どうしてだろう。

が、そんな瞬時の疑問はデュボアの次の言葉で心の隅に葬り去られた。

「銀行団はいまだに工期不安を払拭しきれていません。ファイナンス部のご意見はしっかり承りたいと思います。で、ミスタータキイ。不安を解消する何か具体的な提案がありますか」

何かおかしい。あまりにもスムーズだ。滝井はまだ戸惑いながらも、準備していた対案を白板に書いた。

「このように今、数ヵ所にマイルストーンが置かれていますが、この間隔をもっと短くしてもらえませんか。八ヵ所に増やして、且つそれぞれのボーナス額も増やしていただきたく思います」

「ほう、えらく欲を張っておられますな。で、ご希望の金額は？」

「マイルストーン毎に各一基につき一律二〇ミリオンフラン（五億二千二百万円）です。二基合わせるとマイルストーンが十三ヵ所になるので、合計金額は二六〇ミリオン（約七十二億円）になります」

滝井は大きく吹っかけた。ここは強気で行くべきだろう。八・五億円の赤字回復の鍵を握っているのだ。全力で勝ち取らねばならない。怒りを買えば減額すればいいと割り切っている。

デュボアの激した声が耳に飛び込んだ。

「えっ、何ですって？　ちょっと無茶過ぎませんか、ミスタータキイ。冗談も休み休みに言って下さいよ」

「そうでしょうか。ユーロトンネルにしてみれば、一年遅れれば六〇六ミリオン、五年遅れれば三〇三〇ミリオン、十年なら六〇六〇ミリオンという天文学的な損害です。二六〇ミリオンで工期達成できるのなら、安い買い物だと思われませんか」

デュボアはチラっとファイナンスマンに視線をやってから滝井に戻し、

「繰り返しますが、私としてはとても受けられない額です。どうなるかわかりませんが、原案に対する大幅な改定なので、慎重に検討しなければなりません。追って社内会議の結果を連絡します」

滝井は好感触を得たが、ここで留まるつもりはない。勢いに乗り、「あ、それからもう一つあります」と、さらにしぶとく粘った。

「掘削完了時の最後のマイルストーンです。この一九九一年一月の期日を守るのに自信はありますが、もしこれよりも早く掘り終えたなら、当然その日数に応じて割り増していただけるのでしょうね」

「それはあり得るでしょう。割り増しを払えるよう、掘っていただきたいものですな。早く掘り終えるに越したことはありません」

それからもしばらく議論は続いたが、ＴＭＣの沙汰待ちということで一応ボーナス条項の会議を終えた。

—さあ、次は予備品（スペアパーツ）の交渉だ。

これは川崎でだけやりたいと滝井は考えている。クロスと別れる前にＴＭＣ技術者とのアポイントをとってくれるように頼んだ。クロスはその場からモロウに電話をかけ、二時間ほど後の午後一時半で設定してくれた。

別れ際、滝井はこうクロスに話しかけている。

「あのファイナンスマン、意外でしたね。コンソーシアムを後押ししていましたよ。もしボーナスが増額されれば、それは即三菱にも適用されると踏んでいるのでしょうか」

「恐らくそうでしょう。マジノはまだ三菱を諦めていないのかもしれませんな」

滝井と近本は一旦、外へ出て、近くのカフェで軽食をとった。

「沙汰待ちということだが、どう思うかね」

「何となくいけそうな気がしますね。ただ金額は大幅に減らされるでしょうが」

「まあ、三分の一くらいもらえれば上々かな。うまくいけば中をとって半分か。変な言い方だが、マジノが応援してくれていそうなのが心強いよ」

「往生際の悪い男ですね」

「あの尋常でないしつこさはある意味、営業マンの鏡かもしれないな。それはそうと予備品のカッタービットとローラーカッターだが、今日はこれの契約方法を根本的に変えたいと思っているんだ」

カッタービットはシールド機先端の面盤に取り付けられている十数個の刃物である。これで土と岩を削り取る。

その先端部分にはタングステンやコバルトの粉末を焼き固めた堅い合金が張りつけてある。一方、ローラーカッターは超硬岩の場合に使われ、直径三十から五〇センチくらいのそろばん玉のような金属リングを岩盤に圧しつけて、転がしながら割り砕いていく。

今回はこの両方を使いながらトンネルを掘っていくのだが、すぐに刃が壊れて摩耗してしまう消耗品なのだ。その消耗する量は岩盤の性質によって異なり、掘る前には予測が難しい。そこで契約時点ではトン当たり何万円というふうに単価で決めるのが業界の習わしになっている。

「根本的に変えるって、いったいどういうふうにですか」

「トン当たり単価ではなく、固定価格で決めたいと思っている。十六・三キロで〇〇ミリオンというふうに」

「まさか。本気ですか、部長。あの工区の海底は土質がどんな具合になっているか、わからないのですよ。とんでもない量のカッターが必要になるかもしれません。固定はあまりにもリスキーではありませんか」

「リスキーだからこそ、やる価値があると思っているんだ。まさに君と同じ危惧を客先はもっている。そこがつけめさ」

単価契約から一括固定額契約に変更する時に、何倍もの額に水増ししようというのだ。

「でも、そんなことをすれば客先は怒りませんか」

「いや、逆だろう。際限なくコストが膨らむよりは、多少高くても固定を選ぶのではないか。保守的な銀行団やユーロトンネルはその方を望むと思うね」

「なるほどねえ。しかも、土質の問題だけでなく、工期が何年も延びたらそれこそ大変だ。パーツの量がどれほど増えるのかわからないというのは、彼等にとって確かに不安ですよね」

「それは間違いなかろう。マイルストーンのボーナス増額とスペアパーツの固定価格契約。この二つは赤字解消の切り札になるかもしれん。いや、そうしたいと私は思っている」

　一時半からの会議にはエンジニアが三名出席した。たぶんセベール、モロウ、マジノの三派から選ばれたのではないかと滝井は推察した。

　カッターの契約を固定価格にしたいと提案したとき、三人ともひどく驚いた表情をした。が滝井の説明を聞くうち、だんだんと乗り気になってきたように見える。

「固定にしたとして、それでコンソーシアムは大丈夫なのですか」

　と、むしろ相手を心配する気遣いさえ見せた。滝井は事あるごとに予算膨張に対する銀行団とユーロトンネルの懸念に言及し、固定のメリットはむしろＴＭＣ側が受けるのだと印象づけるのに注力した。

「固定は私たちコンソーシアムにとって、確かに冒険です。何らかの理由で五年、十年とパーツ供給を続けていかねばならない場合でも、いっさい増額されませんから。しかし逆にそれはＴＭＣにとって大いなるメリットでしょう。ただその代わりと言っては何ですが、価格を通常の単価の数倍にしていただけたらと思っています」

「数倍はないでしょう。でもこれまで通りの単価契約でいくか、それとも単価を上げて固定にするか、悩ましいですな。いずれにせよ、Ｔ２、Ｔ３の契約は急がなければなりません。早急に決める必要がありますな」

「そう思いまして、見積書を準備してきました」

　と言って、すかさず一枚の用紙を差し出した。

「これは通常の単価の三倍にかさ上げした一括固定価格です。単価の相場についてはＴＭＣ様でよくご存じだと思います。ぜひこの固定価格でご発注お願いします」

　この案件もボーナス同様、ＴＭＣの沙汰待ちとなった。

　二人はＴＭＣを出、地下鉄でオルリオエンジニアリングへ向かった。ＳＮＣの追補契約書にサインすることになっていた。

事務所に着き、滝井はコーヒーを飲んで一息ついた。クロスとオルリオにスペアパーツの交渉状況を説明し、その後、追補契約書にサインした。忙しい一日だった。

「いやあ、さすがに疲れましたよ。今夜は気晴らしにゆっくりムーランルージュにでも行って、フレンチ・カンカンの踊りでも見てくるとしますかな」

そう言って近本と事務所を出ようとしたとき、クロスにモロウから電話が入った。何だろうと振り返ると、顔が醜くゆがんでいる。何やら早口でしゃべっていたが、ガチャンと不機嫌そうに受話器を置いた。

目を合わすなり、クロスが珍しく舌打ちした。

「参りましたよ。マジノがまた嫌がらせをしてきました。このままでは新SNCはTMCとの契約ができそうにありません」

「は？」

滝井は耳を疑った。聞き間違いなのか。

「新SNCでOKされたんじゃないのですか」

「それはそうなのですが、契約するには政府認可を得た新SNCの定款が必要だというのです」

「と言いますと？」

「定款はとても間に合いません。デュオルスによると、認可を得るのに早くても二ヵ月はかかるらしいですから」

「二ヵ月も…」

滝井はあとの言葉が見つからなかった。いったいどうすればいいのだろう。マジノの度重なる抵抗には慣れっこになっているが、今回ばかりはどうにもできない。致命的である。トンネル掘削完了の時期は決まっているのだ。ＴＭＣが二ヵ月も待ってくれるはずがない。

　これも霧島営業部長の知恵なのか。諦めという言葉を知らない。これでもかと、知略の限りをぶつけてくる。敵ながらあっぱれと言うほかはない。

　そんな滝井の心理にクロスが追い打ちをかけた。

「それにタイミングの悪いことに、来仏中の三菱のトップが、何と価格について白紙委任状を出したというのです」

「白紙委任状？　まさか、本当ですか」

「ミスタータキイ。それは日本のビジネスではよくあることですか」

　クロスは尋ねながら、理解できないというふうに首を小刻みに横に振っている。

　何と恥さらしなことをやってくれたのだ。滝井はこの瞬間、日本人の恥部が暴かれたような恥ずかしさを味わった。

「正直言って、ないとは申しません。しかしそれは日本国内のことでして、まさか、国際ビジネスの場でそんなことをするなんて…」

　三菱の体力なら不可能ではない。あり得ることだ。最後の猛反撃を加えてきたのに違いない。いやいや、本当に三菱トップがそんな決断を下したのだろうか。

「三菱は日本を代表する企業です。そこのトップともあろう人物がそんな破廉恥な行動をするとは考えられません。それはコンソーシアムを脅すためのマジノの作り話か、それともエージェントとして起用している丸紅フランスの男の出まかせに違いありません」

「しかし三菱がいっそうの値下げを申し入れた可能性は否定できないでしょう」

滝井はわからなくなった。ただこんな愚かな行為がまかり通っていいものなのか。幼稚と笑われるかもしれないが、お天道様は許さないだろうと思うのだ。

ところがそんな神頼み的な願望は、思わぬ事態を招来した。窮地の彼に不意に挑戦的な気持ちを起こさせた。反転の勇気を誘発したのである。グッとつばを一飲みすると、勢いよく「皆さん」と呼びかけ、ぐるりと見まわした。

「白紙委任か大幅値下げか、いずれが事実であっても、いいじゃないですか。今となっては却って我々に好都合だと思われませんか。水面下百メートルもの海底トンネルを掘る精巧な機械です。それをまるでバザーで中古ミシンを売るみたいに値下げするメーカーなんて、とても信用できるものではありません。あがけばあがくほど彼らは自分たちの首を絞めているのです。ユーロトンネルもＴＭＣもバカではありません。ベクテムもついています。今や三菱は脱落したと考えてもいいんじゃないでしょうか」

クロスと自分自身を励ますために話し出した言葉であったが、滝井はしゃべっているうちに本当にそうかもしれないと思い始めていた。

ＴＭＣはマジノだけではないのだ。大多数が我々を支持してくれているし、そのマジノでさえもが新ＳＮＣに発注することで一旦は受け入れている。

ただ認可に時間がかかり過ぎるのは誤算だった。それが間に合わないという理由だけで、果たして新ＳＮＣへの発注を取り消したりするのだろうか。

今や値段の駆け引きは終わったと考えてもいいだろう。とすればマジノの発言は、新ＳＮＣがあわてふためいたあまりに出すボロを期待しての、根拠のないハッタリと考えるのが妥当ではないか。

滝井はそう訴え、今こそ強気で行くべきだ主張した。マジノの息の根を止め、新ＳＮＣへの発注を実現させるのだ。

ただ問題は定款が間に合わないという障害をどう切り抜けるかである。このことにこそ全力を傾注すべきではないのか。滝井はそう現状を分析した。

クロスとオルリオは滝井の迫力に押された。マジノの底力への怯えから十分に開放されてはいなかったが、滝井の決断に賭けねばなるまいと思った。

これ以上の譲歩はあり得ない。そう思うだけでなく、毅然とした態度をＴＭＣに示さねばならないと、クロスはようやく態度を決めた。多分これで受注は決まるだろうという予感を強めたが、一方では今後ますます力をつけるに違いない川崎のことを思うと、心の底からは喜べなかった。

さっそく定款問題に焦点が当てられた。滝井は「急な思いつきですが」と前置きし、考えを披露した。

「明確なのは新ＳＮＣの定款が間に合わないということです。そうである以上、契約はできません。しかし我々は契約する以外にないのです」

「ミスタータキイ、それはわかっています。だからどうしようというのですか」

と、クロスは苛立たしそうに問うた。

「先ずジオテクと川崎の二者コンソーシアムで受注契約を結びましょう。そのあとで新ＳＮＣに契約を移管するというやり方です」

「それでは同じじゃないですか。定款は間に合わないでしょう？」

「そのためにはコンソーシアムで契約するとき、契約を移管する旨の誓約書をＴＭＣに提出します。そして、すでに申請中のＳＮＣの定款のコピーをとって誓約書に添付するのです。そうすればコンソーシアム―誓約書―定款コピーというふうに、一本の線でつながります。当局の認可は間違いなく行われますから、わざわざ二ヵ月も待つ必要がありません」

　クロスとオルリオはそれ以上の考えは今のところ思いつかないと言って、好意的に賛同した。オルリオがグイと胸を張り、

「そうなると、問題はどうやってＴＭＣを説得するかですな。ユーロトンネルも引き入れねばならないでしょう。これはミスタークロスと私の仕事です」

　と言って、態度でもやる気を示した。暗に川崎ではできないだろうと語っているのが滝井にもわかったが、悪い気はしなかった。むしろ頼もしく思えた。クロスは自分の机のところへ戻り、電話をかけ始めた。

　滝井は邪魔をするのもどうかと思い、近本とオルリオエンジニアリングを出た。ムーランルージュは諦めることにした。途中で近本が買い物があると言って、地下鉄でシャンゼリーゼ通りへ向かった。

　一人になった滝井は何するともなくぶらぶらとオペラ座の方へ歩いていく。日本人観光客の一団が道路幅いっぱいに群がり、写真を撮って騒いでいた。

　日本への報告は定款問題が片付いてからにしようと思っている。今の段階で知らせたら、ハチの巣をつついたような騒ぎになるのが目に見えているからである。

　ふとシモーヌの横顔が浮かんだ。しばらく見ていないがどうしているだろう。急に懐かしさが込み上げた。もう帰宅して、いないかもしれないが、ＦＲＢへ寄ってみようとタクシーを停めた。

　仕事の引けたＦＲＢのオフィスは天井が高いだけに余計にがらんとして見える。受付嬢はもういなかった。待合室のソファを通り過ぎ、ピアノのある部屋に近づいた。ひょっとしてと期待したが、音色は聞こえてこなかった。窓ガラス越しに中をのぞいてみても、明かりが消えて誰もいない。

　まだ秘書室にいるかもしれないと思い、階段で二階まで上がって前を通り過ぎた。ちょうど半開きのドアから

中が見える。別の秘書が一人、タイプを打っているだけで、シモーヌの姿はなかった。

そのまま廊下を端まで進み、ヴェルニはいるかと部屋をノックした。

「おや、ミスタータキイ」

ヴェルニはそう言って、読んでいたテレックスから顔を上げ、精いっぱいの愛想笑いをこしらえた。滝井もFRBの協力なしにはプロジェクトの成功が困難なことを知っている。いつも以上の親しさで応じた。

定款のことを報告して意見を求めたところ、ヴェルニは滝井の提案は正しかろうと言い、

「FRBの方からもプッシュしましょう。さっそくエッフェルからセベールに電話をさせます」

と約束した。そして勝利を確信する固い握手を求めてきた。

「FRBはドーバープロジェクトを再建の主要な柱にしています。ぜひ成功させなければなりません」

「ご安心下さい。必ず成功させてみせますよ」

「ちょうど二日前に小さな組織変更をしましてね。間接部門の合理化を図りました。残念ながら秘書も数が減って、シモーヌにも退職してもらったんですよ。これからは私たち管理職は、秘書をかけ持ちしなければなりません」

滝井は黙ってうなずいた。シモーヌは辞めたのだ。もうここにはいない。ゆっくりと窓際に近寄り、外の景色に視線を泳がせた。白夜とまではいかないが、ほんのりと明かりが残っている。ベルサイユはどっちの方角だろう。淡い月影にシモーヌの面影が重なった。

## 4 契約調印

クロスとオルリオによるＴＭＣとの折衝は順調に進んだ。忙しいさ中、クロスはロンドンに飛び、ユーロトンネルへの根回しも終えている。さすがのマジノもここへきて敗北を悟ったようで、その青い目が白くかすれて疲れて見えたとオルリオが言っていた。

その間にボーナス条項の回答があった。マイルストーンについてはこちらの主張通り二基で計十三ヵ所に増やし、同時にボーナス額も主張していた半分の各十ミリオンフラン（二億六千百万円）に決まった。また最後に設定されているマイルストーンでは、早く掘り終えた時のボーナスの水増しも認められた。一方、予備品の回答はまだである。

期待していた以上の答えだ。こちらのハッタリが功を奏したのか、あるいはマジノが三菱にも使いたいと、そんな先走った打算で応援してくれたからなのか、よくはわからない。滝井は近本と吉村の前で、「いやあ助かったよ」と、安堵を隠さなかった。

「これで赤字解消のための大きな道具が一つ準備できた。さらにはスペアパーツのビットもあるしな。たとえ赤字解消まで行かなくても、少なくとも削減はできるだろう。あとは如何に優秀な掘削機を作り、期日通りに掘り進めるかどうかだ。設計のお二人さん、頼みますよ」

「責任重大ですね、部長。万が一、失敗したら、ユーロトンネルだけでなく、川崎の土木機械事業部も終わりですな」

「その意気だ。背水の陣で頑張ろう」

朗報は続いた。それから二日後に定款の件がＴＭＣに了承され、いよいよ契約の日取りが一九八七年七月二十四日に決まった。あと一週間も残されていない。滝井らは急ぎ伊藤忠へ行き、用意してくれた会議室に籠った。日本への報告書作りである。

滝井は猿田事業部長宛てに書き、近本らは多門設計部長宛てだ。途中で三人は外へ出てカフェでサンドイッチをつまんだが直ぐに戻っている。ほぼ夜中近くまでかかり、報告書をファックスしてからタクシーでホテルへ帰った。

滝井は前もって事業部長に日本時間の午前九時に待機しておいてほしいとファックスに付記してあった。日本の九時はこちらの夜中の二時である。それを待って猿田に電話した。覚悟はしている。いくら事業部長の命であっても、既に決まったものを今さら変えるつもりはない。

「あ、滝井です。朝早くから申し訳ありません。ファックス報告をお読みいただいたと思いますが、定款問題も片付き、いよいよ契約となりました…」

三者コンソーシアムから始まり、FRBが抜けて二者コンソーシアムになったこと、そしてSNC設立と定款問題、さらには三菱の相次ぐ値下げをしのぎ、ようやく契約する段取りにこぎつけたいきさつを報告書に沿って順に説明した。猿田は相変わらず赤字額にこだわっていた。

「八・五億の赤字はどうするつもりですか。私の決済なしに君は勝手に走ってしまうた。何でも君は事後的に承諾しろと言ってくる。誰が上司なのかわかっているのですか」

滝井も心得ている。のらりくらりと応答を続け、ひとしきり毒舌を吐かせたところで次の話に進んだ。調印式の出席者である。

「二ヵ月前に三菱が陸上のT4を受注した時には副社長クラスが来てサインしたそうです。ジオテクもクロス社長ですし、当社からはぜひ猿田事業部長にご出席をお願いします」

猿田はあわてた。

「急に言われてもちょっとねえ。君がおるんやからサインしなさい。それから設計部長には行かせますから」

予想通りである。猿田は逃げた。あとで赤字の責任をとらされたら困るのだ。

——まあ、その方が気楽だな。

そう思った。杉本から得た情報では猿田はしっかりと八・五億円の赤字決済を田所専務から取っている。ただ営業部長が現地で独走して勝手に決めてしまったと、口頭でだが注釈をつけたようだと杉本が悔しそうに言っていた。うまくいけば自分の手柄、失敗すれば部下の責任。まさに猿田の真骨頂だなと、滝井は苦笑した。

このことについて、滝井はこんな感想を述べている。

「しかしなあ、杉本君。私はある意味、猿田事業部長に感謝しているんだよ」

「は?」

「ものは考えようでね。もし彼がフラフラせずに、きちっとした方針を打ち出して私に強制していたら、プロジェクトはどうなったと思う? 恐らく受注までこぎつけていなかったんじゃないかな」

「つまり、部長にドンと任せたということですか」

「意識的にやったことではないだろうけどもね。だけど、その証拠に、いつも後でしっかりと田所専務の決済を得ている。まあ、そんな見方もできるってことさ」

「そう言えばこの前、事業部長が大岡副社長までの決済を仰いだという噂を神戸で耳にしました。本当にそうなのかどうかはわかりませんが…」

「ほう。もしそれが事実なら、事業部長も隅に置けないねえ」

調印式は現場のカレーにあるTMC事務所で行われることになっている。滝井と設計部長の多門渉、近本の三人で出席するつもりであったが、式の前日、パリのホテルにチェックインしたばかりの多門に急用ができて出られなくなった。ＦＲＢのリール工場へ行かなければならなくなったのだ。

納期のことを考えると一刻も早く基本設計にかからねばならず、掘削機の胴体を運ぶためにどういう分割にするか決めねばならない。それを運べるような道路があるのかどうか。また掘削開始地点の近くに運ばれてきたこれらの部分を一つの掘削機に組み立てられる工場があるのかどうか。この調査が最優先事項となり、急遽、多門と吉村がリールへ向かったのである。

結局、滝井と近本が式に臨むことになった。その前日午後遅く二人はギャルドノルド発の列車に乗り、クロスらより先にカレーへ向かった。車中で軽い食事をとった。

カレーは如何にもさびれかけた田舎の町らしく、ホテルはどこもパリとは比べものにならないほど簡素で実用的な造りだ。何度か来るうちに滝井も慣れ、その虚飾を脱ぎ捨てた素朴な肌合いにむしろ寛ぎを覚える。その日はフェリーでドーバーから渡ってきたスペインからの団体客で珍しく賑わっていた。

予約していたレストラン「ドレッシュ」に入った時は夜の九時を回っていた。ディナーにドーバー海峡でとれたシーバスの魚料理が出た。ワインと合ってうまかった。

翌朝、滝井は早く目が覚めた。調印までまだ三時間ほどあるのを利用して、一人でサンガッテの工事現場まで行ってみようと思いたった。朝食はとらず、近本にメモを書いてキーボックスに入れた。

タクシーを呼び、朝の田舎町を飛ばしていくと、やがて空高く突き立っているタワークレーンが何台か見えてきた。早朝だというのにもう工事の音が騒がしく鳴り響き、突貫工事のせっぱつまった息吹が肌に伝わってくる。

車を停め、運転手にしばらく待つように頼んで外へ出た。風はない。澄んだ空気を潮の香りがうずめ、じっとり汗ばむ暑さが広がっていた。

舗装道路を歩いていくと砂利道に出た。靴の裏に地面の凸凹が伝わり、心地よい。立坑にも寄りたいが、その前に朝の海を見ようと思った。潮の匂いが鼻の奥に届き、遠い昔、海辺で育った子供の頃を思い出した。

岸壁に出た。ドーバー海峡だ。深く息を吸い込んだ。数メートル下で小さな波が岩に砕け散っている。ゆっくり沖の方へ目を移した。フェリーのかすかな汽笛が遠くに聞こえた。

ホテルへ戻り、タクシーで近本とＴＭＣへ向かった。調印式は世紀の大プロジェクトにもかかわらず、簡素だった。淡々と幾つかの書類に代表者がサインした。その後、ＴＭＣがシャンパンを用意してくれていて、乾杯して終えた。


滝井は一旦、日本へ帰っていたが、一週間もしないうちにパリへ戻った。スペアパーツの交渉が残っているのと、残るT5トンネルの受注に向け、どう応札するか作戦を練らなければならない。ジオテクは早くから陸上には興味がないと、辞退を公言していたので、川崎の単独応札となる。近本、吉村の二人はフランスにいない。日本で図面を前に汗を流している。

朗報があった。スペアパーツのビットについては希望通り固定価格の供給で決まり、価格は通常単価の三倍に吹っかけたことが効いたのか、ほぼ一倍半で決めることができた。数量は客先に気づかれないように増量してあり、ボーナス条項も合わせ、万々歳である。

これでようやく二つの道具が揃った。八・五億の赤字をどれだけ埋められるか。これからいよいよ苦難の行軍が始まる。

何があっても十六・三キロをスケジュール通りに掘り終えねばならない。それに尽きるだろう。そのためには優秀な掘削機が必要だ。その点、ジオテクがエンジニアリングの提供に前向きでいてくれるのは有難い。

そしてもう一つ、納期十三ヵ月をどうやって達成するか。百メートルを六秒で走れと言われたようなものである。やらなければならないことが山積している。

「大変だ。設計が間に合わない」

そんな悲鳴が土木機械部内で日増しに増えていく。設計部がパンクすればおしまいだ。この恐れは川崎だけでなく、ジオテクも同様だと聞く。英側、仏側と手を広げてしまったために技術者の酷使が続き、客先から承認してもらうT1の図面提出に遅れが出ているとヴェルニから聞いた。

一方、川崎がT2、T3を受注したことで三菱は焦りを強くした。オルリオによると、営業部長の霧島平蔵だけでなく、もっと上席の幹部もパリに張りついているらしい。何が何でも残りの陸上部分のT5を受注せねばと、しゃかりきになっていた。

マジノも同じで、川崎とジオテクの攻勢を阻止すべく、もうどんなことでもやりかねないほど追い詰められていた。三菱の手前、引くに引けない最期の一線のようである。

ここは考えどころだなと、滝井は思案した。ある意味、チャンスなのかもしれない。今の今までT5もかっさらうつもりでいたが、手を抜くのが賢明かもしれない。これ以上受注すれば、設計のパンクに確実に火をつけてしまうだろう。客から悟られないよう静かに撤退してみたらどうなのか。

そうすることで、あわよくばマジノに恩を売れればそれに越したことはない。この男は今後も引き続き我々の設計、製作、工事の全般にわたって深く関与するはずだ。たとえ小さな嫌がらせでも、川崎にとっては致命的になる。

滝井は即、実行に移した。作戦通り、マジノに出合うチャンスを窺った。契約条項や技術質問でＴＭＣへ行くのを利用し、廊下をうろうろするのだが、なかなかうまくいかない。

しかし翌日の終業後に駐車場入り口へ歩いてくる彼を捕まえた。偶然出会ったかのように振舞った。

「ああ、ミスターマジノ。どうですか、ちょっとコーヒーでも飲みませんか」

と、やや強引だが、近くのカフェへ誘うのに成功した。一瞬マジノの目に「何だろう」という探りの色が走ったが、すぐに消えた。

公的であれ私的であれ、直接こうして二人きりでじっくり話すのは初めてである。滝井は押し寄せる緊張を胸の奥に隠し、平静を装って世間話から始めた。マジノもそれに応じ、まるで仲の良い知己のように振舞っている。滝井に何か魂胆があるのを予測しているのは明らかであるが、この方が却って好都合だと滝井は考えた。

そう長居はできない。頃合いを見て話題を仕事のことに移し、T5の応札の話にもっていった。受注の意欲を示した上で、T2、T3の納期の厳しさに触れながら、

「しかし実際問題、これ以上、設計の負荷が増えたのではかないません。設計陣から反乱を起こされそうですよ」

と言って、柔和な顔を向けた。

「ハハハ、反乱ですか。川崎のエンジニアは優秀だから、T5一基が増えたくらい、平気でしょう」

「そうであればうれしいのですがね。まあ、設計陣に喜んでもらえるように、T5ではたっぷりと利益をいただきたいと思っていますよ」

「ほう、利益をねえ…。で、いつ見積を出されますか」

「明日にでも提出する予定です」

それからまた他愛のない話に戻ったあと店を出た。別れ際に滝井はマジノの耳元で、

「これからのT2、T3工事、いろいろあると思いますが、よろしくご指導のほどお願いします」

と言って、握手の手を差し伸べた。マジノは黙ってうなずき、握り返してきた。その力の強さに滝井は彼の意思を感じた。

見積には十分な利益を載せ、日本から送られてきた技術仕様書と共に提出した。それから間もなくして三菱がT5を受注した。もちろんマジノとのことは誰にも話していない。自分の胸の内に秘めている。

# 第五章　苦難

## 1　全力投球

受注契約に先立つ一ヶ月前から、滝井は設計陣に非公式ながらも本格的に基本設計にとりかかるよう依頼していた。失注した場合のリスクはあるが、それは考えないことにしている。多門設計部長が協力してくれているのが有難い。猿田事業部長も黙認していると、杉本課長が電話で言っていた。

そんなあとに契約されたのだが、それでも十三ヵ月は大問題となった。設計を含めた実務部隊はフル回転に入った。

ところが設計が進んで機械の概要が判明してくるにつれ、次々と新たな問題が浮上する。最大のものは掘削機プラント全体の重量の著しい増大である。受注時に見積もった掘削機本体の重量九七五トンが一・三倍の一二四九トンに、後方台車五八八トンが一・五倍の八七二トンに増えたのだ。機械総重量でいえば、三三三〇トンから一・三五倍の四五一二トンに跳ね上がった。

猿田の唾を飛ばさんばかりの叱責が畏まった表情の滝井と多門に飛ぶ。

「どうしてこんなに重量が増えたのか。八・五億の赤字がいきなり十七億や。いったい誰が責任をとるんだね」

「設計部としましては、現地におられた滝井部長と密にコンタクトしながら、その技術情報に基づいてコンセプト図面を起こしていたのですが、その数値が甘すぎました。申し訳ございません」

滝井に責があるような言い方をされたが、滝井は反論するつもりはない。

「事業部長。言い訳になりますが、技術にせよ営業にせよ、何しろ急展開に次ぐ急展開でして、ついていくのにやっとという状況でした」

「滝井君。そういうふうに君はいつも論点をずらすよね。よくない性格だな。まあ、ええ。ともかく収益の改善策を示しなさい」

「はい。ええと、一つにはマイルストーン達成のボーナスを獲得します。それから…」

「何を寝ぼけたことを言っているのですか。工期が達成できたらという、そんなたられぱの話は不要です。あれは絵にかいた餅や。もっと現実的な対策を言えないものかね」

「ええと、先ずヨーロッパからの海外調達比率を上げます。それからＦＲＢの製作費を下げること。日本で調達する鋼材の値段も下げてもらう。そして何よりも設計変更や製作手直しをミニマイズしたいと思います」

「それで十七億の赤字を取り戻せるのやな」

「はあ、何とか…」

十七億という数字はあまりにも遠い。しかし滝井にはどこまでできるかは別として、少なくともある程度の改善は可能な気がしている。自信があるとは言えないが、何が何でもやり遂げる以外にないのだ。予備品のカッタービットのことは又、たられぱとけなされそうな気がし、触れなかった。

猿田による滝井の吊るし上げ会議はひと先ず終わり、実務部隊は一丸となって十三ヵ月問題に取り組んだ。最大の課題は掘削機本体に使う鋼材の発注時期だった。

通常、ミル（製鉄所）は鋼材の品質・サイズ・重量・納期等が確定した注文書を受け取ってから、製造に入る。製造といっても、高炉―転炉―圧延と流れる工程に沿って作らねばならず、大規模かつ複雑なプロジェクトなのだ。そのためには掘削機の詳細設計が完了していなければならない。

ところがドーバーの場合、そのどれもが確定とはほど遠く、まだおぼろげな状態なのだ。どんな厚板が必要なのかさっぱりわからない。それなのに今日にでもミルに発注しなければ十三ヵ月は守れないのが実態である。

産機プラント事業部調達部門の神戸の係長が東京にある本社資材部の担当者に当たってみたところ、

「何と無茶なことを言われるのですか。資材部としてはそんな勝手な要望を受けるわけにはいきません」

と、けんもほろろに断られた。上京も含めてもう五度目だ。

係長は電話で滝井に嘆いた。

「困りましたよ。資材へ何度行っても門前払いです」

「まあ、資材部としては、もっともだろうね。でもそうは言っておられん。何とかせねば…」

受話器を置くと、滝井は上階にある資材部を訪れた。部長の米田昇は大学の三年先輩にあたる。私的にも何度か飲みに行ったことがある。彼に直接頼んでみようと思った。

米田はいきさつを聞き、改めてミルの慣行を説明して穏やかに拒絶した。

「たとえ発注書を渡しても、はいそうですか、とミルは言ってはくれません。生産にかかるまで、数ヶ月以上、時には半年待たされるのが普通なんだから」

「そこを何とかお願いします。新日鉄、日本鋼管、川鉄、どこでも構いません」

「事情はよくわかりますが、無理なものは無理ですよ」

「ドーバートンネルは世界が注目するプロジェクトです。その掘削機を川崎重工が製造し、それに使う鋼板を日本の製鉄所がつくる。これは製鉄所にとっても、実に名誉なことだと思います」

そんなやり取りを繰り返す中、米田は非常識を承知で必死に懇願する後輩に、心ならずも動かされた。今ここで拒絶して落胆させるよりも、一度やってみて納得してもらうのがいいかもしれない。そうでなければ諦めきれないだろうと考えた。

「滝井部長、ドーバーは名誉になると言われましたね。このセリフは使えるかもしれませんよ。新日鉄は日本を代表する会社です。ドーバーの有意性をトップに訴えてみるのも手です。尋常でないことを頼むのだから、尋常でない方法でいくしかないでしょう。ただ厚板の仕様がわからないのでは話になりません。似た掘削機で日本の顧客に納めたものがありませんか」

「ええ、径は少し小さいですが、何基かあります。それらから類推した仕様でお話しいただけますか。急いで作ってきます」

それから二時間後、米田はドーバープロジェクトの概要説明書と「ご参考用」と書かれた厚板の簡単な仕様書を手に、呉服橋の新日鉄に向かった。厚板営業部長の石山退助とはつき合いは深い。ただただ頭を下げて頼む以外になかろう。本来なら先ず課長か係長クラスに会うべきだが、この緊急事態では飛ばしても仕方がない。

「本日はとんでもないことをお願いに上がりました」

と切り出し、プロジェクト概要と用件を話した。特に日本の名誉をかけた大工事であることを銀行融資も交えて強調した。

「新聞などですでにご承知と思いますが、世界の融資額のうち、日本の銀行団が三十パーセントにあたる三千六百億円もの融資をします。これは世界最大でして、銀行界にとっても失敗は許されない事業なのです」

これは出がけに滝井から授けられた情報である。

「なるほど、メーカーとしての川重さんだけではなく、金融界も深く関わっているわけですか」

「ええ。日本からは十三行、外国の銀行は二十七行が決定済みだそうです。まだ増えつつあると聞いております」

「いわば日本の国家をかけたプロジェクトということですね」

米田は話しているうちに、おやっと思った。どうも雰囲気が最初とは違う感じがする。どういうことか。微光が見えてきそうな希望が湧くが、考えすぎだろうか。

それからも過剰な期待を戒めつつ、丁寧な説明を続けた。鹿島と西松から技術援助を受けられそうなことや、日本鉄道建設公団の持田博士にユーロトンネルへのコンサルになってもらう話など、技術的なバックアップ体制にも触れた。

「ほう、鹿島さんと西松さんがねえ。これは心強いですな」

石山は大きくうなずくと、ちょっと失礼と言って部屋から出、すぐに戻ってきた。工程表らしきものを手にしている。

「今、ロールの割り当てを見ているのですが、すでに一年くらいびっしり詰まっていますね。入り込む余地がありません」

「はあ…」

と、米田は思わずため息をついた。が、前向きに取り上げてくれていることだけでも大いなる希望だ。

「そこを何とか入れていただくわけにはいかないでしょうか」

「ふうむ、そうですね。思い切ってロールの枠だけを押さえておくかどうかでしょう。あとは川重さんの方で仕様が決まり次第、どんどん埋めていけばいい。でも、そのためにはどこか決まったお客の枠を排除しなければなりません。これが又、問題です」

米田は石山の気が変わらないうちにと、前のめりになった。

「こういう話は新日鉄さんにしかできません。もしよろしければ、私どもの副社長あたりにお願いに上がらせていただきたいと思います。如何でしょうか」

「いやいや、私の思いつきでしゃべってしまいました。ちょっとお時間をいただけますか。上と相談してみます」

その日以後、米田は二度、石山に呼ばれ、他の部門の人にも同様の説明とお願いをしている。そして、それから時を置かず石山は儀式を用意してくれた。川重の副社長大岡保が新日鉄の副社長安西浩二を訪ねることで、新日鉄の正式参入を決めるというのである。

しかし実際はそれを待たずにロール枠を押さえる行動に出てくれた。しかも好意はそれだけではない。後で大岡が安西副社長を訪ねたとき、安西は自ら進んで格安の価格を申し出てくれたのだった。米田は前もって石山に赤字受注で苦しんでいることを話したが、それが効いたのかもしれないと思った。

米田から知らせを受けたとき、滝井は安堵とうれしさが一気に押し寄せた。納期達成の第一関門だけでなく、予期もしなかったコストダウンの一部も達成され、彼の集中的な労苦に感謝した。米田が価格値引きも合わせて頼んでいたことをあとで知った。さすがは購買のプロである。

それと滝井自身もじっといていたわけではない。東銀の課長小泉鋭一を訪ね、こんなふうに新日鉄へのプッシュを頼んでいる。

「できれば、で結構です。御行のどなたかから新日鉄のトップの方に、ドーバープロジェクトの有意性をお話しいただければ大変助かります」

「ああ、ちょうどいい。あさって経団連の例会があります。うちの副頭取がスピーカーの一人でして、たぶん新日鉄の方も来られるのじゃないでしょうか。秘書から頼んでおきましょう」

時は過ぎ、まだ夏の盛りであった。石山、米田、滝井、そして石山の部下の四人の姿が期成の誓いと懇親を兼ね、伊豆のゴルフ場にあった。

この時期、滝井は多門部長と共に鹿島建設と西松建設を何度か訪れ、技術協力の承諾を取りつけている。

「私どもは単なる機械メーカーなのに、客先からは工期の保証をさせられました。本来なら土木工事はゼネコンさんの仕事です。どうか助けていただけませんか」

この二社には多門の顔が大いに効き、電気と土木の技師、計三名の派遣を快諾してもらえることとなる。

そして後日、掘削工事中にグレイチョークでトラブルに巻き込まれた時にも、二社はノウハウを出し惜しみせず、存在感を発揮してくれたのである。ドーバーの成功は川崎の技術だけでなく、日本ゼネコンの陰の助けがあったからと言っても過言ではなかろう。


さて、サンガッテの工事現場では巨大な立坑（たてこう）ができ上がり、ＴＭＣ技術者や大勢のフランス人作業員がせわしそうに行き交っている。直径五十五メートル、深さ七十五メートルの円形の穴だ。この立坑の底から英側ドーバーに向けて掘削機を発進させ、トンネルを掘る。

既にＴ１の掘削は始まっていて、ジオテクや三菱の人間を見かけるようになった。川崎からも何名かの社員が派遣されていた。ＴＭＣオフィスの中に川崎の現場事務所が設置され、工事責任の所長として里村吾郎が赴任している。また事務的なアドミ業務を処理するために営業の若手、田畑昌幸もいた。

その田畑からの電話でよくない情報が日本の滝井にもたらされた。

「里村所長の様子がどうも変です。仕事に集中できていません。現場に出ていても、ぼんやりしています」

連日の多忙でほとんど眠れないらしい。やるべき仕事がたまる一方で、そのストレスがますます彼の症状を悪化させているという。

「それに英語がまったくわからないので、私がいちいち通訳をしたり、ＴＭＣやＦＲＢから来る文書を翻訳しています。そのため私のアドミの仕事がはかどりません」

「ふうむ、困ったねえ。ヨーロッパからの機器調達が心配だな。少しは進んでいますか」

「とんでもないです。里村所長をけなすわけではありませんが、貿易のことは何も知りません。何をどこへどういうふうにコンタクトしたらいいのかもわからず、もう焦りまくっています」

「わかった。こちらで善処するので、君にはもう少し頑張ってほしい」

翌日、滝井は神戸工場へ出張し、多門設計部長に相談した。里村の経歴を聞き、さもありなんと納得。大至急、誰かと交代させる必要性を感じた。

「確かに彼はシールド工事のベテランかもしれませんが、日本国内だけ、しかもシールド掘削機の単体工事しか経験のない人物でしょう？　それがいきなりフランスへ行って、大勢の外国人相手に総合的なプロジェクトマネジメントをやれると思われますか」

「里村はまだ四十代前で若いけれど、真面目で仕事熱心です。この機会に彼に外国の経験を積んでもらい、将来の土木機械工事の柱になってほしいと願っています」

「将来の？　冗談でしょう。私たちは将来ではなく、今を切り抜けなければならないのですよ。この瞬間を…。もっと他に適材がいるじゃありませんか」

「滝井部長、どうかご理解いただけませんか。今、里村を帰国させればつぶれてしまいます。彼を男にしたいのです」

何と浪花節的な発想だろう。部下思いの気持ちは立派だが、情に流されている場合ではない。この人物はプロジェクト成功のことを真剣に考えているのだろうか。滝井は思わずきつい口調になった。

「私は猿田事業部長から十七億の赤字をなくせと厳命されているのですよ。現場のマネジメントが無茶苦茶になったら、誰が責任をとってくれるのですか」

多門の顔色がさっと変わった。

「赤字解消には私も責任を感じています。逃げも隠れもしません。現に私の部下二人を現地に張り付けて、あなたの手助けをしているじゃないですか」

「確かにおっしゃる通りです。実際、近本、吉村両氏の助力がなければ受注できなかったでしょう。彼らは私が運転する車の前輪と後輪になってくれました。忙しい中、二人も割いていただき、設計部には感謝しています」

多門はうなずきながら、

「いいですか、滝井部長。私はね。これまで三百基のシールドを作ってきました。実績、ゼロからのスタートです。暗中模索で苦しみながら、今日の川崎の地位を業界内で築いてきた自負があります。人間の実力というのは苦しみ、悶えながら、その葛藤を通じて培われるものです。そういう意味で、里村の置かれている環境は過酷ですが、私は彼の成長に期待したいのです」

「葛藤の中で力が培われる。そのことには反論の余地はありません。まさに正論です。しかし、今は葛藤している時間的な余裕がないのです。決定に次ぐ決定を次々としていかなければ、工期が守れません。どうかその点をご配慮願えませんか」

結局、やや強引ではあったが、滝井は以前、自分が受注した台湾の国営製鉄所建設の時に現場所長を務めてもらった石川照正を後任に推薦した。製鉄機械やボイラーなど、海外の工事経験が豊富で、南アフリカのイスコール製鉄所建設でも成功を収めている。英語も堪能な百戦錬磨の兵（つわもの）だ。それに何よりも人間の器が大きい。

だが多門はなかなか同意しない。相変わらず里村にこだわった。

幾日かが過ぎ、その間、品質保証部課長の金本大輝と検査部係長の扇谷隆が代わる代わる上京して来、滝井に売り込みの攻勢をかけてきた。

両名とも多門に相通じる仲である。恐らく多門は里村更迭はやむを得ないと悟り、ならば金本か扇谷を送ろうと、後ろで二人を動かしているのではないか。滝井はそう推測した。

この二人を滝井が拒絶したのは述べるまでもない。なぜなら海外はおろか、国内工事でも経験が十分でなく、とてもフランスでやっていけるとは思えなかったからである。そんな紆余曲折の後、石川に決まった経緯がある。ただ多門がどうしても里村を残したいと言い張ったので、不承不承ながら見習いも兼ね、形だけでも石川の補佐として残すことに同意している。石川も、「そこまで設計部長が言われるのなら」と、落としどころを心得ていた。

時間がない。指名された石川は大急ぎで渡仏の準備に入った。


石川が赴任したとき、契約締結から既に六ヶ月が過ぎていた。その間、里村の体調問題もあり、仕事が全く進んでいない。工程は遅れに遅れ、問題山積だ。契約に基づく掘削機の仮引渡し迄、余す所わずか七ヶ月半という厳しい状況にまで追い詰められていた。

真っ先に里村の案内で立坑を見に行ったとき、石川は驚いた。クレーンがあるので機械の投入は大丈夫だと事前説明を受けていた。が、何とそれは電動でなく油圧式の特殊クレーンだったのだ。昇降に十時間はかかる。話にならない。

「君はそんなことも知らないのか」と、石川は一喝したい衝動に駆られたが、愚痴を吐いても時間は戻せないのだと自分を抑えた。

基本的にT2掘削機の本体製作は日本の播磨工場で、T3はフランスのFRBでと、平行して行うことになっている。石川の現地赴任後、技師たちが次々と派遣されて来、現場は活況を呈した。石川がやるべきことは山ほどあった。

その最大のものはフランスを含むヨーロッパ全域からの膨大な現地調達である。日本での本体製作と同時進行で進めねばならず、ＦＲＢでの製作も待ったなしなのだ。

しかも日本同様、超短納期が求められている。安全規格を始めとし、全ての機器はフランス規格を守る必要があり、日本の技術者にとっては一筋縄ではいかない。

また客先との契約では、完成後、運転・保守支援業務を二年余りやらねばならず、これにはタイムリーな予備品供給が必要なのだ。とりわけ電気計装品や油圧設備にはそれが多くあり、この二品目はどうしても日本での製作は適さない。フランスでの調達となる。

そうした事情を考慮し、主たる設備の海外調達先が決められた。ＦＲＢには二十四台の後方台車と油圧設備一式のエンジニアリング込みの製作、掘削機の一部製作、組み立て工事用治具の設計製作を発注。アルストムには電気計装のエンジニアリング込みの製作を、その他多くの機器はフランスやドイツ、イギリス、イタリア、オランダなどのメーカーに発注することとなった。

こういった調達を可能にするために、石川にはベンダー（納入業者）とのネゴ、契約、品質管理、納期管理などの複雑な対応が求められる。

では誰がどのように遂行するのかが問題になった。石川はこれまで数多くの国内外のプラント建設に携わり、どれも成功させている。だからといって、今回ばかりは外国人の自分が一人で取り仕切れる任務ではないことを知っていた。ちょうど来仏していた滝井に相談をもちかけた。

「滝井部長、この海外調達はどれもこれもあまりにも納期が短すぎます。時間との戦いです。正直言って、私一人の手に負えません。優秀なフランス人エンジニアを雇っていただけませんか。助手として手伝ってほしいのです」

滝井は思わず目をむいた。

「それほど厳しい状況なのですか」

「ええ。習慣や言葉、規格が違う多くの国を相手にせねばなりません。前任者がまったく作業をしていなかったものですから、その遅れを取り戻すだけでも大変です。ハイレベルで強力なフランス人助っ人の存在なくしては、迅速、円滑な遂行は難しいです」

「で、心当たりはありますか」

石川はうなずき、一枚の用紙を取り出した。

「ミスタールネ・フィリップというTMCのエンジニアです。トンネル工事の経験もあります。会議で顔を見ておられるかもしれません。すでに彼に打診して、内諾を得ています」

「さすが石川君だ。手回しがいいですな」

「懸案のこの海外調達、フランスではフランス流にやらなければ進みませんからね。彼が来てくれれば大助かりです。さっそく採用手続きに入りたいと思います」

「そうして下さい。これは現場の問題だから君の裁量で決めたらいいでしょう」

ところがこの一件が日本で大問題になったのである。先ず多門が真っ先に大反対。川崎のノウハウが盗まれると論陣を張った。そしてこれが多門経由で猿田の耳に入り、それがまた上の田所専務の知るところとなった。田所は激怒した。

「猿田君。その現地所長、日本へ呼び戻せ。とんでもないヤツだ。多門の言う通り、間違いなく川崎のノウハウが盗まれるぞ」

「私もそれが心配です。フランス人などに経営の内部に入ってもらいたくありません。採用を取り消すよう、今から電話をします」

猿田からの電話を受けた石川は、思いもしなかった命令に唖然とした。

―いったいこの連中はプロジェクトの成功を望んでいるのだろうか。

そんな思いを抑えながら、なぜフランス人が必要なのか諄々と説明した。

「それでも日本人だけでやれとおっしゃるなら、海外調達が失敗しても構わないということですね。それでよろしいのですね」

これには勢い込んだ猿田も返す言葉に詰まり、結局、「そういう重要なことは日本に事前相談するように」と訓示を垂れて終わった。その後、猿田は東京の滝井に電話をかけ、

「君は現地で石川と共謀していたのか。そうだろう」

などと、嫌味たっぷりの言葉を吐いて鬱憤を晴らしたのだった。

その直後、滝井は石川に電話し、このことをフォローしている。

「まあ、石川君の正論が通ってホッとしましたよ。ただ奴さん、時間がないという現場の切迫度がわかっていないようですな。これからもいろんなことが起こるでしょう。先が思いやられますが、互いに協力して解決していく以外にありませんな」

さてプロジェクトは一刻を争う、ある深刻な問題に直面していた。死活に直結すると言っていい。フィリップを得た石川は早速、この仕事にとりかかった。それはＴＭＣからの数億円にのぼる入金問題であり、これが滞っ

ていて、会社として最優先で解決しなければならないのだ。

「ミスターフィリップ、海外調達のベンダー絞り込みの前に、大至急、取り組んでしてほしいことがあります」

机を並べて座っているフィリップが顔を上げた。初出勤の日で、机に座ったばかりである。

「はっ？　海外調達より大事なことって？」

石川は契約書で決められた「提出図書」の一覧表を見せながら、

「客先ＴＭＣとの契約では定められた時期に図面など、所定のいろんな図書の提出が義務付けられています。ご存じでしょう」

「もちろんです。すべての図書が客先に承認された時点で支払いがなされます」

「ところが提出図書のうち、どうしても『安全衛生管理計画書』だけが承認されません。数億円の出来高払いの金が入金されず、困っています」

「おかしいですね。なぜ認められないのですか」

「それがさっぱりわからないのです。何しろこちらはフランスの労働安全衛生法など、まったく知らないものだから…」

そこで日本側で、どこか大手の第三者検査機関を使って問題解決を図ろうとしているらしいが、進展していないと石川は嘆いた。

フィリップは川崎が提出した計画書にざっと目を通したあと、「なるほど」と言って肩をすくめた。

「これではダメですね。記述内容の範囲といい、深さといい、回答になっていませんよ」

そう言うなり部屋を飛び出した。車でＴＭＣの担当者のところへ走り、なぜ承認されないのか直接その理由を尋ねた。

その結果、客先は通り一遍の説明を求めているのではないことがわかった。事務所に帰るなり、

「やはり川崎の計画書は落第です。典型的な日本的考えを羅列しているに過ぎません。フランスの安全思想とは全く異なっていると指摘されました」

「ほう？　手厳しいですな」

「日仏では安全文化への基盤が根本的に違うのです。日本は現場でのヒューマンウエア（人間的要素）に依存していますよね」

例えば安全についての基本動作、４Ｓ、安全ルールの遵守等々。つまり、現場で働く一人一人に如何にして安全意識、行動に関する安全規則や作業基準を遵守させるか。これらに関心があり、そのための画一的な対応が最重要になっているというのだ。これには石川も同意である。

「まあ、それは言えますね。だから一旦、事故災害が発生したら、それの再発防止はそっちのけで、先ず労働安全衛生規則などに違反がなかった否かに大きな関心が払われます。現場の安全対策の欠陥を厳しく問う姿勢があるのは否めません」

「なにもヒューマンウエアをないがしろにせよとは言いませんが、大事なのは危険な要因を完全に除去することです。そうすれば、安全への意識が低い人がいても人任せにならず、自動的に安全弁が働きますから」

そう言って、フィリップは具体的にこれから取りかかる計画書の構想を述べた。そこにはフランス安全規格に基づいた川崎の設計思想が反映されるべきであり、それも坑内安全衛生規則に基づいたものでなければならないと主張。

例えば工事施工中に坑内で突然、停電や火災が発生した際にとるべき具体的な対応などをＴＭＣは知りたがっているというのである。もちろん石川にも異存はない。

フィリップの行動は素早かった。フランスの法律書を片手に、自ら極めて短時日のうちに計画書を書き上げた。そして客先承認を取り付け、無事、入金がなされたのだった。その集中的な仕事ぶりに、「まるで怒涛のようでしたね」と、石川も感心しきりである。あとで日本にいる滝井から聞いたところでは、入金で一番喜んだのは猿田事業部長だったらしい。

入金問題を片づけると、待ったなしで石川はフィリップと共に海外調達に取りかかった。各国に散らばるベンダーの絞り込みに入ったのである。

ＦＲＢからも見積を取り、交渉を始めたのだが、金額を見て驚愕した。あまりにも高すぎる。台車、治工具、資機材、機械加工、組み立て、塗装、酸洗フラッシング等々、どれをとっても通常価格の二倍に近い。ＦＲＢだけではない。すべてのベンダーがそうなのだ。

「これではとても話にならん」

しかし、フィリップは別に驚いてはいない。

「仕方ないと思いますよ。肝心の川崎の機械設計ができていませんからね。川崎から十分な諸元がもらえないのに、それでも見積もれと言われているんですから、高くなって当然でしょう」

「安全ファクターを含んでいるというわけですか」

「それも、たっぷりとね」

実際、石川は日本に対し、設計の詳細を寄越せと口を酸っぱくして要求しているのだが、出てこない。彼らが怠けているというのではない。残業に次ぐ残業で必死に設計作業に取り組んでいて、その頑張りは理解できる。だからといって、現地所長として高い買い物はできないのである。

そのくせ猿田からは発注に当り、「川崎は一切リスクを負うな。相手に取らせ」という厳命が下っている。「バック・トゥー・バック」と称する方式を押しつけてくるのだ。

「ランプサム（一括固定価格）で契約して、一切の責任はベンダーにあると明確にするように。曖昧な判断余地を残すな。これは田所専務の方針である」

その一点張りだった。

石川は頭を抱えた。日本の方針に従って高額を承知でランプサム契約を結ぶか、それとも別の方式を採用して価格を下げるか。ただ後者の場合、日本が猛反発するのは目に見えている。

「ミスターフィリップ、君の考えを聞かせてくれませんか」

自分自身はすでに答えは持っている。念のためフランス人はどう反応するか訊いてみた。

「単純ですよ。ミスターイシカワが出世を望まれるのか、それともドーバーという人類に与えられた神からの挑戦を成功させるのか、そのどちらを選ぶのかということじゃないですか」

「いやあ、一本とられましたな。どうせ私は出世街道には関心がありません。迷いもなく神から与えられた挑戦を選びましょう」

ランプサム契約をやめることで二人は意気投合した。

「ランプサムは一部の機器だけに限定しよう。機械の組み立て工事などは単価で清算する単価方式にすればいい。あるいはコスト・プラス・フィー（原価プラス手数料）がよいだろうね」

これにはフィリップの知力、経験が遺憾なく発揮された。毎夜、遅くまで机にへばりつき、一括請負部分、単価契約部分、実費償還部分を複合させた、工事発注先との複雑な工事契約書の原案ができ上がった。

英独仏語が堪能なフィリップはヨーロッパ諸国の規格や安全法にも知識が深い。一騎当千の働きであった。普段はうぬぼれを厳しく戒める石川だが、フィリップ採用に踏み切った自分をほめてやりたい気がせぬでもない。

このやり方はＦＲＢを始め、各国のベンダーから歓迎された。石川、フィリップのチームは競争力のある見積価格を得ることに成功し、慎重にチェックしながら一件ずつ国際契約を積み上げていく。

しかし発注したからといって、安心できない。ベンダーが製作に入っても、問題が待っていた。納期遅れや品質不良が続発するのだ。

その原因は川崎にある。川崎からようやく諸元が出ても、すぐに変更に次ぐ変更を繰り返す。そのため運転方案が頻繁に変わって改正図面がどんどん出てくるのである。ベンダーが困るのも無理がない。

しかしそういう混乱にもかかわらず、原契約で工期が決められている以上、約束した納期と品質は厳守してもらわねばならない苦しさがある。

そのため毎週木曜日に石川はフィリップと、ＴＭＣのプロマネが運転する車に乗り、北フランスを中心に往復数百キロを走破せねばならなかった。発注先のみならず、その二次、三次、製品によっては四次下請けまで訪れ、指導し、チェックするのである。十二時間に及ぶ激務だ。時には車に毛布を積み込み、仮眠をとりながら千五百キロ離れた東ドイツへも行った。

問題の九十九％までは川崎側にあったのは述べるまでもない。図面変更が九回に及んでいるひどいケースもあった。

「最終図面が確定されなければ仕事を始められませんよ」

と、どの下請けからも文句を言われるが、突っ走らないわけにはいかなかった。

彼らとの直接のネゴはフィリップが行う。石川が時々、彼に短い指示を出すという役割分担だ。ハードネゴの際には、フィリップはファイトするか否かについて、目配せの合図で石川の意向を確かめる。攻めて良し、守って良しのオールラウンドプレイヤーぶりを発揮した。

ただ、こんな事例もあった。川崎から与えた諸元は正しいのに、欧州のあるメーカーが欠陥品を納入してきたのだ。カッターの駆動装置に使うタイトボルト（締付ボルト）である。石川はすぐ日本にいる多門に知らせた。

多門は瞬時、「ふうむ」と考え込み、ややあって言った。

「石川所長、掘削機の駆動装置は全体で二十四基あります。今、客先から全数検査せよと言われたら、どうなります？」

「ただでさえ工期達成が困難なのに、工程が無茶苦茶になるでしょうな」

「それが困るんです。経営判断で一基くらい殺しても、全体の性能には影響しません」

「まさか、部長。欠陥品を放置するんですか」

石川は素っ頓狂な声を張り上げた。

「いやいや、決めた訳じゃありません。そんなことをしたくないから、困っているんです」

「これは驚きました。迷うことなどありませんよ。万が一、トンネル内で人身事故が起こったら、どうなります？警察に聴取されるのは設計部長ではなく、現場責任者の私ですよ」

この一言で結論が出た。石川は直ちに行動に移した。ＴＭＣに正直に報告すると共に、メーカーにコンタクトし、製造時点で問題のあったロットを徹底的に検査させ、怪しいタイトボルトを取り換えさせたのだった。一方、フィリップをＴＭＣへ行かせ、これによる工程遅れについては後日、話し合うことで合意した。

そんなある時のことだ。石川が日本へ提出した海外調達状況の報告書を田所や猿田らが読んで仰天した。バック・トゥー・バックが頭から無視され、単価方式などの契約が積みあがっていることに激怒したのである。

田所にすれば、バック・トゥー・バック方式は海外プラント工事の鉄則だという強い信念がある。イラクやリビア、チュニジアなどのセメントプラントで、バック・トゥー・バックをやらずに大赤字を喫した苦い経験があるからだ。

それらの工事遂行に際し、客先には川崎が全責任を負う一方、下請け発注にあたっては、原契約を押し付けるのではなく、単価清算、コスト・プラス・フィーなどの形で発注した。ところが契約についての不慣れや安全基準、規格、相手国の商習慣に対する無知、こちらの人員不足などから、不良品が多発し、客先からクレームが続出。それらが山のように重なって、大赤字になったのである。

そういう経験から、ドーバーも同じ轍を踏まないようにと、川崎はいっさい責任を負わないバック・トゥー・バックに固執した経緯があった。そのことは滝井も石川も知らない訳ではない。

ちょうどその日は猿田が主催する事業部の営業会議があり、たまたま専務の田所が出席していた。田所は滝井に向き直るや、吊り上がった目で声を荒げた。

「おい、石川をすぐにでも帰国させろ。何をやっているんだ、あいつは…。直接談判せにゃならん」

「はあ、でも今、彼は猫の手も借りたいほど多忙です。電話で話すわけにはいきませんか」

「日帰りすれば二日間で終わるだろう。これ以上、勝手なことを許すわけにはいかん」

電話を受けた現地の石川は、「やれやれ」とため息をついた。議論では負けない自信がある。なぜなら正義はこちらにあるからだ。しかし専務の命令とあれば仕方がない。留守中の仕事をフィリップと田畑に頼んで急遽、帰国の途についた。

プラント事業部の会議だというのに、いつの間にか議長役は猿田事業部長から田所専務に移っていた。石川は部課長三十数名の出席者の末席に座っている。畏まった表情で議題の順番を待っていたが、いよいよドーバープロジェクトになった。

準備していた資料を配り、オーバーヘッドプロジェクターを使いながら、現地の進捗状況を説明した。

「このように工期が非常に逼迫していまして、日本から来ている技師には手分けして主なベンダーの工場に張り付いてもらい、品質チェックをしています。私自身も毎週数百キロを車で駆け回り、この目で確認している状況でして…」

「もういいよ、君。そんなことは資料を見れば十分だ。それよりも海外調達はどうなっているのかね」

田所は苛立たしそうに机をたたいた。

「あ、はい。お手元にお配りしている資料五を見ていただけますか。FRB関係はほぼ契約が完了し、各国のベンダーも大体片付きました。全部で三十数品目になりますが、あとイタリアとオランダ、スイスが…」

「何いっ、イタリア？」

「はい、イタリアのフェイスタ社です。ポンプを考えています」

「君はいったい正気かね。イタ公ほど信用のできない会社はないぞ。なあ、事業部長」

と言って、猿田に同調を求めた。

「はい、イタ公にはイラクのセメントプラントでずいぶん酷い目にあわされました」

「そうだろう。イタ公はやめて、他にしなさい」

と言って、自分のイラクやリビア、チュニジア、アルジェリアでの経験談を延々三十分近くも語った。失敗、失敗と言いながら、実はほとんどが自慢話に等しい独演会である。その間、猿田を始め三十数名の部課長は神妙に傾聴し、上手な相槌を打つ。絶対的な人事権者にひたすら平服する姿勢を貫いている。

「それはそうと石川君とやら。君はバック・トゥー・バックを拒否したそうじゃないか」

田所は顎を上げ、いたぶるような姿勢で石川を正視した。

「あれはね、私が身をもってひねり出した方針だよ。それを一介の課長分際でよくも無視してくれたもんだ。君はそんなに偉いのかね」

くだらないことを言う男だ。わざわざ超多忙の中をフランスから飛んで帰ったのに、激励の言葉も思いつかないのか。石川は内心、舌打ちした。

「無視しただなんて、とんでもありません。ご方針通りでいきたい気持ちはやまやまでしたが、できなかったんです。機器の寸法や材質、強度などいろんな諸元を訊かれまして、答えられません。だから相手としては一切の責任を負う以上、高い見積にならざるを得なかったという背景がございます」

「しかしなあ、やってしまったことは仕方ないとしてだ。君のやり方ではコストが天井昇りになるに決まっておる。例えば人工。単価を決めただけだと、何千人何万人よこされたらどうするんだ。歯止めがないんだよ、歯止めが…」

石川は反論するかどうか迷った。だからフィリップを雇ったんだと、今にも口に出かかったが、どうにかこらえた。専務は現地フランスでの困難な実情を知らされていないのかもしれない。権力者には部下は得てして悪い情報を上げないものだ。

言いたいことはいっぱいあるが、これ以上、逆上させて得なことは何もない。瞬時、逡巡するうち、隣に座っている滝井が助け舟を出した。

「お言葉を返すようですが、専務。人工については掘削工事の進行次第で逆に減らせる可能性があります。もし工程が遅れれば増えますが、私どもは期日通りに掘るだけでなく、むしろそれより早く掘れないかと、いい掘削機を作るために必死に頑張っているところです」

「当たり前だろう。そんなことを自慢しても意味がない。だいたい工期通りに掘れる保証がどこにある？　ヨーロッパの工期は信用できん。ボーナスを当てにする君らは甘すぎるぞ。ともかくこのプロジェクトはリスクだらけだ」

滝井はあえてうなずきながら落としどころを探していた。一転、褒める作戦に切り替えた。田所と石川を交互に見ながら、

「バック・トゥー・バックで成功した例があります。そうですよね、石川君」

「アルストムに発注した電気計装品ですね」

「ええ、それです。機器一式をエンジニアリング込みで発注しましたが、今のところ追加要求は来ておりません。私は猿田事業部長から十七億円の赤字を減らせと厳命を受けています。今後とも石川所長と相談しながら、現地のコスト削減に向け、全身全霊で頑張る所存です」

田所は難しそうな表情で聞いていたが、潮時と思ったらしい。

「まあ、いい。だけどもう一度、言っておこう。会社というのは組織で動いている。あるのは命令と着実な実行だよ。それが覆ったのでは組織は成り立たん。そうだろう、猿田君」

猿田はハハッと、余計な言葉を挟まず、従順にうなずいた。

後日談だが、この会議が終わったあと、田所や猿田らの幹部数名は銀座へ繰り出した。そのとき田所は猿田に石川のことを「あの男は曲者（くせもの）だな」とつぶやいたと、滝井は耳にした。

## 2 悪戦苦闘

T2掘削機の本体は川崎の播磨工場、T3はフランスのFRBでと、平行して製作している。FRBではそれ以外に後方台車二十四台、油圧設備、電装品調達、組立工事用の治具工具など、多岐にわたる業務を遂行せねばならず、石川らの指導の下で死に物狂いの突貫工事が進んでいた。

いずれこれらT3の各機器がリール工場で完成した段階で、本体と後方台車をつないで掘削機プラントとして一体化し、うまく作動するかどうかのテストが必要である。工場組立試運転だ。ところがリール工場には大きな問題があった。テストを行うだけの広い空きスペースがないのだ。

「どこか代わりの工場はないだろうか。プラント全長が二五〇メートルとして、三〇〇から四〇〇メートルの敷地があれば有難い」

石川は滝井や多門らと共にリール工場に近い北フランスの会社を探して回ったが、なかなか見つからない。そんな中、FRBのヴェルニがダンケルクで倒産して放置されているASNPという工場を見つけてきた。元化学機器の圧力容器などを製造していた会社である。

「好都合ですよ。倒産したままの姿で残っています。事務所も使えますし、電気を通せば照明や電気設備は使用できる状態です」

さっそく見に行くと、ダンケルク港から十キロほど内陸にあり、そう遠くない。石川も思わず声を弾ませた。

「ここからはカレー港と、その近くの掘削現場サンガッテまで近い。二十キロほどしか離れていません。試運転が完了したら、ダンケルク港からカレー港まで船で運べるので助かります」

内陸のトレーラー輸送だと、道路の拡幅工事や電柱の仮撤去など、役所の煩雑な許可手続きだけでなく、莫大な費用と時間がかかる。これを節約できるのは大きなメリットなのだ。ＡＳＮＰは絶好の立地条件だった。

「急いで工場設備の整備にかかりましょう」

好立地の工場ではあるが、播磨工場のような大型構造物の組立用ではない。天井クレーンは百トンクレーン二基があるだけ。二百トンを超える重量物は吊ることができない。

「ならば、クレーンで吊って下ろすのはやめよう。重量物はトレーラーに乗せたまま、ジャッキダウンして下ろそうじゃないか」

石川とフィリップの二人が絞った知恵である。

「この工場の土間は強度不足だな」

「よし、型鋼で補強しよう」

ジャッキ受け架台や組立架台など、大型特殊治工具の製造発注も急がねばならない。二人は次々と難問を解決し、短期間でＡＳＮＰを組立工場として立ち上げたのだった。


それから数ヵ月が過ぎた。Ｔ３の本体や機器がＦＲＢ、播磨工場、各国のベンダー等から、ダンケルク港経由で次々とＡＳＮＰに運び込まれてくる。膨大な数と重量だ。

それにつれて日本から派遣される技師や職人たちも増え、三十余名の大所帯になっていた。石川とフィリップは、このところサンガッテの現場事務所にはちょっと顔を出すだけだ。後はほとんどＡＳＮＰに張り付いている。いよいよ工場組立試運転にかからねばならない。

クレーンとジャッキを使い、トレーラーやトラックから、細心の注意のもとに数々の障害を克服しながら荷が下ろされていく。予定された場所に並べられ、あっちで、こっちでと、技師と作業員たちが汗まみれになりながら担当機器の組立にかかっている。

重機のエンジン音、振動音、ハンマーやドリルなどの工事音、怒鳴り声などが入り混じり、共鳴する。のどかな田舎の一郭にたちまち活気に満ちた喧噪が現出した。日本人以外にも二百人以上のフランス人作業員が働いているのだ。

設計の多門部長は猿田事業部長の命令で、先月からこの現場に出ている。内外の製作遅れの原因が設計部門にあることを猿田が知り、激怒したという噂が流れていた。

「まあ、当たらずといえども遠からずでしょうな」

そう電話での会話で石川が言えば、滝井がそれを受けて補足した。

「ダンケルクへ行って、指揮はとらせないが設計の尻ぬぐいをしてこいと、無理に押し出されたそうですよ。ただ多門も君への反発心から、自らダンケルク行きを望んだところがあったようです」

「そう言われれば、奴さん、私が現場にいない時は異常に張り切って、皆に指図をしています。フィリップがいるというのに、指揮系統を乱しそうで困ったものです」

その後、多門は日本からお気に入りの品質保証部金本課長と検査部扇谷係長を呼び寄せている。

それを知った石川はフィリップとアドミの田畑に、「どだい彼らでは無理だな。プロジェクトの難易度から見て、どうなのか」と、苦言を呈した。現にその後の二人の働きぶりを見ていると、その危惧を裏書きしている。知識と経験に欠け、とても信頼を置けそうにない。

そこで石川は以前、台湾のプロジェクトで部下として活躍してくれた中之島省吾を呼ぶことにした。大学名で決めるわけではないが、阪大卒の優秀な工事屋だ。ところがこれに多門が血相を変えて反対した。

「君は金本や扇谷を使うことができないのですか」

と、的外れなことを言って迫ってくる。そこで石川は日本にいる、多門と同期入社の上司、岩下工事部長に電話相談し、どうにか多門の同意を得たのだった。でその渦中の中之島だが、期待を裏切らなかった。ダンケルクで八面六臂の活躍をしている。

ＡＳＮＰの工場では一体化に向けた組立工事が、矢のように過ぎる時間と奮闘しつつ、数々のトラブルに見舞われながらも進行していた。電気や油圧配管の工事も進み、各機器のコールドラン試運転が行われ、組み立てられた掘削機に台車がつながれていく。日本人技師たちは石川を信頼し、誰もが知恵と肉体を酷使するのをいとわない。

しかし石川には焦りがある。それはダンケルクでの仕事のピークと、サンガッテでのピークが重なることだ。これほどの重圧はない。どちらの仕事も重要である。しかし体は一つしかなく、二股は不可能だ。熟慮の結果、そろそろ自分はサンガッテに注力する時期だと判断した。

フィリップと今後の方針を打ち合わせた。

「私と中之島、電気技師の三人は明日からサンガッテへ移動して、Ｔ３の工事にかかろうと思います。あなたにはここに残り、責任者として、組立工事を完遂していただきたい」

さて、海の向こう播磨工場では休日なしの昼夜を通したＴ２の突貫工事が続いていた。毎日が戦争であった。

普段、現業員は定時に帰る広い現場だが、二十四時間、明かりと喧噪が止むことなく、稼働し続けている。設計マンや調達、検査等々をも巻き込んだ人海戦術が繰り広げられていた。

当然、それに伴うコストもうなぎ上りで、赤字額は増加の一途だ。しかし今やコストを考える余裕はない。息をする時間も惜しいくらいの必死さで、一日一日の工程をこなしていた。

日々、掘削機本体である胴体が形をなしていく。そして、契約から十一ヵ月後の一九八八年六月には神戸から七つに分割されて船に積まれた。一ヵ月後にそれらは他の機器と共にカレー港に到着。

そこで陸揚げされ、何十台ものトレーラーで立坑がある工事現場まで運ばれた。この内陸輸送は成功させたものの、言葉に言い尽くせないほどの困難を伴った。これには田畑昌幸が存分に腕を振るった。

だが喜んでばかりではいられない。日本で既に組立試運転を終えていなければならないのに、実態は可なりの部分が未テストのまま船積みされてしまった。ただ機械と配管および電気ケーブルとの干渉については、特に重要なので処置されている。そう石川は聞いているが、不満は消せなかった。

「日本での船積の納期が厳しいのはわかる。だけど、こんなやり方でいいのか。現場でテストをすれば数倍もの手間がかかるのに」

「本来、現場での試運転は単純なものであるべきでしょう」

と、フィリップも呼応する。現場というのは、普通は工場で実施された試運転の再現と再確認というプロセスに過ぎないのである。

石川は憤懣やるかたないが、文句を言っている暇はない。「さあ、立坑への投入にかかるぞ」と、皆にはっぱをかけた。

この時期、石川は既にダンケルクを引き払い、中之島と共に掘削現場となるサンガッテに戻っていた。何名かの技師もこちらへ移動させた。向こうの指揮はフィリップに任せている。

立坑周りの地上の地面には、いろんな機器が仮置きされ、加えて、運ばれてきたトレーラーに積まれたままの巨大な重量物なども、所狭しとばかりに保管されている。それらを一つずつ四三〇トン能力のガントリークレーンで吊るし、七五メートル下の地底まで降ろさねばならない。

ところが点検で、クレーンにガーダーの高さ不足の問題が見つかった。ＦＲＢの職人らと工夫をし、先ず三五〇トンを超えるスライドドラムをようやく下ろすことができた。しかし二四七トンの前胴と三七五トンの後胴はクレーンが使えず、ジャッキを使って慎重にじりじりと下ろす方法をとった。

何日もかけて多くの機器を立坑に投入し、組み立てていく。それを試運転して掘削寸前の機械の状態へともっていかねばならない。石川やフィリップだけでなく、川崎の技師たち、ＴＭＣ技師、それに何よりもＦＲＢの職人たち全員が知恵と体力の限りを絞った。一心同体となって、一瞬の油断もない血の汗を流しながらの緊張した共同作業である。

その頃、ダンケルクのＡＳＮＰでは油圧配管テストのためのフラッシングが行われようとしていた。配管内部に付着した異物、ゴミ、溶接後の残留物などをオイルの循環運転で洗浄する作業である。

この油圧配管は掘削機本体と、十四両の後方台車をつなぐもので、いわばプラントの血管にあたると言っていい。後方台車にも配管と様々な油圧機器が搭載されていて、これらにもフラッシングが必要だ。そのためには細かい手順に従って進めねばならない。

石川がいなくなってから、現場ではいつの間にか多門を元締めに、金本と扇谷、里村らが職人たちに指示を出すようになった。このフラッシングでも、金本が積極的に乗り出し、せっせと準備作業を取り仕切っている。扇谷と共に、これは自分たちの権限だと言わんばかりに、強引にことを運ぶのだ。

脇役に置かれてしまったフィリップは、見ていて、このままではうまくいかないのではないかと危惧した。手順をしっかり踏んでいるとは思えない。雑すぎる。

見過ごすわけにはいかず、意見を述べかけたが、「そんなことはわかっていますよ」と、金本に端（はな）から遮られた。感情が露骨すぎ、そのあまりの剣幕に日本人通訳は大げさに肩をすぼめた。油圧事業部から派遣された専門の若い石飛技師もため息をつく。彼にも出番は与えられていない。

準備が整った。

「さあ、今からオイルの注入にかかるぞ」

金本が片手をあげて合図し、スイッチをオンにして徐々に注いでいく。

ところが途中で思わぬ問題が発生した。配管にオイルを流したのはいいのだが、それがあちこちの継ぎ手やバルブなどから漏れてきて、床にあふれ出たのである。大失態だ。

（だから言わんこっちゃない）と、フィリップや石飛、電装技師たちが舌打ちした。

「雑巾で油を拭き取れ！」

間髪を入れず、多門の金切り声が飛んだ。

全員が雑巾や布切れを手に、ぱっと散り、米つきバッタのようになって懸命に拭き取る。人海戦術だ。とても人に見せられるさまではない。その甲斐あって、鼻を衝く臭いだけはどうしようもないが、ようやく油は片付いた。

その後、金本の指揮で再度の点検を施し、結局、二日間を浪費したのである。

「よし、今度こそ」と、再びオイル注入にかかった途端、又もや漏出の惨事だ。床は油だらけになり、再び全員総がかりで雑巾がけをさせられた。

「あいつら、何度、繰り返したら気がすむのか」

今やフィリップら技師たちだけでなく、通訳までもが嫌気を差し、出てくるのは愚痴ばかりだ。金本らがせわしそうに点検する様子を無気力にただ傍観している。

しかし信じられないことに、多門、金本らは自信と楽観を失っていないようなのだ。フラッシングを甘く見ているのか、手順を知らないのか。張り切って大勢を指揮する金本を前に、誰もが意見具申できない歯がゆさに耐えていた。

一方、サンガッテにいる石川のもとには彼らから悲痛な電話がかかってくる。中之島と外部食堂で遅い夕食を済ませ、一人でアパートに戻ったところへ電話が鳴った。フィリップからだ。彼は昼間に起こった二度目のオイル漏れのゴタゴタを早口の英語で報告したあと、こう懇願した。

「こんな連中を相手にするのはたまりません。こりごりです。早く私をそちらへ戻してくれませんか」

続けて電気技師からは「所長、早くダンケルクへ戻って指揮を執って下さい」と助けを求めてくる。その脇で酒に酔った通訳が「川崎のバカ垂れ」と叫ぶのが聞こえる。かといって、石川にもいい知恵が浮かばない。

「今、サンガッテは立坑への投入で、猫の目も借りたいほどの忙しさです」

と、現状の厳しさを説明する以外に言葉がなかった。そして「石飛君はいますか」と電話口に呼び、詰問した。

「君は油圧事業部から派遣されたフラッシングの専門家だろう。それなのにこのザマはどうしたことか」

「金本課長が私の言うことを聞きません。もうバカらしくなって、勝手にせよと放っています」

「まあ、そう短気を起こさないで。どうか会社のためだと思って、こらえてくれませんか。お願いしますよ」

そういうふうには言ったが、放置できない。明日、電話で多門と対決し、説得せねばなるまいと思った。

さて、場所は再びダンケルクの現場に戻る。実は思いがけないことでこの問題が解決したのである。

翌朝、多門と金本が誰の意見をきくこともなく、立ったまま、これから行うオイル注入の作業打ち合わせを始めた。扇谷、里村も額の汗を拭きながら横で畏まっている。

フィリップらはせめてもの反抗の意思表示に、雑巾の束をこれ見よがしに脇へ置いて待機した。昨日のあの点検の仕方では、また同じ悪夢が再現するのが目に見えている。

その時だ。突然、播磨工場から来ている現業職の上谷誠がグイと数歩前へ出た。大きな目をかっと見開き、金本を睨んだ。課長でも係長でもない現業のたたき上げ職人である。感情の堰が切れたかのように大声を浴びせた。

「もうええ加減にせんかい。お前はどいとれ。わしが作業の指揮をする」

そう吠えるなり、呆気にとられた金本に目もくれず、オイル配管のところへ歩み寄った。それに呼応してフィリップや他の技師たちも「おうっ」と駆け寄り、一斉に総点検にとりかかったのである。

上谷の指示は的確で自信に満ちていた。確実に手順を踏んでいる。数時間後には点検が完了。そして時を移さずオイルが注入され、すべての作業が収束したのである。上谷は最後に立ち上がった救世主であった。


派遣技師の数はサンガッテとダンケルクの二ヵ所を合わせると、もう四十名を大きく超える。リール工場や通訳なども含めば、六十名になるだろう。多門や里村が考えていた当初見積の十三名から倍数的な人員増だ。これが赤字額十七億をいっそう跳ね上がらせるが、そんなことは言っておられない。

「皆、きつい仕事を頑張ってくれている。彼らに感謝だね」

石川は技師たちが働きやすいようにと気を配るのを忘れない。労務管理も彼の重要な仕事である。実質的にはアドミの田畑が担当しているが、できるだけ時間を見つけては技師たちの生の声、意見、不満を直接聞くようにしている。

「それにしても所長、技師の皆さんが羽目をはずさないのが有難いですね」

田畑との会話である。

「まったくだ。過去の外国現場では何度か女性問題で刃傷沙汰になったことがあったからね。皆、きつい仕事を頑張ってくれている。彼らに感謝だね」

ちなみにその彼らが住む宿舎だが、石川、フィリップ、中之島ら数名は各自がカレーで下宿していたが、技師たちは全員、会社が借り上げたアパート一棟に日本人コックの賄い付きで居住していた。

この頃、石川とフィリップはＴＭＣ現場所長のミシェル・トマと掘削準備にかかるための工程打ち合わせで忙殺されている。現実とは思えないほど多忙の極にあった。

ところが案の定、心配していたことが起こった。Ｔ３掘削機は、フランス製作のローカルポーションと日本製作ポーションを現場で一体化のために組み立てねばならない。ここで問題が発生したのである。

両国での製作の進捗状況を照合すると、日本側が間に合わず、どうしても一体化の完成が遅れてしまう。掘削開始が当初予定より三ヵ月遅らさざるを得ないことが判明したのだ。トマはまだそのことを知らない。

三ヵ月遅れの現状に石川はあわてた。日本へそれを伝えたところ、

「遅延ペナルティを払うのは痛い。しばらくＴＭＣに隠せないものか。その間に知恵が浮かぶかもしれん」

そんな悠長な返事が返ってきた。石川は耳を疑った。

—この一刻を争う時に、いったい何を考えているのだ。

呆れかえり、これ以上日本と相談するまでもない。独断で三ヵ月遅れの開始を決断した。そして、すぐさまフィリップが動いた。トマの助力も得て、うまくＴＭＣとの交渉が進み、遅延ペナルティは回避できたのである。

ちなみにトマは三十年ほど前のアルジェリア紛争時、前線の戦車隊長として死地をくぐり抜けた兵（つわもの）で、この工事の直前までアルプスを貫くトンネル建設工事の現場所長の任にあった。胆力、決断力、統率力は申し分なく、石川とタッグを組む現場所長としてまさに適任であった。

## 3 水攻め

ＡＳＮＰではオイル配管のフラッシングも完了し、プラントの組立試運転が順調に進んでいた。それが済むと、プラントを元通りに解体して、十キロほど離れたダンケルク港へ輸送。そこで船積みされ、カレー港経由、サンガッテの現場へ内陸輸送される段取りである。

プロジェクトの流れはダンケルクからいよいよ最後の主戦場、サンガッテへと移っていく。技師たちの多くも順次、職場を移し、宿舎はこれまでと同じだが、毎朝、大型バスで石川がいるサンガッテへ通うようになった。

そして、ここサンガッテの立坑内では、組み立てが終わった未テストのままの機器が次々と試運転され、掘削準備が整っていく。掘削機、各種機器、配管の束、後方台車などが所定の場所に所狭しとばかりに置かれている。

立坑の地上にも、機器や配管に加え、多くの台車が残され、投入の順番を待っていた。メキシコ湾流の暖流のためか、冬といっても、浜から吹いてくる風はそれほど冷たくない。汗をかく労働にはむしろ好ましい。

十二月の始めにはトンネル発進式を行う予定だと、ＴＭＣから通知を受けている。これは厳守せねばならない。立坑内の石川は最後の追い込みに入っていた。

バラバラに束ねた油圧配管を組み立てようと、近づいて何気なく配管内部をチェックしたところ、驚いた。思わず叫んだ。

「何だ、これは…。ゴミや溶接のバリが残っているじゃないか」

中之島が駆け寄り、目をむいた。

「信じられません。フラッシングをしていませんな」

「あり得ない。日本で済んでいるはずなのに、どうしてなのか」

「所長、もしこのままトンネル内で油を注入して運転していたら、重大事故になっていましたよ」

「まったくだ。川崎は満天下に恥をさらしただろう。船積みを遅らせてでも、フラッシングした正常品を現地に届ける。これは技術者のモラルじゃないか」

　中之島の憤慨は収まりそうもない。

「たとえ百歩譲ったとしてもですよ。フラッシングをしていないのならいないで、その事実と理由を事前に通知すべきでしょう。現地側で処置せよと伝える義務があります」

　石川に理性が戻ったらしい。手をかざしながら、「まあ、まあ」と抑えた。

「品質保証部なのか播磨工場なのかはわからないが、日本側の非を責めている暇はない。彼らも船積み遅れを気にしていたのだろう。大急ぎでフラッシングに取りかかろう」

　そう言って、直ちにすべての配管を地上へ上あげさせた。地上に残っていた配管も含め、それらを上手く繋いで手際よく一つの輪にしていく。そして内部へオイルを入れ、油圧ポンプでこれを循環させて配管内を洗浄したのだった。


　一九八八年十二月六日。T２の発進準備が完了し、いよいよ掘削開始である。それに先立ち、地上で粛々と発進式がとり行われた。川崎からは滝井が田所と猿田に随行し、三名とも神妙な顔つきで列席している。

　空一面に張りついていた薄曇がゆっくりと風に流され、徐々に青空が見えてきた。日が差し、一気に周りの空間が明るくなった。

　にわか作りのステージに、ＥＣ加盟国の人たちが民族衣装を着てずらっと横に並んでいる。民族統合の象徴なのだろう。そのステージ下の正面には、各国の国旗が並び、日の丸の旗も掲げられていた。華美に走らない節度ある簡素さが田舎の風景に調和し、素朴な雰囲気を漂わせて好ましい。

石川は溜まった疲れを追い払うように一度、二度と、深呼吸をした。

現場所長に赴任して、かれこれ一年になる。怒涛のような悪戦苦闘の日々だった。それがようやく発進するところまでこぎつけた。感無量ではあるが、これからはもっと大きな困難が待ち受けているのを予感している。

近くにいる滝井と目が会った。一瞬の交錯だったが、これらの感情を無言のうちに共有するには十分な時間であった。

ユーロトンネルの幹部が挨拶している。そしてその最後に、「…我々はこのT2掘削機を『ヨーロッパ号』と名付けました」と、誇らしげに宣言した。

その後、何名かの挨拶が続き、時間通りに終了。いよいよ発進が始まる。全員、エレベーターで立坑の底へ降りた。

話し声がやみ、誰もが期待と誇り、不安を交錯させながら見守っている。ちょうど立坑前面の壁に、十メートルほど奥までくり抜かれた大きな穴がある。そこへ掘削機が投入されるのだ。

「さあ、かかるぞ」

石川の声に、TMC現場監督のトマもうなずく。

乾燥した無風の空気を切り裂くように、激しい音と共にドーバーに向かって発進した。契約予定より三ヵ月遅れているが、客先の了解は得ている。

このT2から数ヶ月遅れでT3もあとを追うこととなる。二本の海底トンネルで、日本人、TMC技師、フランス人作業員たちがしっかりと手を結び、運命を一にした壮大な共同作業に漕ぎ出すのである。

事前のボーリング調査で、トンネルの発進入口から前方にブルーチョークがあるのはわかっている。最初の十メートルほどの部分は、あまり水が出ないようにと、前もってセメントミルク（セメントと水を混ぜ合わせてできるミルク状のもの）を注入して固め、掘りやすいように地盤改良をしている。

「なかなか調子がいいぞ」

作業員はもちろん、石川、フィリップ、技師、滝井、多門ら皆は、ほこりをかぶり、時には泥にまみれながら掘削機に張りついた。

だんだん海底が深くなり、一週間ほど過ぎた二十日頃のことだ。出てくる水の量が急に増えてきた。

「水圧が三気圧に上がったぞ」

現場監督のトマの甲高い声がトンネル内に響いた。厄介なグレイチョーク層に入ったのだ。水が混じって、まずいことになる。多門が叫んだ。

「推進力とカッターの回転速度をもっと上げろ」

「ダメです。掘削が進みません」

これまで一分間に三から六センチ進んでいたのが、ガクンと、三分の一に落ちてしまった。自慢のスクリューコンベアがうまく排土できていない。

「どうしたのだろう？」

とその時のことだ。コンベアの出口からチョークの塊（かたまり）と、地下水に溶けたチョークの泥の両方が、ドッと飛び出してきた。たちまち辺り一面、泥の海と化したのだ。作業員たちは太腿のあたりまで水びたしになった。恐れていた事態発生である。

「先ず水だ。水を止めよう」

トマの声を受け、多門が通訳を通じてフランス人作業員に「スクリューコンベアをもっとゆっくり回すように」

と指示。続けて、手振り身振りも交えながら、出口のゲートを少し開けただけにして運転するようにと命じた。カッターの回転は機械能力いっぱいまで上がっている。

その結果、どうにか湧水は止まったのだが、今度はズリ（岩石や土砂）がこねられ、カチカチに固まった状態で出てきた。

これには頭を抱えた。掘進速度が極端に落ちた。スタート時点では一リング（約一・六メートル）を掘るのに二十分ほどだったのが、二時間も三時間もかかる。

加えて、リングを掘り終えるたびにセグメント（トンネルの壁）を組み立てることになっていて、それをするには掘削機の底に溜まった泥水が邪魔で、ポンプで吸い出す必要がある。だが遅々として、捗らない。

「参ったなあ。吸い出すだけで一時間も二時間もかかるとは…」

そんな溜息ともつかない多門の声に、石川が呼応した。

「この調子だと、一チーム八時間、二チームで十六時間作業しても、日に二、三リングしか進みません。トンネルを掘り終えるのに十年以上かかる計算になってしまいます」

「ボーナスどころじゃないなあ」

と、滝井も天を仰いだ。最悪である。前途に暗雲が立ち込めた。暗澹とした雰囲気と皆の憔悴しきった顔、そして顔。

この頃、ジオテクのクロスも隣のT1サービストンネルに張りついていて、てんやわんやの大忙しだ。彼らの掘削機も同様に水没し、混乱を極めていた。彼にアドバイスを求めるどころではなかった。

―かくなる上は技術者たちの知恵に賭けるしかない。

滝井と石川はそう覚悟した。日本から派遣されてきた三名のゼネコンの技術者も駆けつけてくれている。

スクリューコンベアの脇に皆が集まり、立ったままの協議が続く。スクリューの回転数の比率を変えるとか、出口にあるゲートの開き具合を変えてみる。だが、うまくいったかと思えば、再びチョークの塊と共に、チョークの混じった泥水が出てくる。まさに悪戦苦闘の連続だ。

しかし掘削機を止めるわけにはいかない。あれこれ工夫をこらしながら、ともかく泥水の中を毎日、一リング、二リングずつ進んだ。まるで匍匐(ほふく)前進である。

「小さな改良でいい。積み重なれば必ず突破できる」

その信念のもとにさらなる工夫を重ね、次々と改良を加えた。

ズリが滑りにくいようにベルトコンベアの傾きを小さくした。カッターディスクの中央部にあるカッターを一部取りはずし、チリ取りの役目をするシュートも改造する。これに水をかけるための装置を付けた。またズリを運ぶトロッコや、泥水を吸い出す高性能のポンプも増やした。

こうして徐々に掘削機は進み出し、ようやく一日五リング（八メートル）くらい掘れる日も出てきたのである。誰言うともなく、「やったぞ」という声が湧き上がり、皆の顔に自信の色が戻ってくる。

改良後の機械は頼りになった。使い始めこそあちこち不具合や故障が見られたが、これらもだんだん減り、作業員たちは慣れてきた。

しかし問題がすべて解決されたというわけではない。スクリューコンベアから出たズリがヘドロ状になるのだ。そうかと思えば、十五度の傾きをもつベルトコンベアの上で大きなチョークの塊がスリップした。

この塊は厄介だった。水に触れるとツルツルして滑りやすくなり、もう少しでベルトが水平になるというところまできて、十メートルほどを滑り落ちてくる。そのとき後から来たヘドロ状のチョークを巻き込んで、コンベアの下にいる作業員に頭からどろ水を浴びせてしまうのだ。

しかし、いい方法が思いつかない。原始的な方法で対処するしかなく、だましだまし掘り進んだ。黄色の雨合羽を着た五、六人のフランス人作業員が、スコップを持ってベルトコンベアの両側に並ぶ。滑り落ちそうな大きな塊を根気よくかき上げるのである。

作業員たちは日本人をからかった。

「俺たちは甘かったよな。日本からハイテクマシンを買ったとばかり思ってたんだ。それなのにどうだ。今やっていることは何のことはない、舟漕ぎ人夫だよ」

すぐさま石川も「舟漕ぎ人夫はこんなに泥で汚れませんけど」とやり返し、笑い声が広がった。

時には技術者たちも長靴で塊をグイと押し上げた。だが餅のようにねばついたグレイチョークにまといつかれ、脱がされてしまう。

「コンベアベルトに溝をつくったらどうだろう。少しは滑りにくくなるのではないか」

「もう少しベルトのスピードを上げてみよう」

などと、作業員が提案する。

そういったいろんな工夫を重ね、少しずつよくなってきた。

「どうだい、ムッシュー。俺たちの舟漕ぎもうまくなっただろう。この頃は二、三人でできるんだぜ」

と、ユーモアたっぷりに言って、ニヤッと笑う。

石川はつられ笑いをしながらも、深い感動を覚えていた。今このトンネル内で、日本人もフランス人も皆が民族の違いを超え、一体となって走っている。ひたすら成功を願って、同じ熱い汗をかいているのだ。

そのときトマの激励の声が聞こえた。

「あと四百メートルだ。そこからはグレイチョークがなくなって、掘りやすいブルーチョークが現れる。皆、頑張れ」

そして、掘り始めて三ヵ月あまりの一九八九年三月二十日、遂に最初のマイルストーン三百メートルを達成したのである。期日である二十二日の二日前だった。石川が頭の中で十ミリオンフランのボーナスのことを思い浮かべていたのは言うまでもない。


さて、マイルストーン達成のニュースは日本側を湧きたたせるのに十分だった。日本に戻っていた滝井もその一人である。猿田と田所は「これでプロジェクトが首の皮一枚つながった」と、一緒に銀座で祝杯をあげている。

しかしその半月前にも、その時の場所は神戸のナイトクラブであるが、二人は祝杯をあげて人生謳歌を満喫したばかりだった。田所と社長の座を争っていた本社部門総括の専務坂戸雄二郎が、脳梗塞で一夜にして亡くなったのである。あっという間の出来事だった。あまりにも劇的すぎる。これで次期社長は田所専務で決まるだろうとの観測が広がった。

―残念だな。

滝井は坂戸の死を知った夜、一人、新橋烏森の赤ちょうちんで寂しさを味わっていた。坂戸とは顔を知っている程度で話したことはない。だが田所だけには社長になってほしくないという願いがあった。派閥仲間を集めたり、人事でえこひいきをしたりで、ともかく私を優先し過ぎる。社員二万人の大組織を率いるリーダーとして、彼ほど相応しくない人物はいない。その比較論で坂戸を応援していたのだった。

ではなぜ田所のような人物が現れたのか。理由は単純だ。事業部制が徹底し、その独立性を尊重するあまり、本社人事部の睨みが届かなくなっているからだと思っている。

しかし一介の平部長が社長争いのことを心配してどうしようというのだ。自分はドーバープロジェクトを成功させるのが現実目標ではないのか。その当たり前のことに気づいて苦笑した。

## 4　掘削機の故障

三月下旬に入り、三チームによる一日二十四時間の作業体制が敷かれた。まだ問題は発生するものの、二回目のマイルストーンである千メートルを五月十七日に達成。予定より四十三日も早い。この快挙に石川と現場にいた滝井、多門は歓喜した。

「これでスタート時点での三ヵ月遅れのペナルティを払わなくてすむ」

と、肩の荷を下ろした。もちろん二回目のボーナス十ミリオンも獲得した。

トマは喜びを後回しにし、早くも次の目標地点に向かって作業員の背を叩き、掘り始めている。

「さあ、次は二千メートル地点だぞ。皆、気を抜くな」

千四百メートルを過ぎたあたりからかなり地層がよくなってきた。厄介なグレイチョークと水が減り、小さな塊であるブロック状のブルーチョークが増えてきたのである。掘進速度も上がり、五月に入ると一日平均で十五から二十メートル掘れるまでになった。

ところが好事魔多しとはこのことか。五月末にカッターの点検をしたとき、重大な欠陥が見つかったのだ。

「カッターディスクに割れ目があるぞ」

その声で石川が近づき、よく見ると、中央付近の鉄板の一部にごく小さな割れ目ができている。この鉄板はディスクを支える骨組みとして、その形状を保つ重要な役割を果たしているのだ。

「目視ではよくわからないな」

直ちに道具を持ってこさせた。測ってみると、中央部が数センチも後ろにへこんでいる。

「これは大変だ」

重大事故につながりかねない。鉄板をつなぐ溶接部分に薬を塗って調べたところ、肉眼では見えない割れ目が他にも幾つか見つかった。

「大至急、修理せねば…」

トマに頼んで掘削機を止めてもらい、大急ぎで事務所へ戻った。日本に連絡をとって、帰国していた多門と溶接の専門家、そして優秀な溶接作業員の即刻の渡仏を要請した。

この情報は川崎の技師やフランス人作業員だけでなく、ユーロトンネルと銀行団にもショックを与えた。ようやく順調に掘れるようになり、皆喜んでいたところである。それだけに受けた衝撃は計り知れないものがあった。

日本側の行動は素早かった。田所専務が迅速に動いた。彼はドーバープロジェクトが快調に進んでいると、自慢を押し隠した控えめな言葉で副社長の大岡保に報告したばかりなのだ。失敗すれば恥をかくだけではない。自分の命取りにつながる。

たまたま大岡は阪大の大学院で溶接の博士号を取得していた。彼自らが技術部門に連絡を入れ、明石技術研究所からは溶接の権威者服部五郎を、技術開発本部からは田辺輝明を指名した。田所も服部から推薦された造船事業部のベテラン溶接技能者一人と自分の事業本部からも一人を選び、翌朝には全員フランスへ出発させた。一行の中には多門と彼の部下近本もいた。

滝井は神奈川でのシールド案件のネゴ中で渡仏できなかったが、いわばオール川崎の体制である。

未明にパリのシャルルドゴール空港に着き、それから鉄道に乗り換えてサンガッテの現場に着いたのは午後遅くだった。皆は眠気を忘れ、止まったままの機械と睨めっこした。

「どういうふうに修理すればいいか」

「なぜこんな割れ目ができたのだろう」

「間違った運転をしていなかったか」

「まさかカッターを回転させずに前進させたりしていないだろうな」

「川崎の設計段階で負荷の計算間違いがあったのではないか」

「製作者のＦＲＢで溶接がきちんとなされ、ディスクの骨組みが設計通りに作られたのか」

　こうした疑問が翌日から徹底的に調べられ、議論された。リール工場へ行って運転記録を調べたり、日本の設計部に連絡をとったり、ディスクを動かしてみたりと、睡眠を削って時間と戦った。

　そしてとうとう犯人が突き止められた。それはグレイチョークであった。このチョークは水分次第で性質が変わる特性をもつ。水分が多いとシャバシャバになって水に溶けるのだが、少し減ると、今度は粘り気が出てくるのだ。

　これがカッターディスク中央の複雑な形状をした隙間が少ない部分に、時間の経過と共にジワジワと付着し、まるでセメントのように固まってしまっている。そのためにディスク中央部は、削られた土砂を取り込めなかった。その結果、周りの部分よりもずっと大きな力が加わり、割れ目ができたと結論づけられた。

　石川は内心、忸怩（じくじ）たる思いが消せない。今さら何をか言わんやだ。白々しい理屈である。グレイチョークと水分の関係は始めからわかっていたことだ。強度計算に誤りがあったことは否定できないだろう。だが口が裂けてもそのことは言えない。トマも、気づかないはずがないのに深入りしなかった。

「要は想定以上の負荷に耐えられる強度が不足していたということなのだろう」

　と、あいまいな表現でやり過ごしてくれ、石川もそれに乗った。

「よし、原因は分かった。急ぎましょう。次はどう修理するかです」

トマと石川との協議が始まった。まだ千メートルしか進んでおらず、あと千五百メートルも残っている。同じ過ちは許されない。たとえ運転間違いが起こってチョークがわずかに付着したとしても、二度とへこむようなことがあってはならないのである。

ＴＭＣと川崎との役割分担が決まった。ＴＭＣは材料を運びこみ、足場を作り、換気設備を用意する。川崎は修理に必要な鋼材などの材料手配、新しいカッターの設計、製作だ。

掘削機先端と切羽（きりは）の間の狭い場所での作業が要求される。息の抜けないきつい仕事になるだろう。しかも一日三交代二十四時間の突貫工事だ。

「神戸工場から技術者をもっと送ってもらおう。隣のＴ３メンバーからも何人か応援を出してもらおうじゃないか」

しかしここで問題が起こった。契約では溶接と組み立てはＦＲＢの担当であり、その作業をするのはフランス人でなければならない。

「弱ったな。ちょうどバカンスが始まったばかりだ。腕利きの職人を集めるのが難しい」

石川は考え込んだ。この国ではバカンスは労働者にとって犯すことのできない絶対的権利と言ってもいい。滝井は「そうだ、いい考えがある」と言って、ＦＲＢのヴェルニに電話を入れ、懇願したのだが、返事には失望した。

「窮状はよくわかるけれど、これは工場長の管轄です。営業部の私には何の権限もありません」

迷っている時間がない。石川は職人たちがいるリール工場へ行く決心をした。リールまでこの時間帯は道が混んでいる。車より列車の方が早い。用事のある滝井とフィリップを除き、石川、多門が日本人通訳を連れてカレー駅へ急いだ。その間、フィリップから工場長へ電話を入れ、簡単に要件を伝えてもらうことにした。

二時間後に一行はリール工場の会議室にいた。十人ほど作業員を出してもらえないかと工場長に頼んだのだが、渋い顔が返ってきた。

「この時期、無理ですよ。でも…お世話になっている川崎ですからね」

と言って、ちょっと間を置いた。そして考えるふうに指で数え数え、

「そうですな。五人出すのが精いっぱいというところです。他の者は皆、バカンスの計画がありますので」

「まあ、そうおっしゃらずに、そこを何とか…」

「ふうむ。こればかりは私の力にも限界があります」

と投げ返してきた。が、ふっと顔を上げ、

「しかし可能性がないわけではありません。川崎の日本人責任者である皆さんが、直接、職人に頼んでみられたらどうでしょうか」

「なるほど。それしかなさそうですな」

「そろそろバカンスに出発するところだろうから、急いだ方がいい。結果は請負えませんけれども」

さっそく皆は現場に出た。職人たちに会って丁重に頼んだが、結果は芳しくなかった。

そう長く仕事の邪魔をするわけにはいかない。そろそろ退出の時間だと、工場長が石川に目で合図した。

「困りましたなあ」

「万事休すだ」

皆の口から出るのはため息ばかりである。正門前でタクシーを拾った。失意と焦りが一気に疲れを誘う。途中でカフェに立ち寄り、コーヒーの小休憩をとったのち、サンガッテの現場事務所に戻った。もう暗くなりかけて

いる。明朝一番で再度、打開策を検討することになった。

夜が明けた。会議室の一同はいい知恵がなく、寡黙気味で、のっけから頭を抱えこんでいる。落胆の色が隠せない。バカンスの壁は前方にそびえる巨大な絶壁のように見えた。石川は悲痛な声を絞り出した。

「あと四人だ。五人とは言うまい。四人が受けてくれさえすれば、プロジェクトは助かる」

そのときノックと共に、フィリップが助っ人ですよと言って、フランス人を連れて入ってきた。何とＴＭＣ幹部のマジノだ。

「ミスターマジノはあの会社の職人たちに顔がききます。地域のテニス仲間が何人かいるのですよ。彼はうってつけです」

ヘルメットをかぶったマジノが、「いやいや」と照れ笑いしながら手を横に振った。

「私は単に日本の方たちが説得するのをバックアップするだけですから…」

と謙遜するが、それをフィリップが軽く遮った。

「ミスターマジノと日本の皆さんとの合作で、何としてもこの窮地を脱しようではありませんか。ドーバープロジェクトを頓挫させないために」

「おうっ」と一同が声を上げた。滝井も力強く発声したが、あれほどまで川崎に反発していたマジノの変身ぶりに驚いた。嬉しかった。わざわざ駆けつけてくれ、一肌も二肌も脱ごうとしている。過去の恩讐を超え、ただドーバー成功を望むその意気に、胸が熱くなった。

きのうの顔ぶれに、マジノ、滝井、フィリップが加わり、総勢六名。今日の説得にかける意気込みがわかろうというものだ。車二台に分乗してリールへ向かった。この説得でプロジェクトの成否が決まるのだと思うと、誰もの顔から緊張が隠せない。

途中の道路わきには白や紫のアイリスの花が密生し、バカンスの季節の到来を告げていた。その皮肉なタイミングが恨めしい。

数名の職人たちが工場長と共に会議室で待ってくれていた。どうもきのうと雰囲気が違っている。マジノも来るという知らせが効いているのかもしれないと、滝井は思った。

石川は心を込め、きのうと同じセリフを繰り返して懇願した。

「一年も半年も前から立てていたバカンスの予定を崩させることになり、本当に申し訳ありません。しかしこの仕事はフランスと日本のためだけではない。世界中の人々が注目しているプロジェクトなのです」

と前置きし、現在の窮状を訴えた。

「もし皆さんのご協力を得られなかったら、プロジェクトは頓挫します。ぜひお力添えをいただきたいのです。しかも修理にあまり時間をかけられません。一日三交代二十四時間の突貫工事です」

そんな熱弁の合間にマジノも適宜、合いの手を入れ、情に訴え、後押しするのを忘れない。そして折をみて、

「ミスター石川、手当については弾むつもりでしょう?」

と、職人たちに支払うインセンティブへの誘いをかけた。石川もこの機を逃すはずがない。

「もちろんですよ。工場長と別途、お話させてもらいますが、ご納得いただけるような提案をしたいと思っています」

和やかな雰囲気がしばらく続いたあと、結論が出た。フランス人はバカンスにうつつを抜かすというが、そうではなかった。情が通じたのである。三人が意気に感じてその場で応じてくれた。

さらにもう一人はイタリアでバカンス中だったが、途中で切り上げて参加してくれると、一日遅れで連絡があった。こうして最後の崖っぷちで九人の作業員を確保できたのだった。

突貫工事が完了した日の夜遅く、滝井と石川、フィリップはカレーの海辺にある小さな田舎料理レストランでささやかな夕食会をもった。参加者の中にマジノが招かれたのは述べるまでもない。

「プロジェクトの成功を祈って、乾杯！」

フィリップがワインで乾杯の音頭をとった。続けて石川が、「ミスターマジノの功績に乾杯！」と、彼の労をねぎらう。滝井はマジノの爽やかな顔を見、この瞬間、彼と川崎が太い一本の線でつながったのを意識した。感無量であった。

# 第六章　さらばフランス

## 1　大成功

一九八九年六月末。T2のカッターディスクの修理も終わり、翌七月三日から再び掘削が始まった。快進撃の開始である。六月に掘ったのはゼロだったが、七月には最高の四三四メートルを記録。十月十五日の二千メートルのマイルストーンは余裕をもって達成した。

その間、後を追っていたT3もすでに二回のマイルストーンを達成し、ボーナスを取得済みである。この時点で獲得したボーナスは五〇ミリオンフラン（十三・八億円）になった。

加えてスペアパーツのカッタービットも驚くほど摩耗が少なく、しかも契約した価格が高いので、もう笑いが止まらない。十七億円の赤字はすでに消えかかっているようだ。滝井が仕掛けておいた二つの工夫が威力を発揮し、川崎のドーバープロジェクトは確実性をもって明るい未来へ向かって加速した。

派遣技師数の増大と播磨工場での突貫工事でコストが跳ね上がったのは致し方ない。しかしこの分の赤字も減らせるのではないかと、そんな期待にすがる滝井がいた。

地層もグレイチョークから掘りやすいブルーチョークへと変わり、一方、フランス人も運転に慣れて効率よく掘り進む。トンネル内の人々は皆、人種も職種も関係なく、まるで家族のように一丸となって夢の実現に邁進した。それにはトマと石川、フィリップの身を粉にした貢献があったのは言をまたない。

一九九一年一月一日は一万メートルのマイルストーンの日にあたる。これの達成も含め、T2、T3のボーナス額は計算上、すでに九〇ミリオン（三二・一億円）に達した。但し二基で受け取れる上限が八〇ミリオン（二二・一億円）と契約で決められているので、それ以上はもらえない。

プロジェクトの大成功はもはや誰も疑わない。日本の社内ではドーバーにあまり関係のなかった人たちでさえ騒ぎ出した。

「あれには私も関係していたのだ」とか、「ユーロトンネルのミッションが成田空港へ到着した時は私が出迎えたんですよ」などと、如何にも自分が関与したかのような動きが活発になった。

赤字受注が発覚した時は誰もが逃げたのに、何という違いだろう。これが人間の性なのかと、滝井はこの齢になって、何だか改めて勉強させられたような複雑な気分になった。

—怖いほど順調だな。

武者震いを抑えるのに苦労する。この調子だと天変地異でも起こらない限り、約束の十六・三キロは期日よりも早く到達するだろう。そうなると十四回のボーナスだけで上限の八〇ミリオン（二二・一億円）もの額が転がり込む計算だ。

しかもブルーチョークに入って、掘削スピードがますます加速している。目標地点には予定より相当早く着くに違いない。ここで又ひと儲けできるかもしれないと、滝井は考えた。

フランスへ飛び、石川と相談した。

「イギリス側の掘削進度はどうですか」

「それが全く遅れてしまって、掘削機は遥か遠くにいますよ」

「ブルーチョークで水も出ません。掘りやすいのに、おかしいですね」

「だからユーロトンネルも弱っています」

「川崎が十六・三キロを掘り終えたら、イギリス側も掘ってくれと頼んでくる可能性はありますか」

「大いにありますな」

滝井と石川は今や親しくなっているトマにその話を持ちかけた。トマにも異論はない。

「全体の工期が早まるのならユーロトンネルも歓迎ですよ。望むところでしょうね。さっそくＴＭＣとの会談をセットしてみましょう」

滝井は石川を連れ、久しぶりにＴＭＣの契約部を訪れた。トマの根回しもあったのか、話はとんとん拍子に進んだ。工期一日五億円が節約できるのなら、どんなことにも飛びつきかねない雰囲気なのは有難かった。

ＴＭＣは前向きだった。

「マッコームとホウデンの遅れは顕著です。現時点ではＴＭＣとして、川崎に何キロ掘ってほしいとは言えませんが、取りあえずは金額だけ決めておきませんか」

渡りに船だ。協議の末、川崎が一キロ掘ったなら、一ミリオンフラン支払われることで決まったのだった。

ちなみに後日、川崎は九ヵ月も早く目標地点に到達し、イギリス側にも四キロ掘ったのである。先ず九ヵ月早かった分の特別ボーナス二〇ミリオン（五・五億円）を得、それからイギリス側四ミリオン（一・一億円）、マイルストーンの八〇ミリオン（二二・一億円）も合算すれば、計一〇四ミリオン（二八・七億円）を得たのであった。

さらにカッタービットでも最終的には〇・六億円の利益を計上し、二つの仕掛けを合わせれば、二九・三億円の利益増となるのだ。受注時、価格は本体五五・二億円に加えてスペアパーツ一九・一億円の計七四・三億円で、赤字額はほぼ八・五億円だった。ところが重量の大幅アップで一七億円の赤字に増えている。

だが決算としては赤字を帳消しにしたばかりか、派遣技師増と突貫工事に伴う人件費等五・二億円、営業諸チャージを六億円としても、総原価に対する純利益一・一億円を確保し、黒字転換を成し遂げたのだった。

滝井が苦肉の策として編み出したボーナス条件変更とカッタービットの固定契約が、言ってみれば、野球の九回裏ツーアウト、ノーボールスリーストライクから逆転満塁ホームランをかっ飛ばしたのである。

しかし後述するが、この決算時点ではバッターだった滝井は、ドーバー担当の職務から一方的に解かれていたのだった。

## 2 冷遇

英側への掘削延長の補遺契約をしてからしばらく経った二月の始め、FRBのヴェルニから滝井にライセンス契約について話し合いたいとの申し出があった。ドーバーで自分たちもかなり自信をつけたので、もう少し自由に活動できるようにライセンスの縛りを緩めてくれないかというのだ。

滝井は掘削の進捗状況を見たいと思っていたところなので、ちょうどいい。その目的も合わせ、フランスへ飛んだ。FRBとの会談は一日で終わり、宿題として日本へ持ち帰ることにした。

トンネル内で滝井は作業服のほこりを払いながら、進み具合を石川に尋ねた。石川はよほど頑丈な体らしく、疲れた姿を見せたことがない。大学時代は相撲部の主将を務めていたという。

「上々ですよ。予想以上のスピードで進んでいます」

「それはグッドニュースだ。目標地点にはあとどのくらいで着きそうですか」

「そうですね。数ヵ月もあれば十分でしょう」

滝井は指折り数えながら、

「この調子だと、ボーナス上限の二十二億円をゲットするのはもう確実だね」

「滝井部長のお陰で命が救われましたよ。英側の掘削も今の調子だと、川崎に頼んでござるを得ないでしょう。以前、お話しした通りです」

「お陰だなんて、私はおだてに弱いんだよな。今夜の食事は私がおごりましょう」

その夜、滝井、石川、フィリップの姿がカレー市内のフランス料理店にあった。

「ドーバーの成功を祈って乾杯！」

「土木機械部の発展を祈って乾杯！」

心おきなく過ごせる楽しいひと時だった。

翌朝、滝井が事務所へ出ると、日本から着いたばかりの若い派遣技師の挨拶を受けた。石川はすでに現場に出ている。

「猿田事業部長からこの封書を直接手渡してほしいと預かってきました」

技師はそう言って、差し出した。

—何だろう？

簡単な挨拶が終わり、開けてみると、手書きの薄い手紙が入っている。そこにはドーバープロジェクトでのこれまでの滝井の貢献に感謝する言葉に続き、今回の出張を機にドーバーを卒業して、今後はいよいよ本格化する東京湾横断道路のトンネル受注に全力投球してほしい。後任のドーバー担当には杉本公介課長が適任だろう、と書かれている。

あまりに突然のことに滝井は戸惑った。瞬時、思考の回路が停止した。なぜなのだ。なぜ今、自分がドーバーを離れなければならないのか。どうも合点がいかない。

ドーバーはもちろん、東京湾横断道路にせよ、他の国内プロジェクトにせよ、営業活動に関する限り、これらはすべて営業部マターである。従来通り、営業部長が統括すればよいのではないか。それをわざわざドーバーだけ部長管轄から外すぞと迫っている。

部下の杉本に大きなチャレンジの機会を与えることに異論はない。むしろ好ましくさえある。ただ直感だが、あえて自分を狙い撃ちにするという、隠れた意図が匂っている気がしてならないのだ。

何かすっきりしない思いが心の中にどっしりとおもりのように沈んでいる。それに営業部内の人事をわざわざ事業部長が差配するのも尋常ではない。

石川の秘書が何も知らずにニコッと微笑みながら近づいて来、熱いコーヒーを淹れてくれる。

「メルシー」

そう返した自分の一言は滝井を少しばかり解放してくれた。喉が潤され、徐々に落ち着きが戻ってきた。

それにしても猿田はなぜ直接自分に話さないのか。わざわざフランスで手紙にして渡すという手の込みようが気になる。何か後ろめたい意図があるので言いにくかったと、そう勘ぐられても仕方あるまい。

幸いなことに、トンネル掘削工事の技術的な問題はほぼ解決したし、採算も大幅赤字から黒字転換する見込みがついた。あとは行け行けどんどんだ。T2貫通までまだ半年、T3貫通まで二年はかかるけれど、杉本課長で十分務まる。もはやプロジェクトの成功に疑いはない。

そう思うと、急に隠れた意図など、どうでもいいような気になった。詮索などしても意味がない。滝井は不要だと言われれば、「ああ、そうですか」と、あっさり受け流してもいいのではないか。そんな気持ちが体内に湧き出た。

猿田を肯定するのではないが、ドーバーの大成功が明らかになった以上、次は東京湾横断道路に注力せよと命ずるのは、事業部長として間違った指示ではなかろう。へ理屈の匂いがプンプンしていても、一応、筋は通る。

—意外と猿田は頭がいいな。

滝井は妙に感心した。隠れた意図の輪郭がしだいに明かになってきた。何かと反抗して独走する営業部長に嫌気をさしたというのか、疲れたのだろう。いや、それもあるが、もっと端的に言えば、ドーバー成功の栄誉を、滝井抜きで、自分たち仲間で独占したいのかもしれぬ。その布石として先手を打ったとも考えられる。

—反抗者か…。

滝井は苦笑いした。自分はこれまで反抗したつもりなどはない。ただひたすらプロジェクトを受注すること、そして工事を成功させることだけを優先して頑張ってきたつもりだ。しかしその過程で田所専務や猿田事業部長の指示に逆らい、独走したことがたびたびあった。これは認めよう。

しかし、だからこそ受注にこぎつけたし、工事も成功の目途がついたと自分なりに思っている。相槌を打つイエスマンだけで彼らの周囲を固めていたら、プロジェクトはどうなっていたか。語るまでもあるまい。

—でも、まあ、いい。

ドーバーから離れるのを彼らが望むのなら、それでいいではないかと思った。世紀のプロジェクトを成功させたという満足感は、離れることの寂しさを帳消しにして余りある。自分の中のひそかな誇りだと自負したい。

手紙のことを石川に話すのは避けた。掘削に邁進している彼の邪魔をしたくなかった。急用ができたと言って、翌日の夜の便で帰国した。


帰国の翌日、滝井は新幹線で神戸へ行き、猿田事業部長に挨拶している。フランスからの帰途、機中でＦＲＢとの会談の報告書をまとめてあった。それを提出し終わったあとに一言、「お手紙の件、承りました」とごく事務的に返答したのであった。それについて一切の質問や不満を言うまいと心に決めていた。

「ああ、あれね。ご苦労さんでした。これからもよろしく」

と、猿田はあわてたふうに意味不明なことを言い、すべてが終わった。

石川には話しておかねばならないだろうと、数日後、滝井はフランスに電話した。

石川はすでに事情を知っていて、滝井の将来を心配していた。

「事業部長、いったい何を考えているのでしょうね。ドーバープロジェクトがここまで来られたのは誰のお陰だと思っているのか、聞いてやりたいくらいです」

「石川君。君の気持ちは有難い。しかし私はある意味、満足しています。何と言っても、世紀のプロジェクトに参画できたのですから。そしてフィリップ、トマらの友人にも巡り合った幸運。これは何物にも代えがたい私への土産です。彼らによろしくお伝えください」

「彼らにはもう話しました。TMCの人たちも残念がっていましたよ。あのマジノでさえ、寂しそうな表情をしていたくらいです」

「へえ、マジノがねえ。喧嘩の好敵手を失ったショックなのかな。でも、最後は川崎を助けてくれた恩人だ」

そう冗談めかして言いながら、いつか陸上トンネルT5の改定見積について、カフェで彼と話した時の情景を思い出していた。

「じゃあ」

「またお会いしましょう」

互いの健闘を祈って二人は電話を終えた。

それから時を置かず、石川の補佐として設計部の佐久間退助課長が現地へ派遣されたことを滝井は知った。佐久間は多門の部下で、カッターディスクを設計した責任課長である。工事中、ディスクにひび割れを起こして問題になった。

―なぜそんな人間が現地へ行くのだろう。

合点がいかなかったが、もう自分は関係ないのだと、思考の隅から追い出した。

杉山にはとりあえず現地把握のため、渡仏させている。東京湾横断道路の行方は猿田が言うほどの急な動きはない。しばらくは体の骨休めをしようと思っている。ゴルフと読書、家内との小旅行で久方ぶりのリフレッシュだ。

そんなあるとき、受付経由で滝井の席へ外線電話が回されてきた。聞いたことのない声の外人がしゃべっている。きれいなアメリカンイングリッシュだ。先ず滝井本人であることを確認すると、

「スペンサーリサーチのシュルツと申します。ヘッドハンティングの会社です」

と名乗ったあと、時間があれば近くの喫茶店で会ってもらえないかと誘ってきた。滝井は咄嗟に相手の意図が読めた。迷いはない。どうせ暇だからと、パレスホテルのロビーで待ち合わせることにした。

喫茶ラウンジは広々として気持ちがいい。商談をしている人、会話を楽しんでいる人と、様々である。十メートルほど離れたテーブルで、作家の瀬戸内寂聴が若い男女と歓談しているのには驚いた。

濃紺の背広に身を包んだシュルツは、洗練された物腰と知的な会話で話を誘導した。

「ミスタータキイはアメリカのベクテムをご存じでしょう。彼らからあなたの名前を知りました」

「へえっ、ベクテムからですか」

滝井は驚いた。ユーロトンネルとの会談のとき、ベクテムのディレクターが同席していたが、それが契機で会うことになったらしい。ヘラクレスというアメリカのグローバルな化学品メーカーが、ジャパン支店の日本人幹

部を探しているというのである。

滝井はあわてた。化学のことは皆目知らない。

「ミスターシュルツ、私は機械を売ってきた人間です。化学の分野は不向きだと思いますよ」

「いえ、問題ありません。化学の専門家は社員に大勢います。あなたにはマネジメントをして下さればいいのです。たとえばドーバープロジェクトでやられたように」

（ああ、そうなのか）と、滝井は合点がいった。ヘラクレスは日本にも合弁会社が四社あって、かなりのマーケットシェアを占めているという。ゆくゆくはヘラクレスのアジアパシフィックの経営への関与も示唆された。

しかし即座に決めるにはあまりにも情報が乏しい。その日は再度のミーティングを約束して別れた。そしてその後、数回会ったのち、具体的な条件提示があった。

滝井はこの時点ではもう入社に前向きになっていた。川崎での仕事に悔いはない。最後の務めとして世紀のプロジェクト、ドーバーもやらせてもらった。次は違う世界で羽ばたくのも悪くないではないか。会社への恩返しはできたと思っている。

それに自分は田所専務や猿田事業部長からは煙たがられる存在だし、いずれ田所は社長の椅子に座るだろう。そのとき自分の身に何が起こるのか、想像がつく。

どうせ限りある人生である。未知の海へ飛びこんで自分を試してみよう。溺れることは考えまい。泳ぎ切ることを信じ、運命の神に賭けようではないか。「人は死ぬ瞬間まで夢をもて」と、ふと誰かが言った言葉を思い出した。

「オーケーです。アメリカへ行きましょう」

最終選考のためデラウェア州ウィルミントンにあるアメリカ本社幹部との面接を受けてほしいというのだ。どういう判定が下されるか不安はあるが、むしろこちらが相手を知るチャンスでもある。用意してくれた飛行便で海を渡った。

それからしばらく経った四月下旬の夜、滝井はヘラクレス日本支社に近い青山のイタリア料理店にいた。部下だった杉本課長と一緒である。ここは隠れ家的なこじんまりした店で、味は抜群だ。

杉本はフランスから帰ったばかりで、今は張り切ってドーバーに専念している。滝井に向かい、「部長」と口にしかけ、あわてて笑いながら「いや、社長さん」と言い直した。

「いよいよ来月、待ちに待ったT2トンネルの貫通ですよ。我々が到達地点に近づいたとき、イギリス側の遅れは相当なものでした。はるか遠くをちんたらちんたら掘っていました。だからＴＭＣから、そのまま川崎の掘削機でさらに英側の四キロを掘ってほしいと頼まれましてね」

「おう、それはよかった。予定通りじゃないか。で、先方の機械は埋め殺すわけだ」

英側への掘削延長の補遺契約をした時に取り決めた約束がある。トンネル中間点に到達する競争にどちらかが敗れた場合、敗者の掘削機は双方が出会う一キロ手前で地中へ潜らせて埋めることになっていた。いわゆる埋め殺しである。

しかし実際は川崎が先に到達するのが予想された。その場合、川崎の掘削機はそのまま英側へ掘り進み、トンネルが貫通した時点で胴体はトンネルの構造物の一部とする。そしてマシン前面を成す巨大な円形のカッターディスクだけを取りはずして外へ運び出し、モニュメントにしようという計画だ。

「皆、よく頑張っているなあ。めでたしめでたしだ。ところで石川君はどうしている？　元気にやっているかね」

「いえ、それが…」

と、杉本が言い淀んだ。

何か心配事があるのか。滝井は気がせいた。杉本は続けた。

「近く辞令が出るらしいです。現地所長を解かれて、国内工事へ戻されるのじゃないかと、皆が噂しています」

「国内へ？　しかもこの最後の大事な時に…」

「最後だからこそ戻すんじゃないでしょうか。滝井部長の時がそうでしたよね。後進のT3工事も含め、もう後の心配は何もありませんから」

「ううむ、何という連中なんだ。で後釜はあの設計の佐久間かね」

「ええ。多門部長はばっちり身内で固めるようです。困難なことは殆ど石川所長が解決されていますからね。佐久間課長でも十分務まります」

「まあ、九十九％片付いているだろうな」

田所、猿田ら、とんでもない連中が出世していく。滝井は口にこそ出さなかったが、土木機械部、いや、もっと大きく会社全体がおかしなことになりはしないかと危惧した。坂戸専務の早世が悔やまれた。

ところがその一週間後、思いがけないことが起こるのである。出勤前に自宅で朝刊を読みながらコーヒーとトーストの朝食をとっていた時だ。思わず目をむいた。六月の株主総会を前に、川崎の社長人事が経済面にでかでかと載っている。そこには副社長の大岡保の顔が写っているではないか。田所専務の顔ではない。どうしたことだ。信じられない。田所の芽が消えている。何があったのだろう。

―どんでん返しがあったのか。

思考が止まり、しばらく写真に目を落としたまま秒が過ぎる。

そのとき、ふと別の考えが浮かんだ。お天道様だ。きっとお天道様は見ていたのだと、我ながら照れ臭いほど童子のような気分に身を任せる自分がいた。本社人事部の目は節穴ではなかったのだ。

　石川の辞令は五月一日付で下りた。滝井から遅れること二ヵ月余りの素早さだ。帰国するなり、青山にいる滝井に電話があった。

　その声を聞き、意外に淡々としていたので滝井は安堵した。

「週央に上京しますので、夕食をしませんか。大いに歓談しましょう」

　うれしい申し出だ。人の耳もあるらしく、用件のみで手短に話して電話を終えた。

　内神田の「すし定」で待ち合わせた。銀座や新橋は川崎の社員が多いが、神田まで来るとあまり見かけない。明治三六年創業の老舗の割に、値段もリーズナブルで、滝井は私的な友人と会う時はここをよく利用している。

「それにしても、奴（やっこ）さんらのやることは、えげつなすぎますな」

　滝井は猪口（ちょこ）を傾けながら、石川への同情を控えめに表現した。それは自分への言葉でもある。石川も相槌を打つ。

「滝井、石川の二人を排除することで、ドーバー成功の成果を独り占めにしたかったのでしょう。狭量ぶり、ここに極まれりですね」

「まったくだ。二人の反抗者に勝ったつもりだろうけれど、そんなことで楽しいのだろうか。私たちの悔しそうな顔を見たいのだとしたら、寂しいね」

　石川がうなずきながらも、急に光を帯びた目を向けた。

「確かに私は社内の戦いには負けました。ある意味、敗残者です。でも、工事の戦いには勝ちました。社内での名誉と昇進には結びつきませんが、世界中が見守る大仕事ができて、男子の本懐です」

「なるほど、そうこなくっちゃ。ドーバーは間違いなく成功するでしょう。技術的にも、そして採算的にもね」

「私も確信しています。工事屋として、知力、体力のやれるだけのことはやったつもりです。悔いはありません」

「そのことは日本人ではなく、フランスの人たちが一番よく知っている。フィリップ、トマ、ヴェルニ…。それにあのマジノでさえ、川崎の強力な味方になってくれましたからね」

「とりわけフィリップの働きには感謝しかありません。彼がいてこその現場所長でしたから」

石川はそう言って、一息つき、しかしまだ言い足りないとばかりに続けた。

「それに忘れてはならないのは川崎の技師たちの使命感の高さです。彼らこそ最高の功労者ではないでしょうか。あの絶望的な短い工期の中で、一致団結、死に物狂いで頑張ってくれました」

「技術の川崎は生きていますな」

と、滝井は言って、肯定の微笑みを返したあと、ふと思いついた疑問を口にした。

「ところで先ほど敗残者と君が言ったとき、『ある意味』と付け加えましたよね」

「ああ、あれですか。意外と思われるかもしれませんが、実は私自身は彼らと戦ったつもりはありませんし、負かされたとも思っていません。ドーバープロジェクトという、神から与えられた挑戦を受けて立つ。ただその一点で、成功のために全力を尽くせたことに満足しています」

「ほう、神から与えられた挑戦…。なかなかいい言葉じゃないですか」

「でしょう？　フィリップがいつもそう言っていましたよ」

そんな会話を続けながらも、滝井の頭には、石川が言った「男子の本懐」という言葉が重くのしかかっていた。果たして自分はどうなのだろう、と自問した。石川は逃げずにこのまま川崎にとどまり、会社の行く末を見守るという。一方、自分は利を求めて外資系へ転職した。

―逃げたのか…。

いやいや、自分は新しい天地を求め、可能性を追求するという夢に賭けたのだ。夢はリスクと裏腹にあるのは承知の上である。この決断をよしとしようではないか。

これからは別々の道を歩むのだと、一抹の寂しさを味わいながら、心の奥に向かってそう語りかけるのだった。


それから間もなくして、T2トンネルが貫通したと大々的に新聞で報道された。

一九九一年五月二二日午前十一時三十分、ドーバー海峡のほぼ中央部、海面下百メートルのトンネル内で大きな歓声が湧き上がった。この瞬間、ヨーロッパ大陸とイギリスを隔てていた歴史の壁が取り除かれたと、興奮気味に報じられている。

滝井は杉本からもらった現地の新聞を読みながら、感無量であった。数紙のどれにもトップ面に貫通時の写真が掲載されている。知った顔が大勢あるが、石川はいなかった。猿田がにっこり笑い、得意満面のポーズで大写しになっている。

滝井は新聞を見ながら、ふと石川の現場所長時の泥にまみれた顔を思い出した。どんな気持ちでこれを読んでいるのだろう。

しばらく時を置いてから電話をかけようと思った。どこか遠い田舎の温泉へ行き、二人で静かに酒を飲みたくなった。
・・・・・・・・・・・・・・・・・・・・・・・・・・
月日は過ぎ、T2貫通から三年後の一九九四年五月六日、サンガッテの仏側トンネル付近で鉄道開業の式典が盛大に行われた。そこにはミッテラン大統領、エリザベス女王、サッチャー首相の姿があった。川崎重工社長の大岡保もいた。彼に随行したメンバーは猿田俊全を始め、大名行列かと思えるほど大勢である。

ドーバー関係者の多くは石川照正や多門亘も含め、昇進を遂げている。猿田は田所なき後もしたたかに生き抜き、常務になった。そして今や専務の座を狙う勢いである。ちなみに社長争いに敗れた田所仙三だが、子会社の会長におさまった後、ほどなくして退職したと聞く。重機営業部長の小山田権助は猿田に容赦なく切り捨てられ、田所とは別の子会社へ出された。

後日談だが、エリザベス女王は大岡にドーバープロジェクト成功の栄誉をたたえ、ナイトの称号を授与している。以後、大岡はサー(Sir)の称号で呼ばれることとなった。

鉄道が開通してもう三十年近くが過ぎた。早いものだ。今日もユーロスターは水面下百メートルの海底トンネルを軽快に走っている。しかし、それを可能にしたのは日本メーカーの技術力、技師たちの自己犠牲あふれる不屈の精神、フランスの友人たちの協力、さらには少しの幸運があったことを忘れてはなるまい。

# あとがき

一九八〇年代は昭和最後の時代にあたる。日本はジャパン・アズ・ナンバーワンと称賛され、経済力・技術力の絶頂期にあった。本書はその頃の熱きビジネスマンたちの物語である。

ドーバー海峡トンネルは二十世紀最後のビッグプロジェクトと言われた。ナポレオンが建設を夢見たのが一八〇二年。以来、プロジェクトは浮かんでは消え、消えては浮かんできたが、一九八六年、英仏両政府が欧州共同体統合の象徴として、正式に建設を承認した。

しかし、それを実現させたのは日本の金融機関の進取の気性とメーカーの技術と言っても過言ではない。この両者の存在がなければドーバー海峡トンネルは掘られていなかったし、現在目にする国際列車ユーロスターは走っていない。

巨額のファイナンス、技術力、契約形態を巡る合従連衡、受注の知恵比べと駆け引き、国際協力、工事マネジメト、厳しい工期と採算。どれをとり上げても、これほど壮大なプロジェクトは空前絶後であろう。

この実現の裏では、プロジェクトの受注競争をめぐって世界中のメーカーが熾烈な戦いを演じた。ビジネスマンたちは死力を尽くして戦い、その結果、日本メーカーが受注して工事を成功させた。

受注活動の駆け引きだけではない。巨額の赤字額を如何にして黒字転換させ、また不可能と思えた厳しい工期を如何にして達成したか。それらを川崎重工で本プロジェクトに携わった筆者の体験を基に、フィクションとして書き上げた。

当時は猛烈サラリーマンと呼ばれた世である。それから三十数年の歳月が流れた。日本人の働き方も変わり、ワーク・ライフ・バランスをとるようになっている。誰もが働き過ぎず、等しく休みをとる。これが常識となった。

しかし世界を舞台にした企業間競争は今も変わっていない。いや、むしろ苛烈さを増している。成功のゴールは果てしなく高くて遠いのだ。

海に囲まれた島国で、全員が法律に守られて平等に休み、安穏としていていいのかどうか。その間に世界の先進国は勝者への道をひた走る。そのかたわら、発展途上国は牙を磨き、先進国を凌いで成り上がろうとする。一方、日本は敗者の闇に足を踏み入れて、久しい。

例えばアメリカのサラリーマン。ブルーカラーと言われる現場労働者は原則、定時に帰宅する。時間労働に徹するのだ。しかしホワイトカラーはそうではない。中でも管理職や専門職の人は猛烈に働く。一応、定時には帰るが、自宅へ仕事を持ち帰り、家族団らんの夕食後、一人パソコンに向かって夜遅くまで働くのである。

一方、日本のサラリーマンはどうか。労働時間数は決められ、ハラスメント予防が行き届き、上司から叱られず、職場には優しさが満ちている。

そんなぬるま湯は気持ちがいいが、いつの間にかサラリーマンとして生き残るための能力、得意技、独創力がどんどん退化していっていることに気づいていない。牙が抜かれていることに気づいていない。いざ会社が傾いて転職を余儀なくされたとき、路頭に迷うのが目に見えている。

筆者は過労労働やハラスメントを断固、容認するつもりはない。過労死ライン超えの労働などもってのほかだ。それらは犯罪である。しかし、こんな時だからこそ、本書を通じ、当時のビジネスマン魂のビビッドな息吹に触れていただければと願っている。何か得るものがあるのではなかと信じる。

川崎重工のドーバートンネル工事はＮＨＫテレビのプロジェクトＸで二度、放映された。その内容はどちらも如何に技術的な困難に立ち向かい、工事を完成させたか。その奮闘する姿を感動的に描いている。

しかし受注活動についての言及はない。筆者は営業のプロジェクトマネジャーとして、その両方を包括した物語を事実に基づくフィクションとして著わしたいと考えた。言うまでもなく、本書に登場する人物は架空であり、特定の個人を叙述したものではないのを申し添えておく。

著者

**仲俊二郎の主な小説・ビジネス書**

| 出版社・タイトル・販売価格 | 内容紹介 |
| --- | --- |
| **この国は俺が守る**<br>定価 1,500 円＋税<br>栄光出版社 | 田中角栄アメリカに屈せず–政治リーダーのあるべき姿とは…。総理就任三ヵ月で日中国交正常化を実現し、独自の資源外交を展開。そんな角栄に迫るアメリカの巧妙な罠。日本人が一番元気溌溂とした昭和という時代に、国民と共に生き、我が国の幸せを願った男の生涯。 |
| **我れ百倍働けど悔いなし**<br>定価 1,600 円+税<br>栄光出版社 | 昭和を駆け抜けた伝説の商社マン海部八郎。<br>地球上を駆け回り、日本経済発展の牽引車として世界の空と海を制した海部八郎というビジネスマン。社内役員の嫉妬とマスコミのバッシングに耐え、同業他社との熾烈な受注競争を勝ち抜き、日商岩井を五大商社の一つにした男の壮絶な生きざまを描く。 |
| **凛として**<br>定価 1,500 円+税<br>栄光出版社 | 明治の時代、女性の地位向上に道を開いた下田歌子の凛とした生き方。<br>歌子は皇后の厚い信頼と自らの努力で異例の出世を果たした。女性の社会進出に偏見と不満を抱く人々の誹謗中傷の中、実践女子大学を創立し、初代学習院女学部長となる。津田梅子の二度にわたる米国留学を経済面で支え、励まし、津田塾大学創設を手助けする。我が国初のキャリアウーマンとなった。 |
| **龍馬が惚れた男**<br>定価 1,600 円+税<br>栄光出版社 | 明治維新を財政面から支えた越前藩士由利公正の生涯。<br>坂本龍馬は福井藩の財政を立て直した三岡八郎（後の由利公正）に白羽の矢を立てた。暗殺される五日前の手紙で、新国家の成否をこの男に託した。そして三岡は明治維新を財政面から支えて成功させ、龍馬との友情に応えたのである。 |

| 出版社・タイトル・販売価格 | 内容紹介 |
| --- | --- |
| **そうか、そんな生き方もあったのか**<br>定価 1,500 円+税<br>栄光出版社 | 過酷な運命に翻弄された十人の偉人たちの生き方。ソクラテス、菅原道真、レオナルドダヴィンチ、松尾芭蕉、カント、ベートーヴェン、ドフトエフスキー、樋口一葉、北原白秋、アインシュタイン。本書は偉人の伝記であると共に人生論でもある。 |
| **大正製薬上原正吉とその妻小枝**<br>定価 1,500 円+税<br>栄光出版社 | 所得日本一が六回の上原正吉は、常に常識を疑い、独自の戦略で常勝軍団を作り上げた。妻との二人三脚で築いた大正製薬は、なぜ勝ち続けることが出来たのか、その秘密がここにある。 |
| **サムライ会計士**<br>定価 1,600 円+税<br>栄光出版社 | 世界最大の会計事務所に日本人第一号として採用され、日本企業の海外進出を先導し、数々の M&A を成功させた国際ビジネスコンサルタント竹中征夫。日本人の誇りを胸に、次々と成果をあげた男が辿る迫真のビジネスストーリー。 |
| **総外資時代キャリアパスの作り方**<br>定価 952 円+税<br>光文社 | もう「外資だ、国内資本だ」と区別する時代は終わった。<br>外資系企業を志望する人も、自分の会社が外資系になってしまった人も、押さえておきたい「超高給・実力主義」世界での正しい生き方を描いたビジネス書。 |
| **アメリカ経営 56 のパワーシステム**<br>定価 1400 円+税<br>かんき出版 | 日本企業がグローバルな競争に勝つための知恵を知る一冊。 |

## 仲　俊二郎

1941年生まれ。大阪市立大学（現大阪公立大学）経済学部卒業後、川崎重工業に入社。長年プラント輸出に従事。営業のプロジェクトマネジャーとして、二十世紀最後のビッグプロジェクトといわれるドーバー海峡の海底トンネル掘削機を受注し、成功させる。後年、米国系化学会社ハーキュリーズジャパンへ転職。ジャパン代表取締役となり、退社後、星光ＰＭＣ監査役を歴任。主な著書に、『そうか、そんな生き方もあったのか』『竜馬が惚れた男』『凛として』『この国は俺が守る』『我れ百倍働けど悔いなし』『大正製薬上原正吉とその妻小枝』『サムライ会計士』（以上、栄光出版社）、『ドーバー海峡の朝霧』（ビジネス社）、ビジネス書『総外資時代キャリアパスの作り方』（光文社）、『アメリカ経営56のパワーシステム』（かんき出版）などがある。

ドーバー海峡トンネルを掘れ
―二十世紀最後のビッグプロジェクトに挑んだ日本人たち―

2022年10月20日　初版発行
2022年11月5日　第二刷発行

著者　仲　俊二郎
発行者　鈴木　克也
発行所　エコハ出版
神奈川県鎌倉市浄明寺4―18―11
Ｔｅｌ　0467―24―2738
Ｆａｘ　0467―24―2738
発売所　株式会社三恵社
愛知県名古屋市北区中丸町2―24―1
Ｔｅｌ　052―915―5211
Ｆａｘ　052―915―5019
web. https: //www.sankeisha.com

ISBN 978-4-86693-692-5 C0093